크리야 요가의 거장 요가난다

Paromahansa Yogouonda

크리야 요가의 거장 요가난다

하남출판사

서문

신비에 싸인 수행자, 요가난다는 살아있다.

파라마한사 요가난다(Paramahansa Yogananda)는 서양에 〈크리야 요가〉를 알린 금세기 뛰어난 요가명상 수행자의 한 사람으로 평가 받고 있다. 그는 불교, 힌두교, 기독교를 아우른 모든 종파를 초월한 진리로 미래세계에 새로운 영성운동을 이끌었다.

힌두교의 심오한 고대 지혜를 소개하여 서구에 충격을 준 요가난다는 비베카난다(vivekananda)와 더불어 동 서양 사이에 영적 다리를 놓은 셈이다.

위대한 요기인 라히리 마하사야에 의해 이미 출생이 예언 되었던 요가난다. 그는 자기 자신이 〈크리야 요가〉를 서양에 전파하기 위해 오래전부터 위대한 스승들에 의해 준비된 인물임을 어느날 자각하게 된다.

요가난다는 불멸의 구루 바바지, 라히리 마하사야, 스리 유크테스와르로 이어지는 〈크리야 요가〉의 계보를 현 시대까지 이은 최고의 요기 가운데 한 사람이다. 그런 최고의 요기가 만난 요기와 성자들과의 교류들은 독자들로 하여금 다시 한번 신의 무한한 사랑을 깨닫게 한다.

현재 그가 설립한 자아실현공동체(SRF)는 범종교 영성운동단체로 미국의 로스앤젤레스에 본부가 있으며 전 세계에 지부를 두고 〈크리야 요가〉의 보급을 위해 활발히 움직이고 있다. 〈크리야 요가〉는 지금까지도 신비의 베일에 둘러싸인 비전의 수행법으로서 직접 그곳에 가서 수련하지 않으면 전수받기가 힘들다고 한다.

요가난다는 동서양을 '영성'이라는 하나의 진리로 그들의 종파와 문화를 공유하도록 크게 힘써 왔다. 이런 그의 메시지는 전 세계에 감동을 주어 그들의 영혼을 울렸다.

임종에 들기까지 끝까지 신비로운 미소를 잃지 않았던 요가난다, 신도 그의 죽음 앞에서는 그의 영혼과 육체를 분리할 수 없었나보다.

이번에 요가난다 자서전을 엮으면서 20여전 추억에 잠시 잠겼었다. 처음 내가 이 책을 접할 때였다. 홀린 듯한 감동과 온몸에 흐르는 전율들로 나는 한동안 둔탁한 쇠뭉치로 머리를 한대 맞은 듯 했었다. 나의 구도자로서의 정체성과 자아의식세계를 무수히도 발견하고자 노력을 했었던 것 같다. 꽤 많은 시간이 흐른 지금, 다시 이 책을 작업하면서 새로운 마음과 희열을 맛보게 되었다.

마지막으로 글을 엮는데 최선을 다했으나 본의 아니게 실수나 잘못 전달된 점이 있다면 이 책을 읽는 독자들께 부디 넓은 아량의 이해를 구하고자 한다. 그리고 이 책을 위해 음으로 양으로 힘써주신 하남출판사 배기순 사장님과 원고 교정과 우리말을 다듬어준 이소정님께 감사드린다.

이 책을 읽는 모든 독자들에게 요가난다의 축복이 함께 하기를 바란다.

2006년 3월
미국 L.A에서 이 민 숙

Contents

파라마한사 요가난다 (1893. 1. 5 ～ 1952. 3. 7)

어린 시절

*"라히리 마하사야는 너의 출생에 대해서 뚜렷한 관심을
보이셨어. 네 일생은 분명히 그의 삶과 연결될거야.
스승님의 축복은 결코 어긋나는 법이 없거든."*

인도인에게 있어 구루|guru|와 제자가 필연적인 유대 관계를 맺는 것이
야말로 궁극적인 진리를 추구하는 인도 문화의 오랜 특징이다.

신을 향한 나의 여정은 오로지 그분을 만나기 위한 준비 과정이었다.
지금도 구루의 아름다운 일생은 내 마음 속 깊이 새겨져 있다. 그분은 인
도의 위대한 영적 스승들 가운데 한 사람이기도 하다. 그들은 지금까지
모든 자신의 조국이 고대 이집트나 바빌로니아와 같은 슬픈 역사를 되풀
이 하지 않도록 조국을 보살펴 오고 있다.

성인이 된 지금 나의 어린시절을 회상해 보면, 전생|前生|의 여러 모습들
이 어린 나의 의식 속에 교차하여 나타났던 것으로 기억된다.

그것은 먼 옛날 히말라야의 설원에서 요기|yogi|로 살았던 내 모습에 대
한 생생한 회상이었다. 마치 내 과거의 모습은 어떤 알 수 없는 무차원적
인 투영을 통해 미래의 모습을 조명하는 것만 같았다.

나는 지금도 무기력했던 어린 시절의 수치심을 기억한다. 그때는 제대
로 걷지도 못하고 나 자신을 자유롭게 표현하지도 못한다는 것에 대해 항
상 분한 마음과 수치심이 가득했다. 그런 내 신체의 무기력한 결점을 깨

스리 요가난다의 6살 때의 모습

달게 되면서 나의 내면에서는 기도의 의지가 강하게 솟아올랐다.

　이러한 강한 의지가 꿈틀대던 어느 날, 나는 여러 언어들을 통해 내면의 감정을 표현하게 되었다.

　이러한 언어의 혼란 속에서 나는 점차 우리나라 사람들이 사용하는 벵골어를 조금씩 익혀나갔다. 어렸음에도 성취감을 이뤘다는 생각에 쾌재를 부르며 신나했었다. 그런 모습들이 어른들에게는 기껏 장난감이나 가지고 노는 아기 밖에는 안 보였을 것이다.

　또한 나는 아무 반응도 보일 수 없었던 신체 때문에 끈질기게도 꽤나 많이 울었다. 지금도 그런 나의 투정과 보채기를 달래느라 가족들이 몹시 힘들었던 모습이 눈에 선하다.

　물론 행복했던 기억도 많다. 어머니께서 꼭 껴안아 주셨을 때의 느낌이나, 처음으로 입술을 움직여 말을 만들어 내고 처음으로 발을 움직여 아장아장 걸음마를 하게 되었을 때의 기억들도 모두 그립다. 누구나 이 시기를 기억하는 사람은 거의 드물것이다.

　독자 여러분들은 내 기억이 이렇게 멀리까지 미친다고 해서 신기해할 것은 없다. 많은 요기들의 대부분이 삶과 죽음에 조금도 방해를 받지 않고 자아의식을 그대로 간직하고 살아가는 것으로 알려져 있기 때문이다. 만일 인간이 내세와 영혼이 없는 육신만이 존재한다. 죽음은 곧 육신의 소멸로써 간단히 끝이 난다. 그러나 선지자들이 수천 년을 두고 이야기해 온 것이 진실이라면, 인간은 본질적으로 영혼이기 때문에 형체를 지니지 않으며, 따라서 어디에서도 다시 존재할 수 있다.

　좀 믿기 어려운 일이지만 나와 같이 유아기에 대해 선명한 기억을 갖고 있는 경우가 아주 드문 것만은 아니다. 나는 그동안 여러 나라를 여행하면서 실로 많은 사람들에게서 자신의 유아기에 대한 회상을 적잖이 들을 수 있었다.

나는 1893년 1월 5일 히말라야 산맥에 접경한, 인도 북동부 고라크푸르에서 태어나 거기서 8년간을 살았다. 우리는 부모님 슬하에 모두 8남매로 아들이 넷, 딸이 넷이었다. 나는 그 중에서 넷째로 태어났고, 내 이름은 무쿤다 랄고시|Mukunda Lal Ghosh|였다.

부모님은 벵골인으로서 크샤트리야 계급 출신이었다. 다행히 두 분 모두 성자의 품성을 타고난 분들이었다. 언제나 두분은 고상하고 평온했으며 결코 경박하거나 소란스럽지 않았다. 이러한 부모님의 성품은 우리 8남매의 삶에 늘 귀감이 되어 주셨다.

아버지는 다정하고 인자하면서도 때로는 엄격했다. 우리 남매들은 아버지와 마치 친구처럼 지냈지만 아버지에 대한 존경심만은 변함이 없었다. 아버지는 뛰어난 수학자이자 논리학자였기 때문에 주로 지성과 냉철한 판단을 하시는 분이셨다.

어머니는 대단한 미인이었으며, 오직 헌신적인 사랑으로써 우리를 길러 내셨다. 어머니가 돌아가시고 나자 아버지는 어머니의 몫까지 채우기 위해 부단히도 노력하셨다.

어머니로서는 항상 우리 남매들을 위해 일찍부터 경전과 친숙해지도록 많은 노력을 해오셨다. 주로 〈마하바라타|Mahabbarata|〉나 〈라마야나|Ramayana|〉에서 인용한 교훈적인 이야기를 들려주셨다. 이런 시간을 통

해서 어머니가 직접 우리에게 전해주는 가르침과 교육은 자연스럽게 자식들에게 전해졌다.

어머니는 항상 아버지의 퇴근시간 무렵이 되면 아버지를 맞이하기 위해 우리들의 옷매무새까지 세심하게 신경을 쓰셨다. 지금 생각해보면 남편을 향한 존경심이 대단하셨던 것 같다. 아버지는 인도의 대기업 중 하나인 '벵골 나그푸르 철도회사'의 부사장급 직책을 맡고 계셨다. 어렸을 때는 아버지의 업무상 잦은 이동으로 덩달아 우리 가족도 여러 도시로 이사를 자주다녔다.

어머니께서는 가난한 사람들에게 대단히 친절하셨다. 법과 규율을 너무 철저히 지키다 보니 꼼꼼한 성격을 집안 살림에도 그대로 드러내곤 하셨다. 언젠가는 무려 2주일 동안 어머니께서 적선하신 금액이 아버지의 한 달 수입을 초과한 적도 있었다.

그때 아버지는 이렇게 말씀하셨다.

"내가 당신에게 간곡히 당부하고 싶은 말이 있소. 자비심을 베풀더라도 적당한 한계를 지키길 바라오."

비록 점잖은 나무람이었지만 어머니는 아버지의 그런 태도가 꽤나 섭섭하셨던 모양이었다. 어머니는 우리들에게는 전혀 내색하지 않으신 채 전세 마차를 부르셨다.

"잘 있어요. 저는 친정으로 가겠어요."

어머니는 실로 서운하셨던 모양이다.

우리 형제들은 어리둥절한 상태에서 모두들 부모님의 눈치만을 살폈다. 그때 마침 외숙부가 오셔서 연륜에서 우러난 지혜를 아버지에게 은밀히 일러 주셨다.

아버지께서 먼저 몇 마디 양보의 말씀을 하시자, 어머니는 기꺼이 마차를 그냥 돌려 보내셨다. 이렇게 해서 처음이자 마지막인 두 분의 다툼은 끝이 났다.

두 분의 특별한 대화가 또 하나 있다.

어머니가 말씀하셨다.

"여보, 지금 우리집 문밖에 불쌍한 여인이 서있습니다. 도와주게 10루피만 주세요."

어머니의 미소는 그 나름대로 설득력을 지니고 있었다.

"무슨 10루피씩이나? 1루피면 충분할 텐데."

어머니의 말씀이 끝나기가 무섭게 아버지는 합당한 근거를 덧붙이셨다.

"난 아버지와 할아버지, 할머니가 갑자기 돌아가셨을 때, 처음으로 가난이 어떤 것인지를 알았소. 몇 마일이나 떨어진 학교에 가려면 고작 조그만 바나나 한 개가 아침식사의 전부였소. 나중에 대학에 다닐 때도 어느 부잣집에서 나에게 한 달에 1루피씩의 도움을 주다가 어느날 갑자기 지원을 끊었소. 1루피도 소홀히 해서는 안 된다면서 말이오."

어머니는 순간 재빨리 어머니만의 멋진 논리를 펼쳤다.

"저 여인도 급히 필요한 10루피를 받지 못한 기억이 언젠가 고통스럽게 되살아날 텐데, 당신은 그러길 바라시나요?"

"당신이 이겼소."

아버지는 어머니의 논리에는 도무지 당해낼 수가 없다는 표정으로 지갑을 여셨다.

"여기 10루피가 있소. 내가 기꺼이 주는 것이라고 말해 주구려."

아버지는 어머니가 새로운 제안을 하실 때마다 일단 처음에는 즉각적인 승낙을 하지 않으셨다. 어머니의 동정심을 너무 쉽게 얻어 내는 낯선 사람들을 향한 방어적인 한 표현이었던 셈이다.

나는 언제나 아버지가 합리적이며 어느 한쪽에 치우치지 않는 공정한 판단을 내리신다고 생각했다. 항상 합당한 근거를 바탕으로 요구 사항을 말씀드리면, 아버지는 그 요구 사항이 방학 여행이든, 새 오토바이든 언제나 들어 주시곤 했다.

아버지는 늘 자녀교육에 관한 한 엄격하셨으며 또한 당신 자신에 대해서도 마찬가지셨다. 예를 들어 아버지는 극장에 가시는 일이 절대 없었고 그 대신에 시간이 나면 여러 가지 정신 수련을 하시던가 〈바가바드 기타 |Bhagavad Gita]〉[1]를 읽으시곤 하셨다. 또한 사치라고는 모르시며 신발이 낡아서 해질 때까지 고집스럽게 그 신발만 신으셨다. 우리들에게 차[車]를 사주신 것도 차가 대중화된 다음이었다. 하지만 정작 당신께서는 직장에 출근하실 때 전차를 이용하는 것에 만족하셨다.

아버지는 권력을 빌미로 돈을 축적하는 일 따위엔 관심이 없으셨다. '캘커타시 은행'을 조직하고 나서도 은행 주식의 일부를 소유함으로써 얻을 수 있는 이익조차도 거절하셨다. 다만 거기서 얻어낸 정보들을 유용하게 활용하셨을 뿐이다.

아버지께서 퇴직하신 후의 일이다. 아버지의 회사인 '벵골 나그푸르 철

---

1) 바가바드 기타(Bhagavadgita) : 산트크리트어로 '신의 노래'라는 뜻. 서사시인 마하 바라따의 한 부분, 후에 따로 독립되어 하나의 경전이 되었다.

요가난다가 소년기를 보냈던 캘커타의 집

도회사'의 장부를 감사하기 위해서 영국에서 공인 회계사 한 사람이 인도에 파견된 적이 있었다. 그는 아버지가 지급 된 보너스를 수령한 적이 없다는 사실을 발견하고 놀란 나머지 회사 측에 이렇게 말했다.

"이 분은 세 사람 몫의 일을 했군요. 이 분에게 총 12,500루피를 주어야겠습니다."

그런 일이 있고나서 회사의 경리가 아버지에게 그 액수만큼의 수표를 보내 왔다. 아버지는 그 일을 대수롭지 않게 생각했기 때문에 가족들에게 이야기하는 것조차 잊으셨다. 한참 후에 막내 동생 비슈누가 은행 계좌에 큰 금액이 들어와 있다는 사실을 알고는 아버지께 물었다.

"아버지, 왜 물질적 이득을 좋아하면 안 되나요?"

아버지는 이렇게 대답하셨다.

"평정심을 유지하는 사람은 재물을 얻었다고 해서 기뻐하지도 않으며, 또한 재물을 잃었어도 절대로 슬퍼하지도 않는 법이다. 인간이란 이 세상에 빈손으로 왔다가 빈손으로 가는 존재에 불과 하느니라."

부모님은 결혼 초기에 바나라스의 위대한 스승인 라히리 마하사야 [Lahiri Mahasaya]의 제자가 되었다. 이 사제 관계가 타고난 아버지의 수도자적 기질을 더욱 강하게 만들었다. 아버지께서 라히리 마하사야를 만난 것은 '벵골 나그푸르 철도회사'의 지사 직원이었던 아비나시 바부를 통해서였다.

그는 어린 나에게 인도 성자들의 흥미진진한 얘기를 들려줌으로써 많은 교훈을 주었다. 이야기를 끝낼 때면 그는 언제나 자신의 구루께 최대의 영광을 돌리곤 했다.

"무쿤다, 너는 네 아버지가 라히리 마하사야의 제자가 어떻게 되었는지 혹시 들은 적이 있었니?"

아비나시가 이 흥미로운 질문을 던진 것은 나른한 어느 여름날 오후, 내가 그와 함께 우리집 정원에 앉아 있을 때였다. 나는 잔뜩 기대에 찬 미소를 지으면서 전혀 들어 본적이 없다는 뜻으로 고개를 가로 저었다.

"네가 태어나기 몇 해 전의 일이었다. 나는 그 당시 직장 상사였던 네 아버지에게 바나라스에 계신 나의 구루를 만나러 간다며 단 일주일만 휴가를 달라고 요청했는데, 네 아버지는 그때 내 계획을 무시하시며 거절하셨단다.

'아니, 당신 말이요, 종교 광신자가 되려고 그러시오? 승진을 하려거든 회사 일이나 열심히 해요' 라고 나무라셨지.

그날 울적한 기분으로 집으로 향하는 숲길을 걷고 있을 때, 마침 마차를 타고 가던 네 아버지를 우연히 만났단다. 네 아버지는 하인들을 마차와 함께 보내고 나서 내 옆으로 걸어오셨어. 그리고는 나를 위로하실 생각으로 세상의 성공을 위해 노력하는 과정에서 얻게 되는 이익들을 조목조목 설명하시는 것이었어. 그러나 당연히 그런 이야기들은 하나도 내 귀에 들어오지 않았지. 내 마음 속에서는 오로지 '라히리 마하사야 당신을 보지 않고서는 살 수가 없습니다.' 하는 말만이 맴돌고 있었지.

우리가 적막한 들판 끝에 이르게 되었을 때, 거기에는 늦은 오후의 햇살이 황야의 잔디 위로 물결치고 있었어. 우리는 각자 그 광경에 감탄하면서 걸음을 멈추었지. 그런데 그 들판에서 불과 몇 발 안 떨어진 가까운 곳에 내 위대한 구루의 모습이 갑자기 나타난 것이었어."

"바가바티, 직원한테 너무 심하게 대하는군."

우리는 너무나도 믿기 어려웠지만 분명 그의 목소리가 들려왔어.

그러고 나서 그의 모습은 신비스럽게 사라져 버렸어.

나는 나도 모르게 '라히리 마하사야, 라히리 마하사야' 하고 무릎을 꿇고 그의 이름을 외쳤지. 잠시 동안 네 아버지는 마치 돌처럼 꼼짝도 할 줄 몰랐어.

'아비나시, 휴가를 주겠소. 그리고 나도 내일 당신과 함께 바나라스로 출발하겠소. 제자를 도와주기 위해서 마음대로 자기 모습을 나타낼 수 있는 이 위대한 라히리 마하사야에 대해서 알아보아야겠소. 아내도 함께 데리고 가서 영적인 길로 입문시켜 달라고 요청하고 싶네. 우리를 자네의 구루께 안내해 주겠소?'

"물론이지요."

내 기도에 대한 기적 같은 응답도 응답이거니와 사태가 그렇게도 빨리 호전되었다는 사실 때문에 내 마음은 기쁨으로 가득 찼지.

다음날 저녁에 네 부모와 나는 바나라스행 기차를 탔어. 다음날 그곳에 도착해서는 마차를 타고 또 얼마간 달렸지. 그리고는 구루의 거처까지 좁은 시골길을 따라 줄곧 걸어야 했고 드디어 구루의 거처에 도착했지 그의 조그만 거실에 들어갔더니 구루는 결가부좌 자세로 앉아 있더군. 우리는 스승님께 절을 했어. 그는 뚫어져라 우리를 응시하더니 네 아버지에게 눈길을 멈추고 이렇게 말씀하셨지.

'바가바티, 직원에게 너무 심하게 대하는군.'

이 말은 그가 이틀 전에 초원에 홀연히 나타나서 했던 말과 똑같았어. 그러고는 또 이렇게 말씀하셨지.

'아비나시가 나를 찾아오도록 허락해 주고 또 당신까지 부인과 함께 와 주어서 대단히 기쁘오.'

그는 네 부모에게 영적인 수행법인 크리야 요가(Kriya Yoga)를 전수해 주었고 기쁜 마음으로 그것을 배우게 되었던 것이지. 네 아버지와 나는 구루가 초원에 모습을 나타냈던 그 역사적인 날부터 같은 스승을 모시는 제자로서 아주 가까운 친구가 되었네.

라히리 마하사야는 너의 출생에 대해서 큰 관심을 보이셨어. 자네 일생은 분명히 그의 삶과 연결될 것이네. 스승님의 축복은 결코 어긋나는 법이 없거든."

라히리 마하사야는 내가 이 세상에 태어난 지 얼마 안 되어서 세상을 떠났다. 화려한 사진틀에 넣은 그의 사진은 아버지의 전근 때문에 옮겨 다녔던 여러 도시에서도 늘 우리 집안의 제단을 떠나는 일이 없었다.

그 덕분인지 우리는 그가 내려 주는 축복을 가까이에서 항상 받을 수 있었다.

어머니와 나는 아침저녁으로 임시로 만들어 놓은 제단 앞에서 향기로운 백단향 풀에 가볍게 적신 꽃송이들을 바치고 명상에 잠기는 일이 자주 있었다. 우리 가족은 하나 된 헌신적인 신앙심은 물론 유향과 몰약까지 바치면서 라히리 마하사야의 모습에 완벽하게 깃들여 있는 신성을 찬양하였다.

나는 자라나면서 스승에 대한 생각도 함께 자라났다. 그의 사진은 나의 삶 전반에 놀라운 영향을 끼쳤다. 내가 명상에 잠겨 있는 동안 그의 사진은 마치 작은 사진틀 속에서 튀어 나와 실제로 살아있는 형체로 내 앞에 나타나곤 했다. 하지만 잠시라도 그의 빛나는 몸을 만지기라도 하면 그 형체는 다시 틀 속의 사진이 되곤 하는 것이었다.

나는 유년기에서 소년기로 넘어가면서 라히리 마하사야가 이미 사진틀 속에 갇힌 하나의 작은 이미지를 벗어나서 나를 깨우쳐 주는 살아있는 존재로 탈바꿈 되었다는 것을 깨달을 수 있었다. 나는 종종 곤경이나 혼란에 빠질 때면 그에게 기도를 했고, 그럴 때마다 나의 내면에서 나를 어루만져 주는 그의 가르침을 느끼곤 했다.

처음에는 그가 이미 육신을 갖고 있지 않은 존재라는 사실이 그렇게 슬플 수가 없었다. 그러나 그가 이 세상 어디에도 있을 수 있다는 비밀스러운 진리를 발견하면서부터 나는 더 이상 슬퍼하지 않았다. 자신의 육신의 모습을 보려고 지나치게 마음을 쓰는 제자들에게 그는 이따금 다음과 같은 편지를 보내오곤 했다.

"너희들의 쿠타스타(Kutastha|, 영적 시야) 안에 언제나 내가 들어 있거늘, 너희들은 어찌하여 내 살과 뼈를 그다지도 보고 싶어 하느냐?"

내가 여덟 살쯤 되었을 때였다. 나는 라히리 마하사야의 사진을 통해서 놀라운 치유의 은혜를 입었다. 이 경험으로 인해서 그에 대한 나의 사랑은 더욱 강렬해졌다.

벵골 지방의 이차푸르에 살고 있었을 때, 나는 지독한 콜레라에 걸린 적이 있었다. 자칫 생명을 잃을 수도 있는 상황이었다.

의사들도 속수무책이었다. 어느 날, 어머니께서는 누워있는 내 머리맡에 앉으시더니 벽에 걸려 있는 라히리 마하사야의 사진을 손으로 가리키면서 다음과 같이 말씀하셨다.

"지금 마음속으로 그 분께 절을 해라."

당시 나는 몸 상태가 너무 안 좋아 합장을 하기 위해 손을 모아 들어올릴 수도 없는 상태였다.

어머니는 말씀하셨다.

"네가 진심으로 그 분 앞에 무릎을 꿇고 너의 헌신적인 신앙심을 나타낸다면 네 생명은 다시 살아날 것이다."

잠시 후 정말 믿기지 않는 일이 일어났다. 내가 그 분의 사진을 응시하자마자 눈부신 빛이 발사되어 내 몸과 온 방안을 가득 감쌌다. 잠시후 내 몸의 모든 불편한 느낌과 감당할 수 없었던 통증들이 사라져 버렸다.

병이 다 나은 것이었다. 나는 어디서 솟아나는 힘인지 갑자기 힘차게 몸을 세워 앉더니 어머니를 얼싸 않았다.

어머니께서 갖고 계신 구루에 대한 믿음은 도저히 헤아릴 수 없는 그야말로 감격적인 것이었다.

"오. 이 세상 어디든 존재하시는 스승이시여, 당신의 빛이 나의 아들을 고쳐 주셨습니다. 감사합니다. 감사합니다."

의사들조차 죽음에서 구해내지 못했던 그 무서운 질병으로부터 나를 순간적으로 일으켜 세운 그 빛나는 광채를 어머니께서도 함께 목격하셨다.

내가 갖고 있는 가장 소중한 것 중 하나는 바로 그 라히리 마하사야님의 사진이다. 그가 직접 아버지에게 준 이 사진은 신성한 진동(振動)을 담고 있다. 나는 어느 날, 그 분에 대한 기적과도 같은 이야기를 아버지와 같은 문하생인 칼리 쿠마르 로이로부터 들었다.

스승께서는 평소 사진 찍는 것을 좋아하지 않으셨다고 했다. 어느 날 한사코 싫다고 하셨는데도 쿠마르 로이를 포함한 제자들과 함께 사진기 앞에 서게 되었다고 한다. 그런데 사진을 현상해보니 놀랍게도 제자들의 모습은 모두 분명하게 나왔는데 라히리 마하사야가 서 있던 중앙 부분만은 아무 형체도 찍히지 않은 공백으로 남아 있었다는 것이다. 이 사진을 두고 당연히 많은 이야기들이 오갔다고 한다.

제자들 가운데는 전문 사진사인 강가 다르 바부라는 사람이 있었는데, 그는 이러한 사실을 끝까지 믿으려 하지 않았다. 분명히 밝혀지지 않은 속임수가 있을것 이라며 자기 한테만은 반드시 걸려들 것이라고 장담을 했다고 한다. 그 다음날 아침 구루가 뒤에 휘장을 친 나무 의자에 결가부좌 자세로 앉아 있었다. 바로 그때 강가 다르 바부가 장비를 가지고 스승께서 눈치 못 채게 만반의 준비를 한 다음 열두 판이나 연속해서 사진을 찍어 댔다. 그러나 현상된 열두 장의 사진 모두 하나같이 나무 의자와 휘장만 찍혀 있었을 뿐, 스승의 모습은 역시 감쪽같이 사라져 있었다.

산산이 부서진 자존심을 챙길 여유도 없이 강가 다르 바부는 눈물을 흘리면서 스승을 찾았다. 라히리 마하사야께서는 한참 후에야 비로소 침묵을 깨면서 다음과 같은 의미심장한 말씀을 하셨다고 한다.

"나는 큰 영(靈)이다. 네가 가진 카메라가 아무리 성능이 좋더라도 보이지는 않으나 존재하는 그런 형체를 찍어 낼 수 있겠느냐?"

"아닙니다. 그럴 수 없습니다. 이제 알았습니다. 이젠 진정으로 스승님의 육신의 모습이 깃든 사원을 사진에 담고 싶습니다. 제 시야가 너무 좁았습니다. 오늘에야 비로소 스승님의 내면에 큰 영이 살아 계심을 깨달았습니다."

"그러면 내일 아침에 오너라. 내, 너를 위해서 자세를 취해 주리라."

다음날 사진사는 다시 스승을 찾았고 카메라의 초점을 맞추었다. 이번에는 스승의 신성한 모습이 뚜렷하게 사진에 드러났다. 어제 눈에 보이지 않았던 신비한 베일이 벗겨진 것이었다. 스승께서 이처럼 사진에 찍히신 적은 내가 알고 있는 한 결코 없었다.

나의 스승 라히리 마하사야의 신성한 모습은 모든 인종의 보편적인 생김새를 함께 지녔기 때문에 딱히 어느 인종에 속해 있다고 말하기가 무척 힘들다. 표정을 읽기가 어려운 수수께끼 같은 미소에는 신과의 합일 상태에서 오는 기쁨이 은은하게 비치고 눈은 반쯤 감겨져 있다.

눈을 반쯤 뜨고 있는 모습을 통해서 외부 세계에 거의 관심을 갖고 있지 않다는 것을 의미하면서, 또한 반쯤 감겨져 있는 모습은 내면의 희열에 잠겨 있음을 나타내고 있는 것이다.

이 지상에서 은밀히 내미는 가련한 유혹의 손길은 철저히 망각하고 있으면서도 당신의 깊고 넓은 자비를 구하는 사람들의 영적인 문제들에 대해서만큼은 항상 깨어 있는 마음으로 귀를 기울이고 계셨던 것이다.

구루의 사진이 가진 감화력을 통해서 내 병이 치유된 직후에 나는 강력한 영적 환시幻視를 경험했다. 어느 날 아침 침대에 앉아 있을 때, 나는 깊은 꿈을 꾸게 되었다.

눈을 감았을 때, 그 어둠 뒤에 무엇이 있을 것만 같은 의구심이 강하게 생겨났다. 그러더니 갑자기 시야에 하나의 거대한 섬광이 나타났다.

산중 동굴 속에서 명상 자세로 앉아 있는 성자들의 성스러운 모습이 눈에 들어왔다. 눈을 감고 있음에도 마치 생생한 현장에 있는 듯 했다.

"당신들은 누구십니까?"

나는 큰 소리로 물었다.

"우리는 히말라야의 요기들이다."

하늘에서 울려 퍼지던 쩌렁쩌렁한 그 음성은 지금도 생생하다. 내 가슴도 전율하고 있었다.

"오, 저도 진정 히말라야로 가서 당신들처럼 요기가 되고 싶습니다."

그 환시가 사라지고 나자, 은빛 광선들은 끊임없이 둥글게 나선형으로 회전을 하면서 무한히 커져 나갔다.

"이 신기한 광채는 뭐죠?"

"나는 이슈와라[Ishwara][2], 나는 큰 빛이다."

그 목소리는 마치 천둥소리와도 같았다.

"저는 당신과 하나가 되고 싶습니다."

천천히 그 성스러운 황홀경으로부터 빠져나오자, 나는 신을 찾는 영원한 영감을 얻을 수 있었다.

이 기억은 그 환시의 날 이후로도 오랫동안 사라지지 않았다.

또 하나, 어린 시절의 기억 가운데서 뚜렷이 생각나는 것이 있다. 지금

---

2) 이슈와라(Ishwara) : 절대 유일자인 신을 가리킨다. 이슈와라로서의 신은 자신의 의지대로 온 우주를 질서정연한 순환 속에서 창조하고 소멸시키는 존재이다.

까지도 그 흉터가 남아 있기 때문에 글자 그대로 '뚜렷한 기억'이다.

어느 이른 아침, 나는 우마 누나와 함께 고라크푸르 집 마당 한쪽의 나무 밑에 앉아 있었다. 누나는 내 벵골어 기초 과정 공부를 도와주고 있었고, 나는 가까이에서 앵무새들이 잘 익은 마르고사 열매를 쪼아 먹는 광경을 바라보면서 누나의 말을 듣고 있었다.

누나는 자기 다리에 난 종기를 보고 중얼거리면서 연고를 가져왔다.

나도 옆에서 팔뚝에 연고를 약간 발랐다.

"너는 왜 아프지도 않은 맨살에 약을 바르니?"

"응. 누나, 내일 이 자리에 종기가 날 것 같아서 그래. 그래서 누나 연고가 얼마나 잘 듣는지 시험해 보려고 발라둔 거야."

"요 녀석, 거짓말 마!"

"누나, 날 거짓말쟁이 취급하려거든 내일 아침에 무슨 일이 생기는지 보고 나서 해도 늦지 않아."

나는 내 말을 믿어주지 않는 누나를 향해 씩씩거리면서 말했다.

누나는 내 항변에는 아랑곳 하지 않고 세 번이나 되풀이해서 나를 놀렸다. 하지만 천천히 응답을 하는 내 음성에서는 굳은 결의가 역력했다.

"내 안에 있는 의지의 힘으로 말하노니, 내일 내 팔뚝 바로 이 자리에는 아주 큰 종기가 생길 것이며, 우마 누나의 종기는 지금보다 두 배로 커질 것이다!"

아침이 되자 내 팔뚝에는 정말 커다란 종기가 생겨 있었고, 우마 누나의 종기는 어제보다 두 배로 커져 있었다. 누나는 기겁을 해서 어머니에게 달려갔다.

"큰일났어요. 무쿤다가 마술을 부려요!"

어머니는 훈계조로 말씀하셨다.

"무쿤다야, 말의 힘을 절대 악용해서는 안되느니라"

그 이후로 나는 항상 어머니의 충고를 바탕으로 살았다.

결국 내 팔에 생겼던 종기는 수술을 해야만 했다. 그때 절개로 생긴 눈에 띄게 커다란 흉터는 지금까지도 그대로 남아 있다. 나는 항상 오른쪽 팔뚝을 보면서 인간의 순수한 말이 지니는 엄청난 힘을 생각하곤 한다.

그 말의 힘이란 단순하고, 언뜻 보기엔 전혀 해가 될 것 같지 않았지만 깊은 집중 상태에서 발화되면서 마치 엄청난 폭발력을 숨기고 있는 폭탄처럼 결정적인 나쁜 영향이 우마 누나에게 끼쳤던 것이다. 후에 나는 말에 깃들여 있는 폭발적인 진동력이 현명하게 사용되면 인간의 삶을 고통에서 해방시켜 줄 수도 있다는 사실을 깨달았다.

두개의 몸을 가진 성자,
스와미 프라나바난다

"저는 도저히 이해를 할 수가 없군요. 저 분 스와미
프라나바난다는 내가 한 시간 전쯤에 여기 왔을 때부터
지금까지 한순간도 내 눈 앞을 떠나지 않으신 걸요."

"아버지, 집으로 돌아올 테니 바나라스 여행을 허락해 주세요."

아버지는 내 부탁을 충분히 고려해 보겠다고 약속하셨다.

아버지께서는 여행을 유난히도 좋아한 나의 열망을 가로막으신 적은 거의 없었다. 내가 아직 어린 소년티를 벗지 못했을 때에도 많은 도시와 성지들을 방문하도록 허락해 주셨다. 보통은 한두 명쯤의 친구와 함께 아버지가 마련해 주신 일등석에서 편안한 기차 여행을 하곤 했다. 철도회사 간부로 재직하셨던 아버지는 가족들의 여행에 아무런 불편이 없도록 해 주셨다.

아버지께 허락을 구한 다음날 아버지는 나를 부르셨다. 바레일리에서 바나라스까지 가는 왕복 기차표와 여비, 그리고 편지 두 통을 주셨다.

"바나라스에 있는 내 친구 케다르 나트 바부에게 제안해야 할 사업적인 일이 있다. 그런데 애석하게도 그 친구 주소를 잃어 버렸다. 그래서 너도 잘 알고 있는 내 친구 스와미 프라나바난다를 통해서 이 편지를 그에게 전해주려고 한다. 스와미는 나하고 동문수학한 사이인데 대단히 높은 정신세계의 경지에 있는 사람이다. 그를 만나면 너한테도 많은 도움이 될 것이다. 두 번째 편지는 그에게 주는 네 소개장이다."

아버지는 눈동자를 번쩍이면서 이렇게 덧붙이셨다.

"무쿤다, 나는 네가 잘 전달해주리라 믿는다. 그리고 명심해라. 이제 더 이상의 탈출은 안 된다!"

나는 12년 동안 간직해 온 열망을 품고 길을 떠났다. 세월이 흘러도 새로운 풍경과 낯선 얼굴들을 만나는 나의 기쁨은 조금도 퇴색한 적이 없었다. 바나라스에 도착하자마자, 나는 곧바로 아버지의 친구인 스와미가 살고 있는 곳으로 찾아갔다. 대문은 열려 있었다. 2층으로 올라가 보니 긴 홀처럼 생긴 방이 하나 있었다. 그곳에 체구가 퍽 단단해 보이는 사람이 옷을 허리에만 걸친 채 약간 올라와 있는 단|壇| 위에서 연화좌|漣華坐| 자세로 앉아 있었다. 머리와 잔주름이 없는 얼굴은 깨끗이 면도되어 있었다. 더욱이 입가에는 아름다운 미소가 어려 있었다. 나는 혹시 허락받지 않은 침입으로 쫓겨나면 어쩌나 했는데, 이런 걱정이 무색할 정도로 그는 오랜 친구처럼 나를 맞이해 주었다.

"바바 아난드|내 사랑하는 그대에게 기쁨 있기를|."

그야말로 진심에서 우러나오는 순진무구한 목소리였다. 나는 무릎을 꿇고 그의 발에 손을 댔다.

"당신이 스와미 프라나바난다|Swami Pranabananda|이신가요?"

그가 고개를 끄떡였다.

"너는 바가바티의 아들인고?"

내가 미처 주머니에서 아버지의 편지를 꺼낼 겨를도 없이 그가 먼저 말을 건네 왔다. 나는 놀라움을 감추지 못하고 그에게 아버지의 소개장을 건네주었는데, 그것은 이미 필요도 없는 일 이었다.

"네가 케다르 나트 바부를 만날 수 있도록 해 주겠다."

아버지 친구분인 그 성자는 예리한 통찰력으로 다시 한번 나를 놀라게 했다. 그는 편지를 한번 훑어보더니 부모님의 안부를 애정 어린 어조로 몇 마디 물었다.

"얘야, 나는 지금 두 가지 연금을 받고 있단다. 하나는 예전에 철도 회사를 아닐 때 윗사람으로 모시고 있던 네 아버지의 추천에 의한 것이고, 다른 하나는 하늘에 계신 내 아버지의 추천에 의한 것인데, 나는 그 분을 위해서 이 지상에서 수행해야 할 내 삶의 의무를 양심적으로 이행하며 살고 있단다."

나는 그의 설명 중 후자의 연금이 얼른 납득이 가지 않았다.

"선생님, 어떤 종류의 연금을 말씀하시는지요. 하늘에 계신 아버지께서 선생님의 무릎에 돈이라도 떨어뜨려 주시나요?"

그가 웃음을 터뜨렸다.

"내가 말하는 연금은 인간이 헤아릴 수 없는 평화란다. 이것은 오랫동안 수행해 온 깊은 명상에 대한 보답이지. 지금 나에게는 돈이 전혀 필요치 않다. 극히 적긴 하나 필요한 물질은 충분히 해결되고 있다. 나중에 너도 두 번째 연금의 의미를 이해할 때가 있을 것이다.

성자는 갑자기 엄숙한 모습으로 대화를 멈추더니 모든 움직임까지 멈추었다. 스핑크스와 같은 분위기가 그를 감쌌다. 처음에는 흥미로운 무엇인가를 관찰하는 것처럼 눈이 반짝이더니 그 다음에는 점점 흐릿해졌다. 나는 그 당시의 분위기와 그의 돌변된 태도에 당황했다. 사실 아직 아버지의 친구를 만날 수 있는 길도 말해주지 않았다. 나는 약간 초조한 마음으로 텅 빈 방을 둘러보았다. 우리 둘 이외에는 아무도 없었다.

"**초토 마하사야**|Choto Mahasaya|[1] 걱정하진 말게, 그대가 보고자 하는 사람은 반시간만 있으면 바로 자네 옆자리에 나타날 테니까."

이 요기는 나의 마음을 읽고 있었던 것이다.

그는 다시 수수께끼처럼 알 수 없는 침묵 속에 빠져들었다. 시계를 보고 30분이 지났다는 것을 알았을 때, 갑자기 그 수와미가 일어섰다.

"케다르 나트 바부가 이리로 오고 있는 것 같은데."

그가 이렇게 말했다.

누군가가 계단을 올라오고 있는 소리가 들렸다. 갑자기 도저히 알 수 없는 사건에 대한 놀라움으로 내 생각은 혼란의 극을 달렸다.

"어떻게 사람을 보내지도 않았는데 아버지 친구가 이리로 올 수 있단 말인가? 내가 이곳에 도착한 이후로 스와미는 나 말고는 어느 누구하고도 말한 적이 없지 않은가!"

나는 체면을 생각할 겨를도 없이 문을 박차고 나가 계단을 내려갔다. 반쯤 내려갔을 때. 중간키에 날씬하고 유난히 피부가 흰 남자와 부딪쳤다. 그는 급히 달려오는 모습이었다.

"케다르 나트 바부?"

내 목소에는 흥분이 그대로 배어 있었다.

"그래, 너는 여기서 나를 기다리고 있는 바가바티의 아들인고?"

그는 친근한 표정으로 웃으면서 내게 말했다.

---

1) 초토 마하사야(Choto Mahasaya) : 작은(어린) 선생이란 뜻으로 많은 인도 성자들이 요가난다를 부르던 호칭이다.

"선생님은 어떻게 해서 이곳으로 오시게 되었습니까?"

나는 불가사의한 그의 출현에 당황한 나머지 왠지 모르게 분노마저 느껴졌다.

"오늘은 매사가 신기한 일뿐이구나. 한 시간쯤 전에 스와미 프라나바난다가 내게 다가왔는데, 그때 나는 막 갠지스 강에서 목욕을 끝낸 참이었다. 내가 그 시간에 그곳에 있는 줄을 어떻게 알았는지…….

그가 이렇게 말하더구나.

'바가바티의 아들이 내 방에서 자네를 기다리고 있네. 나하고 함께 가겠나?'

나는 기꺼이 동의했지. 함께 손을 잡고 걸어가는데, 스와미는 튼튼한 운동화를 신은 나보다 나무 샌들을 신고서도 신통하게 더 빨리 걷는 것이었어.

'자네, 우리 집까지 오려면 얼마나 시간이 걸리겠나?'

그는 갑자기 걸음을 멈추더니 나에게 물었어.

'반시간쯤.'

그는 나에게 수수께끼 같은 눈길을 보내면서 말했어.

'난 지금 다른 볼일이 좀 있어서 먼저 가야겠네. 이따가 우리 집에서 만나기로 하지. 바가바티의 아들과 내가 자네를 기다리고 있을 걸세.'

내가 뭐라고 말을 할 사이도 없이, 그는 바람처럼 나를 젖히고 사람들 틈 속으로 사라져 버렸어. 그래서 나는 최대한 빨리 걸어서 지금 여기 온 것이고."

그의 설명은 나를 더욱 당혹하게 만들고 있다. 나는 그가 스와미를 알고 지낸 기간이 얼마나 되었는지 물었다.

"우리는 작년에 몇 번 만났지, 그러나 최근에는 전혀 만난 적이 없어. 오늘 목욕장 가트에서 그를 다시 만나서 매우 반가웠지."

"지금 무슨 이야기를 하고 있는 건지 모르겠어요. 진짜로 그를 보고 손도 만지고 발소리도 듣고 그런 건가요, 아니면 환상으로 본 건가요?"

"너한테 지금 거짓말을 하고 있는 것이 아니다. 네가 이곳에서 나를 기다리고 있다는 사실도 스와미가 알려 주었기 때문에 알 수 있었던 것인데, 그래도 이해를 못하겠니?"

"저는 도저히 이해를 할 수가 없군요. 저분 스와미 프라나바난다는 내가 한 시간 전쯤에 여기 왔을 때부터 지금까지 한순간도 내 눈 앞을 떠나지 않으신 걸요."

나는 지금까지의 상황을 그대로 다 이야기했다. 그리고 스와미와 내가 나누었던 대화를 거듭 설명하였다.

"우리가 현실 세계에 살고 있는 것인가, 아니면 꿈을 꾸고 있는 것인가? 내 생애에 이러한 기적을 목격하리라곤 전혀 예상도 하지 못했는데! 스와미가 평범한 사람인 줄로만 알았는데, 그가 자신의 육신 이외에 또 하나의 육신을 실체화할 수 있고, 그 육신을 통해서 다른 행동을 할 수 있는 사람이라니!"

나는 케다르 나느 바부와 함께 성자의 방으로 들어갔다. 그는 단상 의자 밑에 놓여 있는 신발을 가리켰다.

"저 단상 밑의 신발이 보이느냐? 저게 바로 그가 목욕탕에서 신고 있던 샌들이다."

그가 속삭이듯 나직이 말했다.

"아까도 지금처럼 허리에 차는 옷만 입고 있었다."

방문객인 케다르 나트 바부가 절을 하자, 성자는 고개를 돌리며 장난기 어린 미소를 지었다.

"왜 이런 일에 어리둥절하고 있는가? 현상계의 미묘한 통일성도 참된 요기들에게는 감춰질 수 없다네. 나는 지금도 멀리 캘커타에 있는 제자들을 보면서 대화를 나눌 수 있다네. 그들도 나와 마찬가지로 모든 거친 물질의 장법을 마음대로 초월할 수 있다네."

스와미가 나에게 친절하게도 자신의 투시|透視|능력과 투청|透聽| 능력에 대해서 말해 준 것은 아마도 나의 젊은 가슴에 영적인 열정을 불러일으키기 위해서였던 것 같다.

그러나 나는 어릴 때부터 들어왔던 특별한 구루인 스리 유크테스와르를 통해서 신을 추구할 운명을 타고났기 때문에 프라나바난다를 스승으로 받아들이고 싶은 마음은 생기지 않았다. 솔직히 나는 내 앞에 있는 그가 본래의 그인지, 아니면 그의 분신인지를 의심하지 않을 수 없었다.

스와미는 구루로서 자신에 대한 몇 가지를 이야기를 들려줌으로써 나의 불안감을 없애려 했다.

"내가 알고 있는 가장 위대한 요기는 라히리 마하샤야 이시리 그는 육신의 모습을 빌린 신성 그 자체이셨어."

나는 잠시 생각했다. '제자도 마음대로 또 하나의 육신을 실체화할 수 있을진대, 하물며 그 스승이라면 정말로 어떤 기적인들 불가능할 것인가'

지금부터 "구루의 도움이 내게 얼마나 값진 것인지를 말해 주겠네. 나

는 낮에는 철도회사에 일을 하며 다른 제자와 함께 매일 밤 여덟 시간씩 명상을 했지. 나는 명상을 하는 시간만큼은 모든 시간을 신에게 바치기를 열망했어. 지금까지 8년 동안 나는 밤 시간의 거의 반을 명상을 하면서 인내한 끝에 놀라운 결과들을 얻었네. 그러나 나와 무한|無限|사이에는 항상 보이지 않는 장막이 남아 있었네. 그러던 어느 날 밤, 나는 라히리 마하사야를 찾아 뵙고 이렇게 물었지.

'나의 초인적인 정성에도 불구하고 합일의 경지에 다다르지 못하는 이유는 무엇인가요? 더 이상 위대한 님을 직접 만나지 않고서는 더 이상 살아갈 수 없을 것 같습니다!'

'내가 그대에게 무엇을 해 줄 수 있겠는가? 더욱 명상에 정진하는 길이 최우선이다.'

'오, 신과 같은 나의 스승님이시여 지금 육신의 몸으로 내 앞에 나타나신 당신을 지각할 수 있도록 축복을 내려 주십시오!'

라히리 마하사야께서는 자신의 양팔을 높이 펼치고 인자한 음성으로 말씀하셨다.

'지금 돌아가서 명상하라. 창조의 신, 브라흐마|Brahma|에게로 너를 인도하리라.'

나는 그 말에 몹시 감흥되어 집으로 돌아왔다. 그날 밤 명상 중에 그토록 바라던 염원이 성취되었다. 그날 이후로 기쁨에 찬 창조주는 언제나 나와 함께 존재한 것이다."

프라나바난다의 얼굴은 신성한 빛으로 가득 찼다. 또 다른 세계의 평화가 내 가슴 속에 들어 온 뒤로 모든 두려움은 사라졌다.

향기의 성자, 간다 바바

그는 향기가 없는 꽃에서 어떤 꽃의 자연향이라도 풍겨나게
할 수 있을 뿐만 아니라, 시든 꽃을 다시 피게 할 수도 있고,
사람의 피부에서 아름다운 향기가 발산되도록 할 수도 있다오."

나는 지금부터 하룻동안에 일어났던, 나를 마치 홀리게 했던 그 순간들을 이야기 하려고 한다. 향기의 성자, 간다 바바는 이렇게 만났던 것이다.

"신은 단순하며 그것을 제외한 모든 것은 복잡하다. 자연의 상대적 세계에서 절대적인 가치들을 추구하지 말라."

나는 힌두 사원의 칼리 상|傷| 앞에 조용히 서 있을 때였다. 이러한 철학적인 귀절이 내 뒤쪽에서 들려왔다. 뒤를 돌아보니 유랑중인 수행자임을 한눈에 알아볼 수 있었다. 그의 키는 매우 컸던 것으로 기억한다.

나는 그에게 다가가며 이렇게 말했다.

"어찌하여 혼란에 빠져 있는 내 생각을 꿰뚫어 보셨습니까? 칼리가 상징하고 있는 것처럼, 자연에 존재하는 자비로운 면과 두려운 면 사이의 혼란은 나보다 더 현명한 사람들까지도 당황하게 만드나 봅니다."

"자연의 신비를 해결하는 자는 거의 없지! 선과 악은 삶이 모든 지성 앞에 던져 놓는, 해 볼만한 스핑크스 같은 수수께끼야, 대부분의 사람들은 시도는 해 보지만 아무 해답도 찾지 못한 채, 지금도 자신의 삶 자체를 벌

금으로 지불하고 있지. 그러나 우뚝 솟은 뛰어난 인물만이 그 비밀을 알아낼 수 있지. 그런 인물은 이원성|二元惺|의 마야|Maya|에서 더 이상 쪼갤 수 없는 합일의 진리를 발견한다네."

"선생님의 확신은 대단하시군요."

"나는 오랫동안 묵묵히 자기 성찰을 수행해 오고 있지. 이것은 지혜를 향한 아주 고통스러운 접근 방법이네. 자기 스스로를 면밀히 조사하고 자기 생각을 냉정하게 관찰하는 일은 엄격하면서도 충격적인 경험이지. 그것은 가장 강한 에고도 무너뜨릴 수 있다네. 그러나 진정한 자기 분석은 엄밀히 말해서 '보는 사람'을 만드는 작업이지. '자아를 드러내면' 결국 신과 우주에 대해서 자기 나름대로 해석을 내릴 권리가 있다고 굳게 믿는 이기주의자만 생겨나게 돼."

"그러나 당신처럼 오만한 성찰에서라면 진리는 분명히 어느 순간 물러나 있을 것입니다."

나는 어느새 토론을 즐기고 있었다.

"인간이 영원한 진리를 이해하기 위해서는 스스로 위선을 벗어 던질 줄 알아야 하네. 인간의 마음이란 세속적 관심에 이끌리다 보면 무수한 세상의 유혹만 좇는 충동적인 생활로 타락하게 되지. 이 내부의 적들은 무력으로는 절대로 이겨 낼 수 없어. 또한 어디에서나 끊임없이, 우리가 잠들어 있을 때라도, 독을 품은 무기를 교묘하게 갖추고 우리 모두를 파괴하기 위해서 덤벼들겠지. 이 싸움에서 진 인간은 자신의 이상을 묻어 버리고 세속 사람들의 보편적인 운명에 굴복하고 마는 지각없는 존재로 전락하게 되는 거네. 이제 그렇다면 그는 무능하고 생명이 없는 수치스러운 존재밖에 더 되겠는가?"

"선생님께서는 갈 길을 잃은 채 혼란에 빠져 있는 대중들에게 연민의 정을 느끼지 않으십니까?"

성자는 잠시 침묵하더니 대답했다.

"모든 미덕의 보고|寶庫|인 눈에 보이지 않는 신과, 분명히 아무것도 소유하지 못한 눈에 보이는 인간을 동시에 사랑하는 것은 종종 우리를 당혹스럽게 만드네. 그러나 지혜는 능히 그런 혼란을 모두 이겨낼 수 있지. 내면의 탐구를 계속하다 보면 곧 온 인류의 단일성을 찾게 되는데, 그것은 이기적인 동기의 강한 혈연성이네. 적어도 한 가지 점에서는 인간의 형제애가 드러나게 되는 셈이지, 여기서부터 겸손한 마음이 일기 시작하고 이러한 마음은 영혼의 치유력을 미처 알지 못하는 자기 이웃을 향한 동정심으로 성숙된다."

"지금까지 모든 시대의 성자들이 선생님처럼 세상의 슬픔에 대해서 연민의 정을 느껴 오고 있지요."

"천박한 인간만이 다른 사람들의 고통에 대해서 눈을 감을 수 있지. 그것은 편협한 자신의 고통 속으로만 잠겨들기 때문이지."

수행자의 굳은 표정이 어느새 눈에 띄게 부드러워졌다.

"냉철한 지성으로 자기 자신을 해부할 줄 아는 사람은 우주적 연민의 확장을 알게 되지. 신의 사랑은 그러한 토양에서 꽃을 피우게 되는 법이야. 인간이 마침내 자신을 창조한 창조주에게 의지하게 되는 것은 감당할 길 없는 고뇌의 깊은 수렁 속에서, '신이여, 왜입니까?' 하고 묻게 되는 단계에서 일어난다. 고통의 무자비한 채찍을 맞고서야 인간은 마침내 무한 존재 속으로 내몰리게 되는데, 무한존재의 아름다움만이 그를 불러들일 수 있는 게야."

나의 우연한 벗 그 수행자는 그 화려한 사원의 유적을 한번 둘러보더니 모든 격식을 벗어던진 채 발걸음을 옮기기 시작했다.

우리는 햇살을 맞으며 사원의 입구 쪽으로 향했다. 입구에는 많은 순례객들이 이리저리 무리 져 있었다.

성자는 나를 주의 깊게 관찰했다.

"자네는 젊군! 인도도 또한 젊지. 옛날의 리쉬들께서는 뿌리 깊은 영적인 삶의 양식|樣式|을 전해 주셨어. 그 오래되어 예스럽고 그윽한 말씀들이 오늘날까지도 이 땅에 충만해 있지. 이 교훈들은 시대에 뒤떨어지지 않고 유물론의 교활한 지혜까지도 포용해 가면서 지금까지도 인도의 형체를 만들고 있다네. 이 전통은 놀라움을 금치 못하는 학자들이 추정해 보는 시기 이상으로 오래전인 수천 년 전부터 이어져 오는 것이라네. 의심이 많았던 시대도 이제 〈베다〉의 가치를 인정하게 되었지. 그것을 자네의 유산으로 받아들이게."

내가 그 감동적인 성자에게 정중하게 작별의 인사를 드리자, 그는 다음과 같은 예언적인 말을 남겼다.

"오늘 이 자리를 떠난 다음, 자네는 범상치 않은 경험을 하게 될 걸세."

나는 사원 구역을 벗어나서 정처 없이 걸었다. 길을 걷는 동안에도 내내 수행자의 마지막 말의 의미를 되새겼다. 그러다 우연히 어느 길모퉁이를 돌아서니 옛 친구를 만나게 되었다. 그는 한번 이야기를 시작하면 시간 가는 줄 모르고 끝없이 이야기를 퍼부어 대는 친구였다.

그는 나를 붙들고 이렇게 말했다.

"잠깐만 나와 이야기를 하다가면 안 되겠나. 우리가 서로 헤어져 있었던 몇 년 간의 이야기를 모두 나에게 들려줄 수 없겠나."

"자네, 무슨 엉뚱한 소리를 하고 있나. 내가 그렇게 시간이 한가한 줄 아는가?"

그러나 그는 나의 팔을 붙잡고 그 동안의 재미있었던 이야기들을 해 달라고 조르기 시작했다. 그는 마치 굶주린 늑대와 같았다. 내가 이야기를 많이 꺼낼수록, 그는 더욱 더 새로운 사실들을 캐내려고만 했다. 그래서 나는 친구가 눈치 채지 못하도록 속마음으로 이 궁지를 모면할 멋진 방법을 구하기 위해 칼리 여신에게 기도했다.

그러자 갑자기 친구가 자리에서 일어나더니 내 곁을 떠나갔다. 나는 안도의 한숨을 쉬면서 다시 그에게 붙잡힐세라 걸음걸이를 보통 때보다 두 배나 빨리 했다. 친구가 갔나싶었는데 뒤에서 급히 쫓아오는 발소리를 들은 나는 더욱 빠르게 걸었다. 뒤를 돌아다볼 새도 없었다. 그러나 그 젊은 녀석은 나를 단숨에 쫓아와서 아무 일도 없었던 양 내 어깨를 치는 것이었다.

"자네에게 향기의 성자, 간다 바바|Gandha Baba|의 이야기를 해 준다는 것을 깜빡 잊었네. 그래서 다시 왔네. 자네 저기 보이는가?"

그는 저만치 떨어져있는 집 한 채를 가리켰다.

"자네, 그를 만나 보게나. 참 재미있는 사람이네. 자네는 특별한 경험을 하게 될 걸세. 또 보자고."

그는 진짜로 가 버렸다.

칼리 사원에서 사두가 해 주었던 비슷한 예언이 마음속에서 섬광처럼 스쳐 지나갔다. 나는 호기심을 잔뜩 품고 그 집에 들어서서 어느 널찍한 방으로 안내되었다. 거기에는 많은 사람들이 짙은 오렌지색 양탄자 위 여기저기에 앉아 있었다. 누군가 내 귀에 엄숙한 목소리를 속삭였다.

"호피 위에 앉아 있는 간다 바바를 유심히 보시오. 그는 향기가 없는 꽃에서 어떤 꽃의 자연향이라도 풍겨나게 할 수 있을 뿐만 아니라, 시든 꽃을 다시 피게 할 수도 있고, 사람의 피부에서 아름다운 향기가 발산되도록 할 수도 있다오."

그 성자를 정면으로 바라보았더니, 그도 순간 나에게 눈길을 던졌다. 그는 뚱뚱한 체구에 수염이 나 있었으며, 까무잡잡한 피부에 두 눈이 크게 빛나고 있었다.

"젊은이, 만나서 반갑네. 자네가 원하는 것을 말해 보게나. 향기를 좀 맡아 보지 않겠나?"

이렇게 말한 후 그는 꽃을 내 코에 가져다 댔다.

"무엇 때문이지요?"

나는 성자의 말이 약간 어린애 같다고 생각했다.

"향기를 즐기는 신기한 방법을 경험하기 위해서지."

"향기를 만드는 데도 신|神|을 이용하시나요?"

"그거 무슨 말인가? 아무튼 향기는 신이 만든다네."

"그렇지요. 그러나 신이 만드시는 꽃향기는 싱싱한 꽃잎들 속에서 우러나는 것 아닙니까? 선생님은 꽃을 실체화시킬 수 있습니까?"

"젊은 친구, 그렇다네. 그렇지만 나는 보통 향기를 만들어 내지."

"그러면 향수 공장들이 문을 닫게 되겠군요."

"향수 사업을 방해할 생각은 없네. 나는 다만 신의 능력을 나타내고자 할 따름이야."

"선생님, 굳이 신을 증명할 필요가 있습니까? 신은 모든 곳에서 모든 일을 통해 기적을 행하고 계시지 않습니까?"

"그렇긴 하지만 우리도 역시 신이 가진 무한한 창조적 다양성을 나타내야 한다네."

"그런 기술을 습득하시는 데 얼마나 걸리셨나요?"

"12년."

"아스트랄체를 통해서 향기를 만들어 내는 데 말이죠? 제 생각으로는, 꽃가게에서 몇 루피면 살 수 있는 향기를 위해서 12년을 낭비하신 것 같습니다."

"향기는 꽃과 더불어 사라지지."

"향기는 죽음과 더불어 사라지겠죠. 제가 왜 육신만을 즐겁게 하는 향기를 갈구해야 하나요?"

"철학자 선생, 자네 마음에 드는군. 자, 이제 자네의 오른손을 뻗어 보게나."

그는 내게 마치 축복을 내리는 동작을 취했다.

나는 간다 바바에게서 1~2미터 떨어져 있었고, 나는 그에게 손을 내밀었다.

"어떤 향기를 원하는가?"

"장미향을 원합니다."

"그렇게 되라."

정말 놀랍게도 매혹적인 향기가 내 손바닥 가운데서 강렬하게 풍겨 나왔다. 나는 웃으면서 옆에 놓인 꽃병에서 희고 커다란 향기 없는 꽃을 한 송이 뽑아 들었다.

"이 향기 없는 꽃에서 재스민 향기를 풍기게 할 수 있나요?"

"그렇게 되라."

즉각 그 꽃잎들에서 재스민 향기가 풍겨 나왔다. 나는 그 기적과도 같은 장면에서 눈을 뗄 수가 없었다. 그리고 나서 나는 스르륵 힘없이 주저앉았다. 그의 제자 중 한 사람이 간다 바바의 원래 이름이 비숫다난다 |Vishuddhananda|이며, 그가 티벳의 스승에게서 놀라운 요가 비법들을 많이 배웠다는 사실을 나중에 알려 주었다. 그 티벳 요기의 나이는 천살이 넘는다는 것도 덧붙였다.

"그의 제자인 간다 바바께서는 당신이 방금 목격한 것처럼 항상 아무 때나 간단하게 말을 사용해서 향기의 기적을 보이는 것만은 아닙니다."

이 제자는 자기 스승에 대한 자부심을 가지고 있었다.

"그 방법은 무수히 많으며, 그때그때 스승님의 기분에 따라서 달라지게 됩니다. 참으로 놀라운 분입니다. 그의 제자가 된 캘커타의 지성인들도 많아요."

나는 나만은 그 성자의 제자가 되지 않겠다고 다짐했다. 사실 너무 놀라운 능력을 가진 구루는 부담스러웠다. 나는 간다 바바에게 정중히 감사드리고 그곳을 나왔다. 집으로 천천히 걸어오면서 나는 그날 있었던 서로 다른 세 번의 만남에 대해서 곰곰이 생각해 보았다.

집으로 가는 길에 우마 누나와 마주쳤다.

"향수까지 사용하다니, 점점 멋을 부리는구나."

나는 아무 말 없이 누나에게 내 손을 내밀고 냄새를 한번 맡아 보라는 시늉을 했다.

"어머나! 정말 근사한 장미 향기구나. 향이 굉장히 강한걸."

나는 정말 별난 일이라고 생각하면서, 조용히 누나의 코 밑에 영적인 향기가 담긴 꽃을 갖다 댔다.

"어머나, 재스민 향기!"

누나는 꽃을 움켜잡았다. 누나가 알기에는 분명 향기가 없는 꽃인데도 재스민 향기가 풍기는 그 꽃의 냄새를 여러 번 맡아 보는 누나의 표정에는 놀라움의 빛이 점점 완연해졌다. 누나의 그런 반응은 간다 바바가 나만 향기를 맡을 수 있도록 최면 상태로 유도한 것이 아닌가 하는 의심을 풀어 주기에 충분했다.

나중에 나는 친구인 알라카난다로부터 '향기의 성자'가 지닌 능력에 대해서 이야기를 듣게 되었다.

"나는 축제 기간이라 부르드완에 있는 간다 바바의 집에 모인 백 명 정도의 다른 손님들과 함께 있었지. 그 요기가 아무것도 없는 허공상태에서 물건들을 만들어내는 능력으로 유명했기 때문에 나는 웃으면서 그에게 이미 제철이 지난 감귤 몇 개를 만들어 달라고 했지. 그러자 즉각 바나나 잎사귀 접시 위에 담아서 손님들에게 돌렸던 루치들이 전부 부풀어 오른 거야. 그 부풀어 오른 빵을 갈라 보니, 그 속에 하나같이 껍질이 벗겨진 감귤이 하나씩 들어 있는 것이 아니겠어? 나 역시 약간 두려움을 느끼면서 내 빵 속에 들어 있던 그 감귤을 깨물어 보았는데 달콤한 맛이었어."

그 후 여러 해가 지난 다음에 나는 내면의 깨달음을 통해서 간다 바바의 그러한 실체화가 어떻게 가능할 수 있었는지를 이해하게 되었다. 그러나 그 방법은 애석하게도, 세상의 배고픈 군중들이 손을 뻗을 수 없는 영역에 속해 있는 것이다.

인간이 반응하게 되는 여러 감각의 자극들, 즉 촉각, 시각, 청각, 미각, 후각들은 전자와 양자의 진동수 차이에 의해서 생성된다. 이 진동들 또한 '생명자' 라고 하는 프라나|Prana|에 의해서 통제되는 미묘한 생명력으로서, 지성의 힘으로 구별되는 다섯 가지 감각상의 개념-실체|Idea-substance|를 이루는 원자 에너지보다 더 섬세하다.

간다 바바는 요가의 어떤 기법에 의해서 자기 자신을 프라나의 힘에 공명시킴으로써 생명자들이 그 진동의 구조를 재배열하도록 유도해서 원하는 결과를 실체화시킬 수 있었던 것이다. 그가 만든 향기나 과일, 그리고 다른 기적들은 사실적인 진동에 의한 실제적인 실체화였으며, 결코 최면적으로 생성된 내적 감각이 아니었다.

최면술은 의사가 마취에 의해서 손상을 입을 우려가 있는 환자들을 수술할 때 일종의 심리적인 클로로포름으로 사용해 왔다. 그러나 최면 상태를 반복해서 경험하게 되면 해로운 결과가 발생할 수도 있는데, 그것은 부정적인 심리적 영향이 한동안 두뇌 세포에도 미치기 때문이다. 최면술은 다른 사람이 가지고 있는 의식의 영역으로 침입하는 것이다.

최면술에 의한 일시적 현상은 신성한 깨달음에 이른 사람이 행하는 기적들과 아무런 관련이 없다. 이런 사건들은 즐긴다는 것 외에는 별 목적이 없으며, 신을 향한 진지한 탐구와는 더더욱 관련이 없다.

특별한 능력을 과시하는 행위는 성자들에게 비난의 대상이 된다. 페르시아의 신비가인 아부 사이드|Abu Said|는 언젠가 물 속에 잠겨 있을 수도 있고, 공중에 뜰 수도 있고 동시에 여러 곳에 존재할 수도 있는 기적을 자랑하는 어떤 파키르|Fakir, 이슬람교 수도승|들을 비웃었다.

아부 사이드는 점잖게 비꼬면서 지적했다.

"개구리도 물 속에 집을 짓고 살고 있다. 까마귀와 독수리는 쉽게 공중을 날고, 악마는 동시에 동쪽과 서쪽에 모습을 나타낸다. 진정한 인간이란 이웃들과 어울려 살면서 정의를 실현하고, 사고파는 행위를 하면서도 단 한순간도 신을 망각하는 일이 없는 사람이다."

이 위대한 페르시아의 스승은 또 종교 생활에 대한 자신의 견해를 다음과 같이 피력했다.

"네 머리 속에 지니고 있는 이기적인 욕망이나 야심을 버리고, 네 손에 가지고 있는 것을 홀가분하게 던져 버려라. 그리고 불운을 당했다고 좌절하지 마라!"

칼리 사원에서 만난 성자도, 티벳의 요기도, 구루를 찾는 나의 열망을 충족시키지 못했다. 사실 나도 구루를 알아보도록 해주는 스승이기를 기대했을까? 아니다. 진정한 구루를 만나게 되면, 내 마음 속에서 자발적으로 '바로 이 분이다!' 하는 확신이 울려 퍼질 것이기 때문이다.

나는 늘 집을 떠나올 때마다, 혹시나 운명적인 나의 구루를 만날까 싶어 주위를 열심히 둘러보는 버릇이 있다. 그러나 나의 구루를 만난 것은 내가 고등학교를 졸업하고 나서이다.

운명의 스승, 스리 유크테스와르

어디든 스승님만을 따라가겠습니다.
저에게 계신 곳과 존함을 가르쳐 주십시오."
"내 이름은 스와미 스리 유크테스와르 기리이다."

"신을 믿으면 어떠한 기적도 가능하다. 그러나 단 한 가지 예외가 있는
데, 그것은 공부를 하지 않고도 시험에 합격하는 것만은 제외된다."

나는 무심코 손에 든 책 제목이 〈영감을 주는 책〉을 보고 불쌍한 친구,
밤늦게까지 공부하는 것을 꽤나 좋아하는군? 하며 씁쓸하게 덮어 버렸다.

'이 책의 저자가 예외라고 생각이 드는 것은 완전한 신앙을 갖지 못한
결과이다. 불쌍한 친구, 밤늦게까지 공부하는 걸 꽤나 존중하고 있군!'

그 당시 나는 고등학교를 반드시 졸업하기로 아버지와 약속을 했다.

그러나 나는 지난 몇 달 동안 학교 가기보다 캘커타 해수욕장 근처의
아슈람에 더 자주 갔었다. 그곳에 인접한 화장터는 밤이 되면 매우 으스
스한 장소라서 요기들에게 매우 인기가 높은 장소로 알려져 있다. '죽음
을 초월한 진리'를 탐구하는 사람은 그까짓 나뒹구는 해골들쯤은 겁내지
않아야 했다. 흔해빠진 뼈다귀들이 널려진 음침한 묘지에 가 보면 인간의
존재가 얼마나 허망한지를 실감할 수 있었다. 내가 한밤중에 화장터를 배
회하는 것은 고고학자들의 연구 목적과는 전혀 다른 종류의 것이었다.

그때는 졸업시험 기간이 거의 임박해 있었다. 이 귀찮고도 피할 수 없

는 시기는, 무덤의 귀신과 똑같이, 사람들을 겁먹게 한다.

하지만 내 마음은 평온하였다. 나는 오히려 시체나 귀신들을 연구하면서 학교 수업도 함께 할 수 있는 방법을 모색하고 있었다. 그러나 유감스럽게도 나한테는 스와미 프라나바난다가 가진 두 개의 몸을 형상화 시킬 기술이 없었다. 애석하게도 많은 사람들에게는 비논리적으로 보이겠지만, 나는 속으로 신께서 나의 이러한 고민을 헤아려 주시리라는 믿음을 확신하고 있었다.

신을 믿는 사람이 이처럼 비합리적인 생각을 하는 것은 가장 절박한 때 바로 자신이 믿는 신이 나타나는 설명할 수 없는 경우가 무수히 많기 때문이다.

"이봐 무쿤다, 요새 왜 이렇게 보기가 힘들어?"

어느 날 같은 반 친구 하나가 가르파르 로에서 나에게 말을 걸었다.

"아, 난투! 사실 그 동안 학교를 안 나갔더니 너무 막막해."

나는 친구의 다정한 눈길에 마음속에 있던 고민들을 털어놓았다.

난투도 유쾌하게 웃었다. 공부를 잘 하던 그 친구는 내 난처한 입장이 무척 우스워 보이는 모양이었다.

"졸업시험 준비가 많이 걱정된다는 거지? 너를 도와주고 안 도와주고는 나한테 달린 것 같은데!"

난투의 말이 끝나자마자 서로의 마음이 통했다는 듯 서로 쳐다보며 웃었다. 이 간단한 말 몇 마디가 내 귀에는 마치 신이 응해 주시는 약속처럼 들렸다. 나는 재빨리 난투의 집을 찾았다. 그는 친절하게도 여러 가지 예상 문제를 뽑아 주었다.

"이런 문제들은 함정에 빠뜨리기 위한 미끼야. 지금 하는 것만 잘 기억해 두면 별 탈 없이 시험을 넘길 거야."

내가 그의 집을 나설 때는 이미 새벽녘이었다. 나는 벼락치기로 한 공부 때문인지라 다만 시험이 다가오는 며칠 동안만 머리 속에 남아 있길 간절히 기도했다. 난투가 여러 가지 과목을 지도해 주었지만, 시간이 너무 촉박해서 서두르다보니 산스크리트어 과목을 그만 빠뜨리고 말았다.

다음날 아침, 나는 머릿속에 빼곡히 쌓인 지식을 정리하고자 산보를 했다. 잡초가 우거진 모퉁이를 질러가다가 나는 문득 무언가에 놀라 걸음을 멈추었다. 땅 바닥에 인쇄된 종이 몇 장이 널려 있었다. 얼른 집어보니 산스크리트어로 된 운문이 아닌가!

나는 해석을 할 수 없어 학자 한 사람을 찾아갔다. 그의 목소리는 고대 분위기와 꽤나 조화를 이루었다.

"이처럼 특수한 구절들은 산스크리트어 시험에 안 나올 것 같네!"

학자는 미심쩍은 표정으로 나는 바라보았다.

그러나 나는 그 이상한 시를 접한 덕분에 다음날 산스크리트어 시험을 무사히 통과할 수 있었다. 난투의 각별한 보살핌으로 다른 과목도 모두 최하점수이긴 하지만 무사히 통과하게 되었다.

아버지는 내가 약속을 지켜 고등학교를 졸업하게 된 것을 매우 기뻐 하셨다. 나는 나를 인도해 주신 신께 감사드렸다. 나를 택하여 난투의 집에 가게 한 것과 잡초가 우거진 돌길을 우연히 산책하게 된 것도 모두 신의 이끄심이었던 것이다.

그 분은 놀랍게도, 적시에 나를 구출하기 위해서 두 번이나 나타나셨던 것이다. 하느님일지라도 시험장에는 절대 나타나지 않는다고 적어 놓은 책에 대해서 나는 속으로 이렇게 말하며 웃지 않을 수 없었다.

'내가 만약 그 책의 저자를 만나, 무덤 한복판에서 명상을 하는 것이 고등학교 졸업의 지름길이라고 한다면, 아마도 놀라 자빠지겠지!'

졸업시험 통과로 위신이 서자, 나는 곧 공공연히 집을 떠날 계획을 세우고 있었다. 친구인 지텐드라 마줌다르도 함께 가기를 원했다. 우리는 스리 바라트 다르마 마하만달|Sri Bharat Dharma Mahamandal|의 바나라스 아슈람로 가기로 했다.

막상 집을 떠나려 하니, 갑자기 슬픈 생각이 들기 시작했다. 나는 어머니가 돌아가신 이후로, 어린 동생인 사난다와 비슈누 그리고 막내인 타무에 대한 애정이 특별히 깊어졌다. 나의 격동의 **사다나**|Sadhana|[1]를 대변해 주는 은신처인 다락방으로 뛰어 들어가서 두 시간을 실컷 울었다. 그런데 뜻밖에도 울고 나서 나는 연금술에 의한 것처럼 이상야릇하게 변해 있었다.

나의 모든 집착은 사라지고 오직 신을 찾겠다는 굳은 결심만이 남아 있었다.아버지께 마지막 인사를 드리러 갔더니 아버지는 난처한 듯이 말씀하셨다.

"마지막으로 부탁하마. 나와 네 형제들을 버리지 말아다오."

"존경하는 아버님, 제가 아버님을 사랑하고 있음을 어떻게 말로 다 표현하겠습니까? 그러나 저는 이 세상의 완전한 아버지를 주신 '하늘의 아버지'를 더욱 사랑합니다. 저를 보내 주십시오. 저는 언젠가 반드시 신성한 깨달음을 가지고 돌아오겠습니다."

---

1)사다나(Sadhana) : 신에게 이르는 길

마지못한 아버지의 승낙을 얻어낸 나는 바나라스 아슈람로 출발했다.

내가 도착하자 청년들을 지도하는 스와미인 다야난다가 반갑게 맞아 주었다. 그는 키가 크고 깡말랐지만 침착한 태도와 깊은 생각으로 나에게 좋은 인상을 주었다.

아슈람에는 다락이 있어서 좋았다. 새벽과 아침나절은 주로 그 다락에서 보내게 되었다. 그곳 아슈람 사람들은 명상하는 방법을 거의 모르는 것 처럼 보였다.

하루는 아침 일찍 일어나 다락으로 올라가려 하는데, 함께 생활하는 동료 한 사람이 나를 향해 이렇게 비웃었다.

"그렇게 너무 일찍 신을 찾으려 하지 말게!"

그러나 나는 다야난다를 찾았다. 그는 갠지스 강이 내려다보이는 조그만 거처에서 매우 분주한 시간을 보내고 있었다.

"스와미 지, 제가 여기에 온 이유를 모르겠어요. 저는 직접 신을 인식하기 위해 노력하고 있습니다. 신이 없이는 그 어떠한 단체나 신조, 업적 따위에 결코 만족할 수 없습니다."

오렌지색 옷을 입은 그 수도승은 다정하게 내 등을 두드리며 짐짓 나무라는 투로 옆에 있던 몇몇 제자에게 말했다.

"무쿤다를 괴롭히지 마라. 그도 곧 우리 방식을 알게 될 것이다."

나는 무슨 말인지 매우 의심스러웠지만 그냥 덮어 두었다. 학생들은 그러한 야단에 별로 아랑곳하지 않고 방을 나갔다. 다야난다는 계속해서 내게 말했다.

"무쿤다, 네 아버지가 너에게 꼬박꼬박 돈을 보내 주고 계시다는 것을 안다. 그걸 돌려 보내라. 여기서는 아무것도 필요 없다. 단 음식에 대한 금지조항 만큼은 지켜주길 바란다. 아무리 배가 고파도 배가 고프다는 이야기를 하지 말아라."

그는 내 안색에서 지금 배고파 함을 읽었는지는 나도 모르겠다. 그러나 배고픔은 분명한 사실이었다. 아슈람의 첫 식사는 정확히 열두시에 있었다. 집에서는 항상 아홉시에 아침식사를 충분하게 먹는 것이 습관처럼 되어 있었다.

세 시간이라는 간격이 날마다 점점 지루해져 갔다. 10분만 늦어도 요리사를 야단치던 캘커타 시절은 이미 옛날이었다. 나는 식욕을 조절하기 위하여 많은 애를 썼다. 24시간 단식을 단행하기도 하였다. 단식을 시작한 날은 전보다 몇 배의 인내성으로 다음날 정오를 기다렸다.

"디야난다가 탄 기차가 연착이야. 그가 도착할 때까지는 식사를 못할 것 같아."

지텐드라가 이 무시무시한 소식을 전해 주었다. 2주일 동안이나 아슈람를 떠났다가 돌아오는 스와미를 환영하기 위해 여러 가지 맛있는 음식이 준비되어 있었다. 구수한 냄새가 아슈람에 가득했다. 어제 하루 종일 단식을 했는데, 그 무엇인들 삼킬 수 없으랴?

"신이여, 기차를 빨리 오게 하소서!"

몇 시간이 흘렀다. 그가 문 앞에 당도했을 때는 이미 어둠이 짙게 깔려 있었다. 디야난다를 보니 그렇게 기쁠 수 없었다.

"디야난다 님이 목욕을 마치고 명상을 끝낸 후에야 우리가 식사를 할 수 있다네."

지텐드라가 불길한 새처럼 나에게 다가와 다시 말했다.

나는 그 시간까지 굶고 있었기 때문에 거의 산송장이 다 되어 있었다. 굶는 데에 익숙지 않은 왕성한 내 위장은 계속 힘차게 요동치고 있었다. 전에 사진으로 보았던 굶어 죽은 사람들의 모습이 눈앞에 아른거렸다.

'다음 주인공은 바로 이 아슈람에서 나오겠구나.'

이런 생각이 다 들 정도였다. 저녁 아홉시가 되어서야 연락이 왔다.

식사 소집을 그 얼마나 기다렸던가! 그날 저녁의 식사는 아사 직전의 절박한 기쁨이었다.

나는 정신없이 먹는 가운데 디야난다 역시 정신없이 먹고 있음을 알 수 있었다. 아니, 그는 나보다 더 많은 양의 식사를 즐기고 있었다.

"스와미 님! 배고프지 않으셨나요?"

나는 배불리 식사를 한 다음 그와 함께 서재에 있게 되었다.

그가 말했다.

"나는 오늘 종일 아무것도 먹지 못했네. 더욱이 세속 사람들이 가득 타고 있는 기차 안에서는 절대 아무것도 먹지 않지. 나는 엄격하게 수도승을 위한 샤스트릭ㅣShastricㅣ계율을 준수하고 있으니까."

"이 아슈람의 단체 생활 중 어떤 것은 내 마음대로 할 수가 있다네. 사실 오늘 저녁 나는 저녁식사를 대충한 편이네. 서두를 일은 아니니까. 허나 내일부터는 우선 적절한 식사를 하는 것부터 원칙으로 삼겠네."

이렇게 말하면서 그는 유쾌하게 웃었다.

수치심이 나를 질식시킬 것처럼 내 몸에서 퍼져 나갔다. 그러나 어제의 고통은 쉽게 잊을 수 없었다. 그래서 나도 감히 말을 계속했다.

"선생님, 저도 선생님의 지시에 따르느라 매우 혼이 났습니다. 음식을 요구하지 않으니까 아무도 주지 않아요. 거의 죽을 뻔했습니다."

"그러면, 죽는 편이 낫겠구나!"

이 놀라운 소리가 공기를 진동시켰다.

"무쿤다, 그렇다면 죽어야지! 너는 하느님의 힘으로 사는 것이지, 음식의 힘으로 사는 것이 아니라는 사실을 명심해 두어라! 영양분의 모든 것을 창조하신 분, 우리에게 식욕을 주신 분이 자기를 신봉하는 사람을 결코 죽게 하지는 않는다. 음식이 너를 지탱해 주고, 돈이나 사람들이 너를 살아가도록 한다고 생각하지 말아라. 하느님이 네게서 목숨을 거두어 가면 그들이 무슨 도움을 줄 수 있겠느냐? 네 위장에서 음식을 소화시키는 것이 네 자신의 기술로만 된다고 생각하느냐? 무쿤다! 네가 가진 분별력이라는 칼을 사용해라. 매개물의 사슬을 끊어 버리고 단 하나의 궁극적인 원인만을 감지하거라!"

나는 그의 신랄한 충고가 뼛속까지 깊이 사무침을 느꼈다. 육체적인 명령이 정신을 이길 수도 있다는 다년간의 묵은 환상은 삽시간에 사라져 버렸다. 나는 그때 거기서 모든 것을 신이 충족시킨다는 것을 알았다. 그후, 나는 수많은 여행으로 일생을 보내게 되었는데, 낯선 여러 도시들을 방문하면서 바나라스의 아슈람에서 배운 이 교훈이 맞아들어 가는 경우를 얼마나 많이 경험했는지 모른다!

내가 캘커타에서 가져온 유일한 귀중품은 돌아가신 어머니의 유품인 사두의 은 부적이었다. 수년 동안 소중히 간직했으며 그것을 아슈람의 내 방 속 깊숙이 감춰 두었다. 그 부적은 재앙을 막아 준다고 했다.

그러나 어느 날 문득 아침에 나는 자물쇠가 채워진 그 상자를 열어 보았다. 봉인된 포장은 손이 닿은 흔적이 없는데, 부적은 사라지고 없었다.

도대체가 믿기지 않아 봉투를 찢어 열어 보았다. 틀림없이 없어진 것이 분명했다. 그 사두의 예언대로 그것은 에테르 속으로, 그의 부름에 따라 사라졌던 것이다.

나와 디야난다의 다른 추종자들과의 관계는 점차 악화되어 갔다. 나의 사람들에 대한 확고부동한 무관심 때문에 서로 간의 분위기는 더욱 더 서먹서먹해졌던 것이다. 내가 출가할 당시 그 이상을 향한 명상을 엄격히 고집하였으므로, 여기저기서 나를 향한 비판이 쏟아졌다.

나는 정신적 고통에 괴로워하며 어느 날 새벽 다락으로 올라가서 확고한 결심이 설 때까지 기도를 했다.

"우주의 자비로운 어머니시여! 당신의 모습을 통해서든지, 아니면 당신이 제게 보내신 구루에 의해서든지, 저를 가르쳐 주십시오!"

몇 시간이 흘러도 나의 눈물겨운 간청은 응답을 얻지 못했다. 그런데 갑자기 몸이 순간적으로 위로 들어올려지는 느낌이 들었다.

"너의 진정한 스승이 오늘 나타나신다!"

성스러운 여인의 음성이 곳곳에서 들려 왔다. 도저히 말로 설명하기 힘든 상황이었다. 그러나 이 신성한 체험은 누군가의 외침에 이내 사라졌다. 그것은 아래층 부엌에서 나를 부르는 하부라는 젊은 수도자의 목소리였다.

"무쿤다, 명상이 끝났으면 심부름 좀 같이 가라."

다른 날 같았으면 불만 섞인 목소리로 날카로운 대꾸를 했을 것이다.

그러나 나는 눈물로 뒤범벅된 얼굴을 추수린 다음, 아무 말 없이 그 부름에 응했다. 하부와 함께 나는 바나라스 벵골 구에 있는 시장으로 향했다. 나는 하부와 시장에 가는 도중 좁다란 오솔길을 지나게 되었다. 그 오솔길 끝에는 스와미 복장을 한 성자와 비슷한 사람이 꼼짝도 하지 않고 서 있었다. 그를 처음 보는 순간, 나는 마치 오래 전부터 알았던 사람처럼 친숙한 느낌이 들었다. 그러나 곧 제정신으로 돌아왔다.

'너는 지금 이 방랑승을 엉뚱한 대상으로 혼동하고 있어. 정신 차려!'

그리고 나서 10분 정도 걷다보니 갑자기 발에 쥐가 났다. 마치 무거운 돌을 올려놓은 듯이 묵중한 힘이 두 발 위에 가해지는 것이었다. 그런데 갑자기 어찌된 일인지 나도 모르게 뒤를 돌아보자 발이 정상으로 돌아왔다. 나는 다시 가던 방향으로 걸어가려 했다. 그러자 다시 이상한 압박감이 이내 들었다.

'저 도인이 나를 자석처럼 자기한테로 끌어당기고 있다.'

이런 생각이 들자, 나는 하부에게 짐을 내맡겨 버렸다. 내가 발을 절룩거리는 모습을 이상하게 보고 있던 하부가 그만 웃음을 터뜨렸다.

"어디 아퍼? 너, 어떻게 된 것 아냐?"

나는 감정이 요동쳐서 대꾸할 여유도 없이 오던 길을 다시 되돌아갔다. 마치 발에 날개가 달린 듯이 가볍게 그 좁은 오솔길에 당도했다. 나는 그분이 조용한 모습으로 앉아 내가 오는 방향을 지켜보고 있었다는 사실을 한눈에 알 수 있었다. 몇 걸음 조심스럽게 다가간 나는 그의 발밑에 엎드렸다.

"구루데바!"

그의 성스러운 얼굴은 내가 천 번은 보았을 그런 얼굴이었다. 긴 수염과 흘러내린 머리 타래 때문에 마치 표범 같아 보이는 얼굴에서 평온한 눈길이 나의 어둡고 희미한 공상을 꿰뚫어 보는 것 같았다. 그 눈은 또한 내가 신뢰할 수 있도록 믿음을 주고 있는 것만 같았다.

"오, 반갑다! 네가 정녕 내게로 왔구나!"

벵골어로 이렇게 자꾸만 반복해서 말하는 그의 음성이 기쁨에 떨리고 있었다.

"얼마나 많은 세월을 내가 너를 기다려 왔던가!"

우리는 침묵 속에서 일치감을 느꼈다. 그 순간 반응으로 말을 한다는 것이 천박하고 사치스럽게 느껴졌다. 소리 없는 찬양이 스승의 가슴에서 제자의 가슴으로 파고들었다.

직감적으로 나는 그의 구루가 신을 알고 있으며, 나를 신께 인도하실 것임을 느낄 수 있었다. 극적인 순간이었다. 전생과 현생과 내세는 순환하고 있었다.

구루는 내 손을 잡고 시내에 있는 자신의 거처로 나를 데리고 갔다. 그의 모습은 활기에 넘쳤고 걸음은 힘찼다. 키도 크고 건장했으며, 쉰다섯이라는 나이에도 불구하고 젊은 사람처럼 활기차고 정력적이었다. 그의 검은 눈은 크고 아름다웠으며 깊은 지혜를 담고 있었다. 약간의 고수머리가 그의 강인한 얼굴을 부드럽게 해 주었다. 힘과 온화함이 신기하게도 조화롭게 결합을 이루었던 것이다.

갠지스 강에 있는 그의 집 발코니에 이르자, 구루는 다정스럽게 말씀하셨다.

"너에게 나의 아슈람과 내가 가진 모든 것을 네게 주겠다."

"스승님, 저는 지혜와 신의 깨달음을 구하기 위해 여기에 왔습니다. 그것이 바로 당신에게서 제가 추구하는 보물입니다!"

스승의 아슈람에 당도하였을 때는 이미 석양이 반쯤이나 붉게 물들어 있었다. 그의 눈은 헤아릴 수 없는 부드러움을 담고 있었다.

"나는 너를 조건 없이 사랑하겠다."

이 얼마나 값진 말인가? 25년이 지나서야 나는 그 말의 진정한 뜻을 깨달을 수 있었다. 열정적인 말보다 스승의 잔잔한 어조가 바다같이 넓은 가슴을 대신하는 것만 같았다.

"너도 나를 똑같이 조건 없이 사랑하겠느냐?"

그는 천진스런 신뢰감을 갖고 나를 응시했다.

"선생님을 영원히 사랑하겠습니다. 구루데바!"

"보통의 사랑은 이기적인 것이며 욕망과 자기만족에 뿌리를 두고 있다.

그러나 신성한 사랑은 조건이 없으며, 따라서 한계도 없고 변화도 없는 것이다. 변화무쌍한 인간의 마음이 순수한 사랑을 접하게 되면서 영원히 흔들리지 않게 되는 것이다."

그는 이어 아무런 가식 없이 덧붙여 말했다.

"잘 듣거라. 만약 내가 신성한 깨달음으로부터 벗어난다면, 나를 네 무릎에 눕혀 놓고, 우리들이 숭배하는 우주의 님에게로 돌아갈 수 있도록 도와주겠고 약속해 다오."

날이 어두워지자 그는 자리에서 일어나서 방 안으로 나를 인도했다. 여러 가지 음식을 먹으며 우리는 서로 흉금을 털어놓았다. 나는 웅대한 지혜와 내면의 겸손함을 지닌 스승의 정신세계에 놀라움을 금할 수 없었다.

"없어진 부적에 대해서도 슬퍼하지 말아라. 그 부적은 임무를 다한 것이니까."

신의 거울과도 같이 나의 구루는 나의 전 인생을 아주 훤히 들여다보고 계셨다.

"스승님과 함께 있다는 것만으로도 그 어떤 것과도 비교할 수 없는 기쁨입니다."

"네가 머무르고 있는 아슈람가 불편하니까, 이제는 바꿔야 할 때가 되었다."

나에 대해서는 아무런 말씀도 드리지 않았는데도 그는 자연스럽고, 평온한 태도를 통해서 나를 투시하고 있음을 알 수 있었다.

"넌, 캘커타로 돌아가야 한다. 왜 인류를 사랑한다면서 가족을 그 사랑의 대상에서 제외시키느냐?"

스승의 제안은 나를 어리둥절하게 만들었다. 편지로 여러 번 돌아오라고 한 가족들의 청에 별 반응을 보이지 않았는데도 스승의 말씀에 마음이 움직였다. 가족들은 내가 꼭 돌아오리라고 예상하고 있었던 것이다. 아난타 형은 말했었다.

"형이상학의 하늘을 나는 어린 새여! 너의 날개는 무거운 대기 중에서 피로해졌을 것이다. 우리는 네가 곧 날개를 접고 가족의 보금자리에서 편히 쉬기를 바란다."

이 맥 빠지는 비유가 내 마음 속에 큰 충격을 주었기 때문에, 나는 결코 캘커타 방향으로는 '날아들지' 않기로 결심했던 것이다.

"스승님, 저는 집으로 돌아가지 않겠습니다. 어디든 스승님만을 따라가 겠습니다. 저에게 존함과 계신곳을 가르쳐 주십시오."

"내 이름은 스와미 스리 유크테스와르 기리|Swami Sri Yudteswar Giri| 이다.

나의 본 아슈람는 세람포어, 라이 가트 로|路|에 있다. 나는 여기서 며 칠간 어머님을 찾아 뵙고 있는 중이다."

세람포어는 캘커타에서 불과 12마일밖에 안 되는데도 지금껏 구루의 모습은 단 한번도 본 적이 없었다. 결국 우리는 서로 만나기 위하여 라히 리 마하사야의 성스러운 기억을 담고 있는 옛 도시 카시(바나라스)로 여 행을 떠났던 것이다. 이 도시는 붓다와 샹카라|Shankara|가 태어났고, 많 은 위대한 요기들이 활약했던 곳이다.

처음으로 스리 유크테스와르의 목소리가 엄해졌다.

"너는 4주 후에 나에게 다시 올 것이다. 내가 너를 발견하여 기뻐했고 나의 영원한 사랑을 약속 했다고 해서 벌써부터 내 말을 무시하려느냐! 나는 아무나 함부로 제자로 삼지 않는다. 제자가 되기 위해서는 엄격한 시험에 반드시 통과해야만 한다."

나는 약간의 심통이 생겼기 때문에 침묵을 지켰다. 나의 구루는 곧바로 나의 심정을 알아챘다.

"가족들이 비웃을까 봐서 그러느냐?"

"저는 돌아가지 않겠습니다."

"너는 30일 후에 집에 돌아갈 것이다."

"결코 안 가겠습니다."

지혜의 화신 '스리 유크테스와르'(1855~1936)
라히리 마하사야의 제자이자 스리 요가난다의 구루
SRF-YSS의 크리야 요가의 프로그램의 선구자

그 논쟁의 긴장이 풀리지 않은 채 나는 정중히 스승의 발치에 인사를 하고 떠나왔다. 한밤중이 되어서야 아슈람로 돌아왔다.

돌아오는 내내 나는 기적적인 만남이 왜 그렇게 불협화음으로 끝나게 되었는가를 의아해하였다.

마야의 이중성은 항상 기쁨 뒤에 슬픔을 따르게 하여 균형을 이루는 것인가! 내 어린 가슴으로는 스승의 깊은 뜻을 아직 헤아리질 못하는 것인가!

다음날 아침, 나에 대한 아슈람 동료들의 태도에서 적개심이 더욱 강해짐을 느꼈다. 그들은 날마다 나를 시기했다. 3주가 흘렀다. 그때 다야난다가 봄베이의 회의에 참석하기 위해 아슈람을 떠났다.

내 머리 속은 온갖 상념들로 꽉 차 있었다.

"무쿤다는 아슈람에서 공짜로 먹고 사는 기생충이다."

이런 말이 귀에 들리자, 나는 아버지에게 돈을 다시 돌려보낸 것이 후회스러웠다. 무거운 마음으로 나는 유일한 친구인 지텐드라를 찾았다.

"난 떠나야겠어. 다야난다지가 돌아오면 못 뵙고 가서 죄송하다고 좀 전해 줘."

지텐드라도 내 말이 기다렸다는 듯이 말했다.

"나도 같이 떠날 거야! 나 역시 여기서 명상하려던 계획을 너보다 더 실패했어."

내가 말했다.

"나는 위대한 성자를 만났어. 세람포어로 그 분을 찾아가자."

위험한 새는 곧 날기 위한 채비를 갖추기 시작하였다.

잠자지 않는 성자, 람 고팔 무줌다르

초월의식에 들어가면 모든 내부 기관들이
우주의 에너지로 충전되어
신체의 모든 활동이 중단된 상태가 지속된다네."

나는 아슈람에서 해야 할 의무와 대학의 교과목 공부에 점차 싫증을 느끼고 있었다.

"제가 히말라야로 가겠습니다. 아무도 방해하지 않는 고독 속에서 지속적으로 신과의 영적 교류를 얻고 싶습니다."

나는 감히 스승께 배은망덕한 말을 하고 말았다. 이러한 제안은 스리 유크테스와르를 만난 지 불과 6개월 만에 행해졌다.

스승의 대답은 천천히, 그리고 간단하게 나왔다.

"많은 산사람들이 히말라야에 산다. 그러나 그들이 다 신을 경험하는 것은 아니다. 지혜는 무감각 한 산에서 나오는 것이 아니다. 깨달은 사람에게서 지혜를 구해야 한다."

이러한 스승의 말씀은 곧 산이 아니라, 당신 자신이 나의 진정한 스승이라는 뜻이다. 그러나 나는 스승의 암시의 말씀도 외면한 채, 같은 요청만을 되풀이 했다. 스리 유크테스와르는 더 이상 아무런 대답도 하지 않았다. 나는 내 나름의 해석으로 스승의 침묵을 승낙의 표시로 간주했다.

캘커타의 집으로 돌아온 그날 저녁, 나는 여행 준비를 하느라 무척 바

빳다. 담요를 포함해 짐을 몇 꾸러미 챙겨 넣는데, 갑자기 몇 년 전에 짐을 창문으로 몰래 떨어뜨리고 창문으로 도망갔던 것이 생각났다. 이번에는 반드시 구루를 떠나야 한다는 생각에 마음이 무거웠다.

다음날 아침, 나는 산스크리트어 담당 교수인 베하리 교수를 만나러 스코틀랜드 신학대학을 찾아갔다.

"교수님께서는 라히리 마하사야의 훌륭한 제자와 잘 아신다고 하셨죠? 그 분의 연락처를 알고 싶습니다."

"람 고팔 무줌다르|Ram Gopal Muzumdar|. 잠자지 않는 성자를 말하는가 보군. 그는 항상 희열에 싸인 의식 상태로 깨어 있다네. 그의 집은 타라케스와르 근처의 란바지푸르에 있지."

나는 베하리 교수님께 감사드리고 타라케스와르로 가는 기차를 탔다. 나는 히말라야에서 고독한 명상에 잠길 수 있도록 그 잠자지 않는 성자를 만나 불안을 없애려 했던 것이다. 베하리 교수는 람 고팔이 벵골에 있는 외딴 동굴 속에서 크리야 요가를 여러 해 수행한 끝에 깨달음을 얻었다고 했다.

나는 타라케스와르로 가서 어느 유명한 사원으로 향했다. 프랑스에서는 가톨릭 신자들이 루르드 성소에 대해 외경을 느끼듯이, 힌두교 신자들도 힌두 사원에 대해서는 외경의 느낌으로 대한다.

타라케스와르에서는 수많은 치유의 기적이 일어났는데, 그 기적 중 하나가 내 가족에게도 일어났다. 숙모는 내게 이런 이야기를 했었다.

"나는 그 사원에서 1주일 정도 앉아 있었지. 완전히 금식을 한 상태로 네 숙부 사라다가 만성 고질병에서 쾌유되기만을 빌었다. 일주일째 되던

날, 나도 모르게 내 손에 이름 모를 약초가 쥐어져 있었다. 그 약초에서 짠 즙을 숙부에게 드렸더니, 병이 감쪽같이 사라져 버렸을 뿐만 아니라, 다시는 재발되지 않았어."

나는 숙모의 말씀을 회상하며 성스러운 타라케스와르 사원에 들어섰다. 제단에는 둥근 돌만이 덩그러니 있었다. 그 돌의 둥근 원은 시작과 끝도 없는 그야말로 무한을 상징하고 있었다. 인도에서는 우주와 관련된 형이 상학은 무식한 농부까지도 잘 이해하고 있다. 이러한 이유로 서방에서는 인도인들을 가리켜 추상 속에 살고 있다고 비난했던 것이다.

나는 그 순간 너무나도 엄숙한 분위기에 돌덩어리 같은 우상 앞에 예배할 기분이 나지 않았다. 내가 생각하기에 신은 마음속에서 찾아야 하는 것이었다.

나는 절을 하지 않고 사원을 나와 버렸다. 그리고 란바지푸르에 있는 외딴 마을로 가볍게 발길을 돌렸다. 길을 잘 몰라서 지나가는 사람에게 길을 물었다. 그 행인은 오랫동안 생각하더니 이렇게 말했다.

"가다가 네거리가 나오면 오른쪽으로 돌아서 곧장 가시오."

나는 그의 안내대로 하천의 제방을 따라 내려갔다. 이미 어둠이 깔린 마을 주변의 정글 외곽 지대는 반딧불과 자칼(여우의 일종)의 울어대는 소리에 음산했다. 게다가 달빛마저 희미했다.

나는 두 시간 동안이나 몇 번씩 넘어져 가며 걸어갔다. 그때 그 방울 소리가 들려왔다.

반가운 소방울 소리여!

내가 몇 번을 소리쳐 부르자 한 농부가 다가왔다.

"람 고팔 바부를 찾고 있습니다만."

농부의 대답은 퉁명스러웠다.

"그런 사람은 우리 마을에 살지 않소. 혹시 당신 탐정이오?"

나는 그의 마음속에 있는 의심을 없애기 위해 그 동안의 내 처지를 열심히 설명했다. 그러자 그는 나를 자기 집으로 데려가더니 친절히 대해주었다.

"란바지푸르는 여기서 상당히 멉니다. 당신은 네거리에서 오른쪽이 아니라 왼쪽으로 돌아갔어야 했지요."

길을 안내해준 사람의 실수였다. 나는 거친 쌀밥과 콩과 바나나를 섞은 감자 요리를 먹은 다음, 마을 공터에 있는 조그만 오두막으로 갔다. 멀리서 북을 두드리며 노래하는 마을 사람들의 소리가 들렸다. 그날 밤 잠이 제대로 올 리가 없었다. 나는 어느 곳엔 가에 있을 요기 람 고팔에게 인도해 달라고 기도했다.

새벽이 되자마자, 나는 란바지푸르로 향했다. 거친 들판을 건너고 마른 진흙 언덕 위를 터벅터벅 걸었다. 길을 가다 마주친 농부들에게 물으니 한결같이 2마일밖에 남지 않았다고 했다. 여섯 시간이 지나자 태양은 이내 중천에 떠올랐다. 이제 목적지까지 얼마 남지 않았다는 생각이 들었다. 정오가 되어도 여전히 끝없는 논두렁을 걸어야 했다. 하늘에서 폭염이 쏟아져, 거의 기진맥진한 상태였다. 때마침 누군가가 천천히 다가오는 모습이 어렴풋했다. 나는 또다시 2마일이 남았다는 대답이 나올까봐 걱정하였다,

그 낯선 사람은 내 옆에서 멈추었다. 그의 체구는 작고 여위었고, 날카

로운 검은 두 눈동자를 빼놓고는 별로 호감이 가지 않는 인상이었다.

"나는 란바지푸르를 떠날 계획이었네, 하지만 자네의 뜻이 가상해서 자네가 오기를 기다리고 있었네."

그는 나의 놀란 얼굴을 쳐다보면서, 악수를 청했다.

"나에게 알리지도 않은 채 이렇게 무작정 찾아오는 것이 두렵지 않았나? 사실 베하리 교수도 자네한테 내가 있는 곳을 알려 줄 권리는 없는데 말이야."

이 성자는 이미 내 신상에 대해서는 훤히 들여다보고 있는 것 같았다. 내 소개를 한다는 것 자체가 무의미해 보였다.

그는 뜻밖의 질문을 던졌다.

"네가 찾고 있는 신이 어디 계신지 말해 보게나.

그는 틀림없이 내가 당황하고 있음을 정확히 간파했을 것이다.

"신은 내 안에, 그리고 또 모든 곳에 있습니다."

"모든 것 속에 신이 계시다는 말이지? 그러면 왜 자네는 어제 타라케스와르에서 무한을 상징하는 제단 위의 돌에 절을 하지 않았나? 자네가 너무 오만했기 때문에 오른쪽과 왼쪽의 구별 같은 것을 귀찮게 여기는 통행자를 만났던 것이며. 그 벌로 길을 헤매는 벌을 받은 게야. 오늘도 자네는 고생을 많이 했지?"

나는 내 앞에 서 있는, 이 보잘 것 없어 보이는 사내의 내면에 숨겨진 전지│全知│의 눈에 그만 너무 놀라서 고개를 숙이고 말았다. 또한 요기에게서 흘러나온 어떤 치유의 힘이 지쳐있는 나에게 신선한 기운을 불어 넣어 주었다.

그는 또다시 말했다.

"구도자는 신에게 향한 자신의 길을 유일한 길로 생각하기 쉽다.

신성|神聖|을 발견하는 방법으로서의 요가는 라히리 마하사야께서 우리에게 말씀 하신 것처럼 확실히 최상의 길이지. 그러나 우리는 자기 내면의 주인을 발견하자마자 외부에서도 주인을 발견하게 되는 것이지.

타라케스와르에 있는 사원뿐만 아니라 어느 사원이든 신성의 핵심으로 우리가 마땅히 경배해야 하는 법이야."

비판적인 태도는 이미 사라져 있었다. 시선은 이제 자비롭고 부드러웠다. 그가 어깨를 두드리면서 말했다.

"젊은 요기여. 나는 자네가 스승한테서 도망치는 것을 보았네. 그 분은 자네가 필요로 하는 모든 것을 갖고 있다네. 이제 그 분께 돌아가게나."

그는 덧붙여 말했다.

"산이 자네의 구루가 될 수는 없네."

이 말은 이틀 전 스리 유크테스와르가 했던 말씀과 똑같은 것이었다.

그는 나를 짓궂게 쳐다보았다.

"지혜를 얻은 사람들은 산에서만 살려는 그 어떠한 우주적 충동도 갖고 있지 않다네. 인도와 티벳에 있는 히말라야 산이 도인들에 대해 어떠한 독점권을 갖고 있는 것은 아닐세. 자기 안에서 애써 찾으려고 하지 않는 사람이 몸을 이리저리 옮긴다고 해서 찾아지는 것은 아니지. 영적인 깨달음을 얻기 위하여 지구 끝까지라도 가겠다는 마음만 확고하다면 그 구도자에게는 곧 가까운 곳에서 구루가 나타나는 법일세."

나는 그 말에 조용히 동의하면서, 스리 유크테스와르를 만났던 일을 회상했다.

"자네는 홀로 있을 수 있는 조그만 방 하나를 마련할 수 있겠는가?"

"예."

나는 이 요기가 나를 쩔쩔매게 하려고 이처럼 애매모호한 문제를 이끌어낸다고 생각했다.

"그것이 자네의 토굴일세."

요기는 내가 결코 잊은 적이 없는 빛나는 눈빛을 나에게 던졌다.

"그곳이 자네의 성스러운 산이네. 그대가 신의 왕국을 찾을 장소일세."

이러한 그의 단순하고도 명확한 말이 히말라야에 대한 나의 기나긴 집념을 그 즉시 좇아냈다. 나는 비로소 만년설의 꿈에서 깨어날 수 있었다.

"젊은 친구여, 자네의 신성한 열망은 가히 칭찬할 만하네. 나는 자네에게 무한한 애정을 느끼네."

요기는 나의 손을 붙잡고 자신의 오두막으로 데리고 갔다. 밀림을 개간하여 지은 벽돌집은 코코넛 잎사귀로 덮여 있었고 싱싱한 열대 꽃들이 그 입구를 장식했다.

요기는 나를 무성한 대나무 단 위에 앉게 했다. 그가 나에게 달콤한 라임 주스와 얼음사탕을 대접한 뒤, 우리는 그의 안뜰로 들어가서 함께 결가부좌 자세를 취했다. 그로부터 네 시간 동안의 명상 시간이 지나갔다. 눈을 뜨고 보니, 달빛에 비친 요기의 모습은 아직도 움직이지 않고 있었다. 나는 몹시 배가 고팠다. 잠시 후 람 고팔이 곧 자리에서 일어나며 말했다.

"자네, 배가 고픈 것 같군. 음식이 곧 준비될 걸세."

그는 안뜰에 있는 진흙 화덕에 불을 지폈다. 또한 요리에 관계된 모든 내 도움을 정중하게 거절했다. '손님은 신이다'라는 힌두교의 격언이 인도에서는 언제부터인지 성실하게 지켜져 오고 있었다. 우리는 곧 바나나 나무 잎으로 싼 밥과 떡을 먹었다.

조그만 밀림의 고립된 곳에서 요기 옆에 웅크리고 앉아 있노라니 사람들이 북적대는 속세는 상상할 수 없을 정도로 멀게 느껴졌다. 오두막 안은 양초 불빛으로 신비스러웠다. 요기는 내 잠자리를 위해 거의 누더기와 같은 담요를 깔아 주고, 자신은 밀 짚단 위에 앉았다. 그의 영적 자력에 압도감을 느끼면서 그에게 질문을 던졌다.

"왜 제게 깨달음을 주지 않으십니까?"

요기는 반쯤 잠긴 눈으로 나를 보면서 말했다.

"여보게, 나도 자네에게 신을 접촉하도록 해주고 싶네. 그러나 지금은 때가 아니야. 곧 자네의 스승으로부터 경험을 하게 될 걸세. 아직 자네의 몸은 조절되어 있지 않아. 마치 과전압으로 전구가 터지듯이, 자네의 신경도 우주의 전류를 맞을 준비가 되어 있질 않네. 만일 내가 지금 자네에게 무한한 깨달음을 준다면, 자네는 마치 모든 세포가 불타는 것처럼 타버리고 말 걸세."

요기는 잠시 생각에 잠기면서 말을 계속했다.

"사실 자네는 나에게 깨달음을 구하고 있지만, 실제로는 나를 그렇게 대단한 존재로 인정하지도 않으며 명상의 경지까지도 의심하고 있지 않는가? 그래서 만약 자네의 청을 들어 준다고 하더라도 얼마큼이나 신을 만족시킬 수 있을 지도 의문이라네."

"당신은 한 가지 일념으로 오직 신만을 추구해 오지 않으셨나요?"

"사실 그렇지도 못하네. 베하리 교수가 자네에게 내 삶의 일부를 이미 말했겠지만, 나는 20년 동안 은밀한 동굴 속에서 하루에 열여덟 시간씩 명상을 하면서 지냈네. 그런 다음 나는 더욱 깊숙한 동굴로 옮겨 25년 동안을 지냈네. 거기서는 하루에 스무 시간씩 요가와 명상을 실천했지.

항상 신과 함께 있었다는 생각만으로도 잠은 오질 않았네. 나는 잠을 통해 갖는 불완전한 평화보다 초월의식 속에서 더 완벽한 고요함을 취하고 있었던 것일세.

근육이야 잠자는 동안에 이완되지만, 심장과 폐와 순환계는 잠시도 쉬는 법이 없지 않은가? 그러나 초월의식에 들어가면 모든 내부 기관들이 우주의 에너지로 충전되어 신체의 모든 활동이 중단된 상태가 지속된다네. 그렇게 해서 나는 몇 년 간 잠을 자지 않고도 살 수 있었다네."

그는 덧붙여서 말했다.

"자네도 곧 잠을 잘 필요가 없을 걸세."

"어쩜, 그렇게 오랫동안 명상을 하시고서도 신의 은총을 믿지 못하십니까? 그러면 나와 같은 보통 사람들은 어쩌란 말입니까?"

나는 놀라움에 차서 말했다.

"여보게, 45년 간 명상을 했다고 해서 신을 완전히 알 수 있다고 생각하는 것은 터무니없는 기대이네. 그러나 바바지께서는, 부족한 명상으로 우리를 죽음과 사후세계에 대한 공포에서 구해줄 수 있다는 확신을 주셨네. 자네의 영적 이상을 낮은 산에 국한시키지 말고, 광대한 신의 영역에까지 끌어 올리도록 하게. 열심히 정진하는 만큼 우리는 그곳에 가깝게

가는 것일세."

나는 기대에 사로잡혀 조금 더 깨달음의 말씀을 구했다. 그는 나에게 라히리 마하사야의 구루인 바바지와의 첫 번째 만남에 얽힌 놀라운 이야 기를 들려주었다.

자정이 가까웠었다. 람 고팔은 침묵하고 있었다. 나는 담요를 덮고 눈 을 감고 있는데, 갑자기 번쩍이는 빛을 보았다. 광활한 공간 즉 빛나는 방 이었다. 눈을 떠도 똑같은 황홀한 빛을 볼 수 있었다. 마치 방이 무한한 창공의 한 부분인 것처럼 느껴졌다.

요기가 물었다.

"왜 잠을 자지 않니?"

"눈을 뜨나 감으나 빛이 환하게 번쩍여서 잠을 잘 수가 없습니다."

"자네는 그러한 체험을 경험했다니 축복받은 사람일세. 내면의 광휘를 보는 것이 그리 쉽게 되는 일은 아니라네."

요기가 애정 어린 말을 몇 마디 더 보탰다.

새벽이 되자 람 고팔은 나에게 얼음사탕을 주면서 그곳을 떠나라고 말 했다. 나는 작별을 고하기가 정말 싫었기 때문에 눈물이 뺨을 타고 흘러 내렸다.

요기가 부드럽게 말했다.

"빈손으로 돌아가게 하지는 않겠네. 나도 자네를 위해 무언가를 해 주 겠네."

그가 웃으면서 나를 뚫어지게 쳐다보았다. 나는 마치 뿌리가 땅에 박힌 나무처럼 꼼짝도 할 수가 없었다. 요기로부터 나오는 평화의 진동이 내 몸 전체를 감쌌다. 나는 그 순간 수년 동안 나를 주기적으로 괴롭혀 온 등의 상처로부터 완쾌될 수 있었다.

다시 태어날 듯한 기쁨으로 나는 더 이상 울지 않았다. 람 고팔의 발밑에 인사를 고한 뒤, 나는 다시 타라케스와르로 왔다.

나는 다시 사원의 제단 앞에 몸을 완전히 굽혀 엄숙히 경배했다. 그 둥근 돌은 내 내면의 시야 속에서 점점 확대되더니 결국 우주의 원환이 되고 테 안에 또 테가 보이고, 영역 안에 또 영역이 보이더니, 모든 것이 신성으로 가득 찼다.

나는 1시간 뒤 캘커타로 가는 기차에 몸을 실었다. 나의 여행은 끝났다. 그러나 그것은 높은 산 위에서가 아니고, 히말라야보다도 높은 나의 스승 앞에서였다.

스리 유크테스와르와 요가난다(1935, 캘커타)

우주의식 체험

황홀 상태에 너무 도취되어서는 안 된다.
너는 아직 세상에서 할 일이 많이 남아 있다.

나는 스승님 앞에 다시 서니 부끄러워 얼굴도 제대로 들지 못하였다.

"무쿤다, 밥은 먹었느냐?"

스리 유크테스와르의 태도는 그동안 아무 일도 없었던 것처럼 담담하기만 했다.

"스승님, 제가 무작정 떠나서 무척 실망하셨지요. 저는 스승님께서 무척 화가 나셨으리라고 생각했습니다."

"아니, 그렇지 않다. 나는 다른 사람한테 아무것도 기대하지 않는다. 그래서 남의 행동 때문에 내 마음이 흔들리지 않는 것이다. 분노는 욕망의 좌절에서 나온다. 네가 진정으로 행복해야만 나 역시 기쁨을 느낄 수 있는 것이지."

"사랑에 대한 말들은 무수히 많지만, 저는 이제 진정한 사랑이 무엇인지를 알 것 같습니다."

우리는 서로의 눈을 쳐다보았다. 내 눈뿐만 아니라 스승의 눈에도 눈물이 살짝 비쳤다. 순간 환희의 기쁨이 온몸을 휩싸 안았다. 스승께서는 열정적인 우주적 사랑을 내 가슴에 확장시켜 주셨다.

며칠 뒤 나는 명상을 하기위해 비어 있는 스승의 방으로 갔다.

그러나 생각보다 집중이 되지 않았다. 잡념으로 이내 계획이 무산되고 말았다.

"무쿤다!"

스승께서 나를 부르는 소리가 멀리 발코니로부터 들려 왔다. 나는 갑자기 짜증이 나서 못들은 척 하였다.

다시 스승께서 부르시는 소리가 들려왔다. 그러나 나는 고집스럽게 대답을 하지 않고 가만히 있었다. 세 번째 부르시는 스승의 목소리에는 꾸짖는 기색이 영력했다.

나는 약간 신경질적인 어조로 외쳤다.

"스승님, 저는 지금 명상중입니다."

그러자 스승의 엄한 음성이 크게 울려 왔다.

"나는 네가 어떻게 명상을 하는지 알고 있다. 마치 폭풍우에 흩날리는 나뭇잎과 같은 상태가 아니더냐! 자, 어서 이리 나오너라."

나는 기가 죽어 움츠려든 채 스승의 곁으로 갔다.

"이런 쯧쯧쯧…… 그런 정신 상태로 산에 간들 무슨 의미가 있겠느냐?"

스승은 달래면서 타일렀다. 스승의 혜안에 다시 한번 놀랐다.

"내가 네 마음의 열망을 성취시켜 주마."

스리 유크테스와르는 가끔 수수께끼 같은 행동을 했으며 그로 인해 나는 때때로 당황하곤 했다.

갑자기 스승께서 나의 가슴을 살짝 건드리셨다. 그 순간 나의 몸은 마비되어 큰 자력에 이끌려 호흡마저 멈춘 듯 했다. 육체는 마치 죽은 사람처럼 정지되었지만 의식은 그 어느 때보다도 선명하게 깨어 있었다. 그리고 의식은 육체에서 벗어나 주위의 모든 사물로 확장되었다.

먼저 탁 트인 광대한 시야에 먼저 들어온 것은 멀리 있는 사람들의 움직임이었고, 그런 다음 풀과 나무들의 뿌리가 흙을 통해 투명하게 보였으며, 수액들이 뿌리 속을 흐르고 있는 모습도 보였다. 항시 정면만을 볼 수 있었던 내 시야는 이제 모든 것을 동시에 볼 수 있게 된 것이다.

내 뒤쪽 저 멀리 라이 가트 골목길을 걸어가는 사람들이 보였고, 흰 소가 한가로이 거리를 걸어가는 모습도 보였다. 이러한 모든 것들이 내 시야에서 파동치고 있을 때, 나의 몸과 스승의 몸 그리고 둥근 기둥이 늘어선 뜰과 마루와 수목, 태양 등이 갑자기 무섭게 요동치며 빛나는 바다 같은 곳으로 모두 녹아들기 시작했다.

마치 설탕의 결정이 유리컵 속에서 흔들거리며 용해되듯이, 이 통일된 빛의 바다는 창조된 모든 것에 대한 인과의 법칙을 보여 주면서 물질의 세계와 비물질의 세계를 교차시키고 있었다.

드넓은 대양과도 같은 기쁨이 내 영혼의 바닷가에서 파도쳤다. 나는 신의 영혼은 무한한 기쁨 그 자체이며, 그의 몸은 무수한 빛으로 이루어져 있다는 것을 알게 되었다. 내 안에서 부풀어 오르는 하나의 광채가 도시와 대륙과 지구, 그리고 태양계와 은하계와 성운과 유동하는 소우주들을 감싸 안기 시작했다.

부드럽고 아름답게 빛나는 대우주가 무한한 진아[眞我]의 존재 속에서 반짝이고 있었다. 뚜렷한 지구의 윤곽을 넘어선 눈부신 그 광채는 무한한 우주의 가장자리로 희미해져 갔다. 그곳에서 나는 영원히 꺼지지 않을 부드러운 광채를 보았다. 그것은 도저히 인간의 언어로 형언할 수 없는 신비한 존재였다. 별들의 모습은 상대적으로 약간 어두운 빛 속에 형성되어 있었다. 별들의 신성한 확산은 영원의 원천으로부터 은하계로 번쩍거리면서 쏟아져 내렸다. 그것은 곧 형언할 수 없는 오라로 변형되었다.

자꾸만 자꾸만 나는 창조의 빛줄기들이 성운으로 뭉쳐져서 투명한 불길의 얇은 판으로 녹아 들어가는 것을 보고 있었다. 변화의 율동 속에서 수백, 수억의 세계들이 투명한 광채로 바뀌고 그 불길이 다시 창공으로 확산되었다. 나는 다시 창조의 빛이 별무리로 응축되다가 투명한 불꽃처럼 녹아 버리는 것을 보았다. 나는 그때서야 최고천|最高天, 신들이 사는 세계|의 중심이 바로 직관적 인식을 맡은 심장의 한 점이라는 것을 깨달았다.

빛나는 광명은 나의 원자핵으로부터 우주 끝까지 발산되었고 신이 발하는 우주 창조의 진동음인 '옴'이 온 천지에 울려 펴졌다.

갑자기 호흡을 느꼈다. 실망감에 참을 수가 없었다. 다시 치욕스러운 육체의 동굴 속에 갇혀 버린 나는 또 다시 그 희열의 우주의식으로 되돌아갈 수가 없었다.

정신을 차리고 보니 스승님은 내 앞에 움직임 없이 서 계셨다. 나는 그토록 열망해 온 우주의식의 체험을 하게 한 스승님께 무릎을 꿇어 감사를 드렸다. 그는 나를 일으켜 세우고는 조용히 말씀하셨다.

"황홀 상태에 너무 도취되어서는 안 된다. 너는 아직 세상에서 할 일이 많이 남아 있다. 자, 어서 발코니를 쓸고 나서 갠지스 강가로 나가 걷도록 하자."

내가 빗자루를 가져왔다.

"영혼은 우주의 심연을 건너뛰어야 하고, 육체는 일상적 의무를 다해야 한다."

스승께서 말씀하셨다.

잠시 후 스승과 함께 갠지스 강변을 거닐 때도 나는 아직 우주의식 체험의 황홀경 속에 젖어 있었다. 스승과 나, 두 개의 육신이 완전한 빛 덩어리로 여겨졌다.

"우주에 존재하는 모든 형태와 힘을 유지시키고 있는 것은 신의 영혼이다. 그러나 신은 현상계를 초월해 있으며 현상세계 너머에서 스스로 생존하며 영원하며 더 없는 행복의 허공 속에 홀로 있다."

스승은 계속 설명하셨다.

"우주적 자아를 깨달은 사람은 이 세상에서 이중의 존재 양식을 영위한다. 세상에서 그들이 해야 할 일을 열심히 수행하면서, 한편으로 내면의 지복에 또한 침잠하는 것이다.

신은 자기 존재의 무한한 기쁨 그 자체로부터 모든 인간을 창조하셨다. 인간이 비록 고통 속에 속박 받고 살지만, 그럼에도 불구하고 신은 인간이 신의 이미지 속에서 모든 한계를 궁극적으로 초월하여 다시 인간과 결합되기를 바라고 있다."

우주의식의 환상적 영상은 나에게 깊은 가르침을 주었다.

그 후 나는 육신이 흙을 밟고 다니는 뼈와 살덩이에 지나지 않다는 그릇된 인식에서 초월할 수 있었다. 호흡과 끊임없는 마음의 진동은 빛의 대양|大洋|을 흩뜨려 지구, 하늘, 인간, 동물, 새 등의 물질 형태의 파도를 일구는 폭풍우와 같다는 것을 나는 깨달았다. 이 폭풍우를 가라앉히지 않

고서는 절대 유일의 광명으로서의 무한자를 인식할 수 없는 것이다.

호흡과 끊임없는 마음의 진동을 고요히 정지시키면 창조 세계의 다양한 파도들이 커다란 빛의 큰 바다로 용해되는 것이었다. 마치 폭풍우가 그치고 모든 파도가 커다란 하나의 바다로 스며드는 것처럼 말이다.

스승은 제자가 명상 수행을 통해 스스로의 마음을 강화시키도록 이끈다. 아무리 강렬한 의식적 경험도 감당할 정도가 되었을 때에야 비로소 제자에게 우주 의식의 신성한 체험을 던져 준다. 단순히 지적인 의욕만을 앞세워서는 안 된다. 오직 요가 수행과 헌신적인 바크티 수행을 통한 의식의 올바른 확장을 통해서만, 모든 곳에 존재하는 신이 주는 해방의 충격을 소화할 수 있게 된다.

우주의식의 신성한 체험은 감열한 열망이 있는 구도자에게 자연적인 필연으로 찾아온다. 그러한 열망은 저지할 수 없는 힘으로 신에게 끌고 가는 것이다. 신은 구도자의 열성에 의해서 그의 의식 영역 안으로, 마치 자석에 끌리듯이 끌려 들어가 우주의 영상을 펼친다.

나는 훗날 다음과 같은 〈사마디〉라는 시를 썼는데, 이것은 장엄한 우주의식을 표현해 본 것이다.

사마디
빛과 어둠의 장막 걷히고
모든 슬픔의 안개 사라졌네.
덧없는 쾌락의 뿌리는 뽑히고

침침한 감각의 신기루 간 데 없다.

사랑, 미움, 건강, 질병, 삶, 죽음

이원성의 스크린에 드리워졌던

이 헛된 그림자들 꺼져 버렸네.

마야의 폭풍도

영묘한 통찰의 마술 지팡이로 고요히 잠들고

과거, 현재, 미래

그런 것은 더 이상 내게 없다.

다만, 한결같이 지금 있는 온통 넘실대는

나, 나만이 있다.

항성들, 혹성들, 성운, 지구,

최후의 날에 쏟아져 밀려오는 화산의 폭발,

창조의 이글거리는 용광로, 소리 없는 방사선의 빙하,

불타는 전자 입자의 홍수,

지난 때, 지금, 앞으로 올, 온 인류의 상념들,

하나하나의 풀잎, 나의 자아, 인류.

우주 티끌의 낱낱의 입자,

분노, 탐욕, 선, 악, 구원, 욕정,

그 모두를 나는 삼켜,

나 자신의 존재 하나 안에서 출렁이는

끝없는 피의 바다 속으로 녹여 넣었다.

끊임없는 명상으로 쌓이는 기쁨은

나의 눈물 어린 눈을 부시게 하면서,

마침내 지복의 영원한 불꽃으로 타올라,

나의 눈물과 나의 뼈대와 나의 전부를 태워 버렸네.

너는 나, 나는 너,

앎, 아는 자, 알아지는 것이 곧 하나였구나!

고요하면서 한결같이 이어지는 전율,

그것은 영원히 살아있고 한결같이 새로운

평화이어라.

넘보는 상상을 넘어서는, 그러나 생생히 누릴 수 있는

그것은 사마디 곧 커다란 복이어라!

그저 허한 혼절의 상태가 아니다.

또는 의지적인 회귀가 불가능한 마음의 마취제도 아니다.

사마디, 그것은 나의 의식 영역을,

필멸의 틀을 넘어 영원의 경계 저 끝,

나 우주의 바다가

내 안에서 떠도는 왜소한 자아를

지켜보는 곳까지 넓혀 주누나.

끊임없이 변하는 원자들의 속삭임이 들리도다.

시커먼 땅, 산과 골짜기들,

보라! 녹아내리는 용암!

넘실대는 바다가 성운의 안개로 화하네!

옴의 울림이 안개 위로 울려 퍼지며

그 장막들을 신기하게 열어 제쳐,

태양은 속을 드러내니 눈부신 전자들이어라.

마침내, 마지막 들리는 우주의 북소리!

거친 빛들 모두가

온 누리를 꿰뚫어 스며들어 있는

영원한 빛살 속으로 사라져 버렸네.

나 기쁨에서 왔고, 나 기쁨 위해 살며,

나 거룩한 기쁨 속으로 녹아드는 도다.

마음의 큰 바다여,

나는 모든 창조의 파도를 마신다.

고체, 액체, 기체, 광체의

네 장막을 단정히 걷어 올려라.

모든 것 속에 있는 나, 커다란 나에 들어서네.

변덕스레 깜박이던 덧없는 기억의 그림자들

이제 영원히 사라졌다.

티 없이 맑디맑은 내 마음의 하늘,

아래도, 앞에도, 또 저 높은 위에도,

영원과 나, 그것은 어우러진 하나의 빛살.

조그만 웃음의 물거품이던 나,

열락, 그것의 바다 되었네.

스리 유크테스와르는 내게 어떻게 하면 축복된 경험을 내 뜻대로 불러

올 수 있는가를 가르쳐 주었다. 또한 직관적 통로가 발달된 타인에게 어떻게 그 경험을 전해 줄수 있는가도 가르쳐 주었다.

나는 처음으로 희열 의식을 경험한 후 몇 달 간을 매일같이 그 상태에 몰입하였다. 그리하여 왜 〈우파니샤드|Upanishad[1]〉경전에서 신을 라사|Rasa|, 즉 '가장 맛있는 것' 이라고 부르는지를 비로소 이해할 수 있게 되었다. 그러던 어느 날 아침 나는 스승에게 한 가지 질문을 던졌다.

"스승님, 저는 언제쯤이나 신을 찾을 수 있을까요?"

"너는 이미 신을 찾지 않았더냐."

"저는 아직 찾지 못했습니다."

스승께서는 웃고 계셨다.

"나는 네가 물론 왕관이라도 쓰고 계신 신의 존재를 기대하고 있지는 않을 줄로 안다. 하지만 너는 기적의 힘을 소유하는 것이 신을 찾은 증거라고 생각하고 있지 않느냐. 설사 우주 전체를 조종하는 능력을 획득한다 하더라도 언제라도 신을 놓칠 수도 있는 것이다. 영적인 진보는 바깥으로 드러나는 능력의 현시에 의해서 측정되는 것이 아니라, 오직 명상을 통해 얻어지는 희열의 깊이에 의해서만이 측정된다.

언제나 새로운 기쁨이 바로 신이다. 그것은 고갈 되지 않는다. 네가 명상을 계속함에 따라 신은 무한한 능력을 가지고 너로 하여금 시간을 초월하도록 해 줄 것이다. 너처럼 신으로 향하는 길을 이미 찾은 구도자들은 그 즐거움을 다른 어떠한 즐거움과도 바꿀 수 없게 된다.

우리는 얼마나 자주 이 지상의 쾌락에 대해서 싫증을 내고 있는가! 물질

---

1) 우파니샤드(Upanishad) : 가장 오래된 힌두 경전인 베다를 운문과 산문으로 설명한 철학적 문헌들. 후기 인도 철학의 많은 부분들이 이 문헌에 기반을 두었다.BC 1000~600년 경에 크게 활약했던 힌두 스승들과 성현들의 사상이기록되어 있다.

적인 욕망은 한이 없으니 사람들은 늘 만족할 줄도 모르고 또 다른 목표를 계속 추구한다. 오직 신만이 영원한 기쁨을 준다. 신은 예측할 수 없는 영원한 새로움이며, 그렇기 때문에 우리는 결코 싫증을 느끼지 않는다."

"이제야 왜 성인들이 신을 헤아릴 수 없는 분이라고 불렀는지 알겠습니다. 비록 영생을 산다 하더라도 그를 찬양하는 데는 오히려 부족하다 할 것입니다.

"그렇다. 신은 늘 가깝고 친근한 곳에 있다. 크리야 요가를 통하여 마음이 장애물을 벗어나 자유로워진 뒤에, 명상은 신에 대한 이중의 증거를 갖추어 준다. 우리의 내면에 샘솟는 항상 새로운 즐거움이 곧 신의 존재를 입증한다. 또한 명상 속에서 우리는 신의 올바른 인도와 우리의 모든 난관에 대한 즉각적인 응답을 찾을 수 있다."

나는 웃음 지으며 감사드렸다.

"알겠습니다. 스승님, 이제 문제가 해결되었습니다. 이제야 제가 신을 찾았다는 것을 알았습니다. 생각해 보니, 명상의 기쁨이 제게 무의식적으로 찾아왔을 때는 모든 문제에 있어서 아무리 사소한 것이라도 신기하게도 항상 올바른 길을 택하도록 인도를 받아 왔습니다."

스승께서는 이렇게 말씀하셨다.

"신만이 오류 없는 조언을 해준다. 그 분 말고 누가 우주의 짐을 감당하겠는가?"

멀고 먼 히말라야

*"스승님, 저는 드디어 깨달았어요.
스승님의 축복 없이는 파르바티 여신이
저를 받아 주지 않는다는 것을 말입니다."*

"무쿤다, 올해도 역시 떼를 쓰는구나. 내가 기차표를 마련해주어도 스리 유크테스와르 님께서 거절하실 게다."

나는 아버지께 이번 여름방학 때 친구들과 스승님을 모시고 히말라야를 가려고 계획 중이었다.

"아버지, 왜 스승님께서 카슈미르 방문에 대해 명확한 답변을 주시지 않는 걸까요? 그렇지만 이미 아버지께서 차표를 구해주셨다고 말씀드리면 이번에는 여행을 허락하실 지도 모릅니다."

아버지는 별로 믿기지 않는다는 표정이었지만 다음날 내가 무안하지 않게 농담을 하시면서 기차표 여섯 장과 10루피 짜리 지폐를 여러 장 건네 주셨다.

그날 오후, 스리 유크테스와르 스승께 준비물을 보여 드렸다. 스승께서는 내 열성에 미소를 지으면서도 확답을 주지 않으셨다. 심지어 내가 아슈람의 소년 카나이를 동행시켜 달라고 했지만 별다른 말씀이 없으셨다. 나는 라젠드라 나트 미트라, 조틴 오디와 또 다른 친구들과 모여서 우리의 출발 날짜를 다음주 월요일로 정했다.

토요일과 일요일은 사촌의 결혼식이 있어 캘커타에 머물렀다. 월요일 아침 일찍, 나는 짐을 가지고 세람포어로 갔다. 라젠드라가 아슈람 입구부터 나와서 나를 기다리고 있었다.

"스승님은 외부에 산책하러 가셨어. 그리고 안 가시겠다고 하시네."

나는 스승님에 대해 서운하기도 했지만 다른 한편으로는 은근히 오기가 생겼다.

"이번만큼은 카슈미르에 가려는 계획을 웃음거리로 만들 수는 없어. 우리끼리라도 가야 해."

라젠드라도 동의했다. 나는 카나이 대신 짐을 돌봐준 일꾼을 구하러 아슈람을 떠났다. 카나이는 스승과 함께가 아니라면 가지 않겠다고 했다.

나는 전에 우리집 하인이었다가 지금은 어느 세람포어 학교장의 집에 고용되어 있는 베하리를 데려가기로 했다. 우리는 바삐 걷던 중 세람포어 법원 근처의 교회 앞에서 스승을 만났다.

"어디 가느냐?"

웃는 얼굴이 아니었다.

"예, 스승님과 카나이는 우리가 계획한 여행에 참여하지 않으신 다기에, 베하리를 만나러 가는 길입니다. 기억하시겠지만 그는 작년에 카슈미르를 매우 보고 싶어 했고 또한 무보수로 봉사를 하겠다고까지 했었거든요."

"알고 있다. 그러나 베하리는 가지 않을 것이다."

나는 약간 흥분했다.

"그가 이런 기회를 그동안 얼마나 애타게 기다리고 있었는데 그런 말씀을 하십니까?"

스승은 다시 걸음을 옮기셨다.

나는 곧 그 교장 선생님 댁에 도착했다. 정원에 있던 베하리는 따뜻한 인사로 나를 반겼다. 그러나 내가 카슈미르 이야기를 꺼내자, 그는 돌연 머뭇거리는 사과의 말과 함께 집으로 들어가더니 30분이 지나도 나오지 않았다.

나는 필경 그가 여행 준비 때문에 부담스러워 하는 것으로 생각했고 문을 두드려 베하리를 찾았다.

"베하리는 30분전에 뒷문으로 나갔는데요."

안에서 문을 열고 나온 사람은 미심쩍은 미소를 지으며 나에게 이렇게 말했다.

나의 제안이 너무 강압적이었는지, 아니면 스승님의 보이지 않는 영향력이 작용하고 있었던 것인지, 이런 저런 생각에 머리가 혼란스러웠다. 아슈람으로 돌아올 때 스승님을 다시 마주쳤다. 내 이야기를 듣지도 않으시고 스승께서 말씀하셨다.

"그래, 베하리가 가지 않는다고 했으니 이제 어떻게 할 셈이냐?"

나는 마치 순간 스승님께 반항심이 생겼다.

"지금 당장 숙부님께 가서 그의 하인인 랄 드하리를 데려가겠다고 할 참입니다."

"그러느냐. 그런데 별로 성과는 없을 것이다."

스리 유크테스와르는 껄껄 웃으면서 대답하셨다.

불안했지만 나는 반항심으로 스승님과 작별하고 세람포어 법원으로 들어갔다. 검사인 나의 숙부 사라다 고슈는 나를 따뜻하게 맞아 들였다.

"숙부님, 저는 오늘 친구들과 함께 카슈미르로 떠나기로 했습니다. 수년 동안이나 히말라야 여행을 학수고대해 왔습니다."

"그래. 무쿤다야, 내가 도와 줄 일이라도 있으면 말해 보거라"

숙부님의 친절한 말에 나는 새삼 용기가 생겼다.

"숙부님, 제게 랄 드하리를 며칠간만 빌려 주시면 좋겠어요."

내가 말을 마치자마자 숙부가 얼마나 사납게 일어섰는지 의자가 다 넘어지고, 책상 위의 서류가 사방으로 흩어졌으며, 코코넛 줄기로 만든 그의 긴 담배물부리가 마루 바닥에 덜커덕 소리를 내며 떨어질 정도였다.

숙부는 분노로 치를 떨며 소리쳤다.

"고작 놀러가는 문제로 이렇게 날 찾아왔느냐? 이 너밖에 모르는 놈아! 어디서 그런 엉터리 수작을 부리고 있어! 하인을 빌려달라니……

그토록 온순했던 숙부마져 그렇게 급작스럽게 돌변한 것을 포함해 오늘 하루 동안 일어난 믿기지 않는 사건들은 수수께끼처럼 나를 미궁에 빠뜨렸다.

나는 그 순간 당장 법원 사무실을 빠져나올 수밖에 없었다. 그런 다음 친구들이 모여 있을 아슈람으로 돌아왔다. 스승님의 태도는, 비록 알 수 없지만 그럴 만한 충분한 이유가 있을 것이라는 생각이 점차 들기 시작했다. 그걸 모르고 스승님의 뜻에 반항심과 경계심을 갖었던 내 자신이 차츰 후회스러워졌다.

스승께서 입을 여셨다.

"무쿤다야, 친구들을 우선 캘커타로 보낸 다음 나하고 조금만 더 같이 있지 않겠니? 아직 카슈미르로 행하는 막차는 여유가 있지 않더냐.

나는 약간 울먹이며 대답했다.

"스승님, 저는 스승님과 함께가 아니라면 어디든 가고 싶지 않습니다."

스승님 말씀대로 마부를 불러 친구들을 캘커타로 보냈다. 카나이와 나는 스승의 발밑에 조용히 앉아 있었다. 묵묵히 반시간 정도 지난 후, 스승께서는 자리에서 일어나 2층 발코니로 가시면서 말씀하셨다.

"카나이야, 무쿤다의 식사를 돌봐 주어라. 기차가 곧 떠날 것이다."

의자에 놓인 담요에서 막 일어나려 하자 갑자기 현기증이 오면서 위장에 심한 경련을 느꼈다. 찌르는 듯한 고통이 어찌나 심한지 잠시 죽음을 의식하였다. 스승님을 찾아 더듬거리는 도중에 나는 무서운 콜레라 증상을 보이다가 스승의 면전에서 쓰러지고 말았다. 스승과 카나이가 나를 거실로 옮겼다.

나는 고통 속에서 소리쳤다.

"스승님께 제 삶 전체를 맡기겠습니다."

그 순간 나의 몸에서 고통이 썰물처럼 빠져 나가는 느낌이 들었다.

스리 유크테스와르는 자신의 무릎 위에 내 머리를 올려놓고, 천사처럼 부드럽게 이마를 쓰다듬으셨다. 그리고 말씀하셨다.

"무쿤다야, 만약 그때 네가 친구들과 같이 역으로 갔었더라면 어떤 일이 일어났을지 이제야 알겠느냐? 너는 처음부터 이번 여행과 관련하여 내 생각을 의심했다. 그랬기 때문에 난, 너를 그런 방법으로라도 돌봐 주어야만 했다."

나는 이제야 모든 것을 알 수 있었다. 위대한 스승들은 자신의 힘을 밖으로 드러내지 않기 때문에, 그날 일어난 사건들도 스승의 힘이 개입되었음에도 불구하고, 전혀 알 수가 없었던 것이다. 스승은 베하리와 숙부와 라젠드라를 통해서 자신의 의지를 불어넣었던 것이다.

스리 유크테스와르는 카나이를 시켜서 의사를 부르게 한 다음 숙부에게 연락을 취하도록 했다.

나는 그 같은 스승의 대처에 반대했다.

"스승님, 의사한테 치료받기는 싫습니다. 스승님만이 제 병을 고치실 수 있습니다."

"무쿤다야, 넌 이미 신의 자비를 입었느니라. 의사에 대한 걱정은 말아라. 그가 올 때쯤이면 너는 이미 병이 싹 나아 있을 것이다."

정말 신기하게도 스승의 말씀이 끝나자, 고통이 순간 사라졌다. 곧 의사가 도착하여 나를 주의 깊게 관찰하였다.

"심한 고비는 넘기신 것 같군요. 몇 가지 가검물을 가져가서 검사 해 보겠습니다."

다음날 아침. 나의 몸 상태는 예전과 다를 바 없었다. 잠시 후 의사가 허겁지겁 달려왔다. 의사는 내 손을 가볍게 두드리며 말했다.

"아니, 의사로서는 전혀 믿기지 않는군. 나는 당신의 병이 아시아 형 콜레라라는 것을 알고 설마 여태까지 살아 있으리라고는 꿈에도 생각하지 않았어. 젊은이, 이렇게 웃으면서 앉아 있다니 정말 기적과 같은 일이군. 당신은 행운아야. 신유|神癒|의 힘을 가진 스승을 모시고 있으니 말이야!"

의사가 떠날 준비를 하고 있었는데, 그때 친구들이 나타났다. 그들은 몹시 화가 난 상태였다. 하지만 내 야윈 얼굴과 의사를 번갈아 보더니 이

내 동정의 표정으로 얼굴빛을 바꾸었다.

"무쿤다, 캘커타 역에 올 시간이 지났는데도 자네가 나타나지 않아서 우리는 몹시 화가 났었네."

"미안해."

나는 친구들이 어제 짐을 꾸렸던 그 장소에 다시 짐을 내려놓는 것을 보고는 웃을 수밖에 없었다.

스승께서 방으로 들어오셨다. 몸은 회복상태가 빨랐다. 나는 스승의 손을 따스하게 잡으며 말했다.

"스승님, 저는 12년 전부터 히말라야에 가려고 노력했습니다. 모두 허사가 되고 말았습니다. 드디어 깨달았어요. 스승님의 축복 없이는 **파르바티**|Parvati|[1] 여신이 저를 받아 주지 않는다는 것을 말입니다."

---

1) 파르바티(Parvati) : 산스크리트어로 '히말라야의 딸'이라는 뜻. 힌두 신 시바의 아내. 여인 샥티의 자비로운 측면이며 우마(Uma · 생명의 신) 여신과 동일시된다.

드디어 히말라야로

*"스승님, 굉장히 기쁩니다. 스승님과
동행하여 이 장관을 감상한다는 것이…"*

"무쿤다. 지금도 히말라야에 가고 싶으냐?"

"예, 스승님"

넌 이제 여행을 할 수 있을 만큼 충분히 건강을 회복했다.

"나도 카슈미르에 같이 가겠다."

내가 아시아형 콜레라에서 기적적으로 회복된 지 이틀 후, 스리 유크테스와르께서 말씀하셨다.

그날 저녁, 스승님을 대동한 우리 일행 여섯 명은 기차를 타고 캬슈미르로 향했다. 우리는 첫날 히말라야 산맥에 자리하고 있는 도시, 시믈라에서 여장을 풀었다. 모두들 웅장한 경관에 찬사를 보내면서 가파른 절벽을 올랐다.

"영국산 양딸기 사세요."

쭈그리고 앉아 있던 노파가 소리쳤다.

스승님은 그 작고 빨간 열매에 상당한 호기심을 보였다. 스승께서 양딸기 한 바구니를 사시더니 옆에 있던 카나이와 내게 주셨다. 나는 한 입 베어 먹자마자 얼른 땅에 뱉어 버렸다.

"스승님, 저는 딸기 맛이 너무 시어 별로 먹고 싶지 않습니다."

스승님은 웃으셨다.

"그래? 너도 미국에 가면 좋아하게 될 것이다. 또한 너는 저녁식사에 초대받게 될 것이다. 그때 그 집 여주인께서 설탕과 크림을 함께 넣은 딸기를 갖다 줄 것이다. 너는 그 맛을 보고 '아, 이다지도 맛이 있는 딸기가 있다니…' 하고 말할 것이다. 그때 너는 오늘 내가 말했던 일을 기억하게 될 것이다."

스승의 예언은 곧 내 뇌리에서 사라졌지만, 수년 후 내가 미국에 도착하고 나서 얼마 안 되어 실제로 경험하였다.

내가 미국에 있을 때 매사추세츠 주 웨스트 서머빌에 있는 앨리스 T. 헤이지 부인 댁의 저녁식사에 초대를 받았다. 부인은 식사가 끝난 후 크림과 설탕을 섞어 짓이긴 딸기를 나에게 주면서 말했다.

"이 과일은 좀 신데, 이렇게 해서 드시면 입에 맞으실 것 같더군요."

갑자기 아련한 기억으로부터 시믈라에서 있었던 스승의 예언이 떠올랐다. 나는 다시금 미래의 업의 계획까지 알아맞히신 스승님의 신비한 의식에 무섭도록 놀라운 존경심을 느꼈다.

우리는 곧 시믈라를 뒤로한 채 기차를 타고 라왈핀디로 향했다. 거기서 우리 일행은 커다란 3두 마차 한 대를 빌려 타고 무려 일주일이나 걸려서 카슈미르의 주도|州都|인 스리나가르에 도착할 수 있었다.

그 다음날 우리는 히말라야의 장엄한 광경을 볼 수 있었다. 날은 매우 더운 가운데 마차가 돌밭 길을 삐꺽거리고 가는 동안, 우리는 웅대한 산의 위엄에 사로잡힐 수밖에 없었다.

오디가 말했다.

"스승님, 굉장히 기쁩니다. 스승님과 동행하여 이 장관을 감상한다는 것이…."

나는 이 여행의 리더로써, 오디의 찬사를 듣고는 약간 우쭐한 느낌이 들었다. 스리 유크테스와르께서 내 마음을 들여다보셨던지 내게 속삭이듯 말씀하셨다.

"무쿤다, 너무 우쭐대지 말거라. 오디는 경치에 취한 것이 아니니라. 그저 담배 한 대 태우려고 우리를 피하고 싶은 생각뿐이다."

나는 순간 언제나 저항할 수 없는 스승을 불안스럽게 바라보았다.

"좋아. 나는 오디에게 아무 말도 하지 않겠다. 그러나 마차가 멈추면, 그가 재빨리 기회를 잡는 광경을 보게 될 것이다."

이렇게 말씀하신 후 스승께서는 웃으셨다.

마차가 작은 여관에 도착했다. 오디가 말들에게 물을 먹여야 한다면서 스승께 물었다.

"스승님, 마부와 함께 다녀와도 되겠습니까? 바깥의 신선한 공기를 마시고 싶습니다."

스리 유크테스와르는 웃으시며 이를 허락했다. 정말 스승님 말씀대로 일이 진행되고 있었다. 그러나 스승께서는 나를 쳐다보시며 이렇게 말씀하셨다. "신선한 공기가 아니라 시원한 담배 맛을 보고 싶은 게지." 이 말을 들은 오디는 머쓱해 했다. 마차는 먼지투성이 길을 소리 내며 다시 달리기 시작했다.

스승의 눈이 빛났다. 그리고 나에게 말씀하셨다.

"고개를 내밀어 오디가 무엇을 하고 있는지 살펴 보거라."

나는 다시 한번 오디가 담배 연기를 내뿜는 광경을 보고 매우 놀랐다. 나는 사과의 눈빛으로 스승을 바라보았다.

"스승님 말씀이 언제나 옳습니다. 오디는 경치와 함께 담배 연기도 즐기고 있습니다."

우리는 강과 계곡을 지나 가파른 바윗길을 감상하면서 미로 같은 계곡을 계속 지나갔다. 밤이 되자 여인숙에 머물며 식사를 했다. 스승님께서는 나의 식사에 각별한 관심을 보이셨으며 항상 라임 주스를 마셔야 한다고 말씀하셨다. 나는 아직 몸이 쇠약했지만 덜컹거리는 마차 속에서 시달리면서도 날마다 몸 상태는 호전되었다.

마차가 점점 카슈미르의 중심부로 향하고 있었다. 우리 일행 모두 기대감에 가득 차 있었다. 카슈미르는 연꽃 호수와, 정원, 멋있는 집 보트들, 다리가 많은 젤룸 강, 꽃이 흐드러진 초원이 멋있었다. 모두 히말라야 산으로 둘러싸인 천국의 땅이었다.

우리 일행은 스리나가르로 가서 멋진 언덕이 내려다보이는 2층집 여관에 객실을 예약했다.

우리는 스와미 샹카라를 모시고 있는 스리나가르 사원을 순례했다. 나는 하늘 높이 솟아오른, 산꼭대기의 아슈람을 바라보고는 황홀경에 빠져 들어 갔다. 멀리 언덕 위로 높이 솟은 훌륭한 저택은 샹카라 사원이었다. 후에 내가 미국에 세운 '자아실현동지회|Self-Realization Fellowship. 이후 약자 SRF로 표기|의 본부를 지을 때 모델이 되었다.

몇 주일을 그렇게 카슈미르에서 보낸 후, 나는 세람포어 대학의 가을

학기를 수강하기 위해서 벵골로 돌아갈 준비를 해야 했다. 스승과 카나이, 오디는 좀더 스리나가르에 머물러 있고 싶어 했다.

내가 벵골로 떠나기 전날이었다. 스승께서는 나를 부르시더니 조용히 말씀하셨다. 곧 자신의 몸이 아플 것이라고 하셨다.

"스승님, 제가 뵙기로는 매우 건강하게 보이시는데요."

나는 반문했다.

"나도 언젠가는 이 세상을 떠나게 된단다."

나는 울음 섞인 목소리로 스승의 발밑에 엎드렸다.

"스승님, 제발 스승님, 지금은 아닙니다. 제발 돌아가시지 않겠다고 약속해 주세요. 저는 스승님 없이는 아무것도 할 자신이 없습니다."

그때 스승님께서는 지그시 나를 바라보며 다정하게 웃으셨으므로 나는 내 간청을 들어주시는 것으로 생각했다.

얼마 안 되어 내가 세람포어로 돌아온 후, 오디로부터 전화가 왔다.

"스승님께서 매우 위독하시다."

나는 그 즉시 전보를 쳤다.

"스승님, 저를 떠나지 않겠다고 약속해 주세요. 제발 돌아가시면 안 됩니다. 그렇지 않으면 저도 죽고 말 겁니다."

카슈미르에서 스승의 답장이 날아왔다.

"네가 원하는 대로 되리라."

며칠 뒤, 오디로부터 다시 편지가 왔는데, 그 내용은 스승님께서 회복되셨다는 것이었다. 2주일 후 스승님께서 세람포어로 오셨다. 그런데 여전히 스승님의 몸이 많이 야위었음을 쉽게 확인할 수 있었다.

스승님께서는 성스럽게도 제자들을 위해서 심한 열병의 불길로 제자들의 죄를 태우신 것이다. 고도의 경지에 있는 요기들에게는 형이상학적으로 육체적인 병을 옮기는 방법을 통하여 대신한다. 즉 힘이 센 사람이 약한 사람의 무거운 짐을 들어줌으로써 약한 사람을 도울 수 있듯이, 영혼의 초인도 자기 제자들이 지은 업보의 짐을 감당함으로써 자신의 육체적 고통과 영적 고통을 최소화시킬 수 있는 것이다. 스승께서도 기꺼이 자기 육체의 건강함을 일부 희생함으로써 제자들의 고통을 경감시켜 주셨던 것이다.

요기는 신비한 요가 행법으로 자기 마음과 아스트랄체로 고통 받는 사람의 마음을 한데 묶음으로써, 그 병의 전부 혹은 일부가 그 자신에게로 옮아가게 한다.

육체적으로 신성을 얻은 요기는 더 이상 자신의 육체 따위에는 그가 다른 사람을 구제하기 위해서 몸에 병을 얻는다 할지라도 그의 영혼을 오염될 수 없는 것이므로, 영향을 받지 않는다. 그는 오히려 그러한 도움을 줄 수 있다는 사실을 스스로 축복으로 생각한다.

신에 의한 최종적인 구원을 얻기 위해서는 인간의 육체가 완전하게 그 목적을 충족시켰음을 깨달아야 하는 것이다. 그래서 스승은 자신이 적합하다고 생각하는 어떠한 방법으로든 자기의 육체를 사용하는 것이다.

내가 알고 있는 어느 성자는 어렸을 적부터 몸의 절반이 문드러진 상처로 뒤덮여 있었다. 그는 당뇨병도 매우 심하여 15분 이상을 앉아 있을 수조차 없었다. 그러나 그의 정신적 열망은 가히 어느 누구도 꺾을 수 없었다. 그는 기도했다.

"신이시여, 당신께서 제 부서진 몸뚱어리에 들어오시지 않으시렵니까?"

끝없는 불굴의 의지의 결과 그는 점차 하루에 18시간 동안 연화좌로 앉아 있을 수 있게 되었다.

그렇게 황홀경을 경험하지 3년이 지나자, 그는 나에게 말했다.

"나는 내면에서 무한한 빛이 불타오르는 것을 발견했네. 그 찬란함을 만끽하는 동안 육체를 잊어 버렸지. 나중에야 내 몸이 신의 자비에 의해 이룩되었다는 사실을 알 수 있었네."

스승의 근본적 자격은 영적인 것이지 육체적인 것이 아니다.

오직 위대한 구루만이 제자들의 업을 짊어질 수 있다. 스리 유크테스와르도 만약 내면의 영혼으로부터 나온 그 허락을 받지 않았더라면, 그렇게 고통 받지 않았을 것이다.

칼리 여신상의 **미소**

*"성모상이시여,
당신께서는 사랑하는 헌신자 라마크리슈나의
간청을 들으시고 살아있는 모습이 되셨습니다."*

큰 누나인 로마 누나는 어린 시절 나의 영적인 삶에 깊은 영향을 끼쳤고, 어머니가 돌아가신 이후로는 어머니와 같은 존재이다. 그러나 그런 누나에게도 고민이 있었다. 그것은 매형의 문제였다. 물질 만능주의가 팽배한 사람들의 특징인 신을 향한 마음이 열정적이지 못하는 것이다. 때마침 내가 캘커타에서 잠시 머무를 때 큰 누나의 애절한 간청이 있었다.

"누나, 당연히 내가 도울 수 있는 일이라면 뭐든지 하겠습니다."

나의 말 한마디에 누나의 얼굴은 활짝 웃으며 대답했다.

누나와 나는 잠시 동안 말없이 멀리 앉아서 기도를 했다. 누나는 1년 전에 크리야 요가에 입문시켜 달라고 나에게 부탁을 했었는데, 그 동안 상당한 진보를 이룰 듯 했다.

"누나, 내일 다크시네스와르에 있는 칼리 사원에 갈 예정인데, 누나도 같이 가자. 그리고 매형한테도 함께 가자고 해 봐요. 성스러운 장소에서 울리는 진동을 통해서 성모께서 매형의 마음을 분명히 움직여 주실 거예요. 하지만 누나 매형한테는 사원에 가는 이유는 미리 이야기하지 말아요."

누나는 희망을 갖는 듯 보였고 그래서인지 내 제안에 흔쾌히 동의 했다. 다음날 아침 일찍부터 누나와 매형은 떠날 채비를 했다. 다크시네스와르까지 가는 길은 도로가 고르지 못해 몹시 흔들거렸다. 매형은 이럴 때 구루들이 아무런 쓸모가 없다고 하며 계속 비웃었다. 누나는 한쪽에서 소리 없이 울고 있었다.

"누나, 기운 내요! 우리가 매형의 야유를 심각하게 생각하고 있다는 눈치를 보여서는 안돼요."

매형은 계속 중얼거렸다.

"무쿤다, 자네 같으면 사기꾼을 존경할 수 있겠어? 난 '사두라'는 그 인간들 그 저저분한 꼴만 봐도 구역질이 난다니까. 어떤 놈은 꼬챙이처럼 뼈만 앙상하든지, 또 어떤 놈의 몸집은 산만하고 여하튼 다 보기 싫어."

나는 웃으면서 잠자코 듣고만 있었다. 그런 반응이 매형을 곤혹스럽게 만들었는지, 그는 굳은 침묵 속으로 빠져들었다. 마차가 사원 경내에 들어서자마자, 매형의 빈정거림은 더욱 더 심해졌다.

"나를 사원으로 데려온 이유가 분명 있긴 할 텐데… 그런데 어쩌나 난 그럴 생각이 전혀 없는걸."

나는 아무 대꾸도 않고 그냥 돌아서려는데, 매형이 갑자기 내 팔을 붙잡았다.

"무쿤다, 점심준비는 잘 해 두었지? 사원 관리자들한테도 내 이야기를 미리 해 두었을테고, 응?"

매형은 사원의 승려들을 대상으로 논쟁을 벌이려는 눈치였다.

"저는 지금 명상을 해야 됩니다. 점심은 걱정하지 마세요. 성모께서 어떻게든 마련해 주실 테니까요."

나는 더 이상 듣기 싫어 짧게 대답했다.

"난 성모를 믿지 않아. 나를 위해서 뭘 준비했는데?"

매형의 어조는 다분히 위압적이었다.

나는 사원의 현관 쪽으로 혼자서 걸어갔다. 기둥 사이의 그늘진 곳에 자리를 잡은 다음 연화좌를 취했다. 아직 오전 일곱 시밖에 안 되었지만, 뜨거운 햇볕이 내리쪼일 듯 했다.

경건하게 명상에 들자 온 세상이 나로부터 멀어져 갔다. 내 마음은 온통 칼리 여신께 집중되어 있었다. 여기 이 다크시네스와르 사원에 있는 칼리 여신상은 위대한 성자 라마크리슈나 파라마한사의 특별한 찬양을 받은 석상이었다. 나는 라마크리슈나의 고뇌에 찬 기도에 답하여 그 성자와 이야기를 나누기도 했다.

나는 기도했다.

"성모상이시여, 당신께서는 사랑하는 헌신자 라마크리슈나의 간청을 들으시고 살아있는 모습이 되셨습니다. 당신의 이 아들의 울부짖음에도 귀를 기울여 주시겠지요!"

나의 열망은 그 깊이를 더해 갔다. 하지만 무려 다섯 시간동안이나 마음속으로 간절히 원했던 여신은 응답하지 않았다. 나는 너무나도 애타게 그리워했다. 신은 가끔 기도자의 열망을 시험해 보신다. 하지만 결국에는 기도자가 그리고 있는 형태로 모습을 드러내신다. 경건한 크리스천은 예수 그리스도의 모습을 보고, 힌두교도는 크리슈나 혹은 칼리 여신의 모습을 본다. 그리고 특별한 믿음의 대상이 없으면 무한히 뻗어 나가는 빛을 보게 된다.

나는 천천히 눈을 뜨고 몸을 일으켜 묘지 쪽으로 걸어갔다. 가장 강렬한 태양이 석상의 표면을 달구고 있었다.

"성모님이시여. 왜 당신께서는 제 앞에 나타나지 않으십니까? 제 매형을 대신해서 당신께 특별한 기도를 드리고 싶습니다."

간절한 나의 기도는 곧 응답을 받았다. 먼저 환희에 찬 차가운 기운이 등과 발밑에 내려와서 모든 고통을 씻어 주었다. 그러더니 갑자기 사원은 놀라울 만큼 커져서 그 커다란 입구가 천천히 열리더니 칼리 여신의 모습이 드러났다. 정말 석상은 살아있는 형체가 많았다. 나에게 고개를 끄떡이며 미소를 지었고 내 몸은 환희로 요동했다.

무아경 속으로 점점 더 깊이 들어가 의식이 확장됨을 느낄 수 있었다. 갠지스 강이 보이고 사원 너머로 다크시네스와르 전체가 시야에 들어왔다. 모든 건물들의 벽이 투명했고 저 멀리서 사람들이 오가는 모습이 보였다.

이내 온몸은 숨이 멎을 정도로 굳어 있었지만, 손은 자유롭게 움직일 수 있었다. 나는 눈을 떴다 감았다 해 보았다. 눈을 감았을 때나 떴을 때나 다크시네스와르의 파노라마가 뚜렷이 보였다.

영적인 투시력은 엑스광선처럼 모든 물질을 투과한다. 신의 눈은 어디에서나 중심과 주변의 구별이 없다.

나는 만약 인간이 꼭 도피를 해야 한다면 그 전지전능한 신의 영역보다 더 좋은 곳이 어디 있겠는가라고 생각했다.

다크시네스와르에서 겪은 신성한 체험 중 이상하게도 사원과 여신의 형체만은 확장되고 커져 있었다. 다른 모든 것은 희고 푸른 무지갯빛에 싸여 있었지만 정상적인 크기였다. 내 몸은 공중에 떠오를 수 있는 에테르체가 된 것 같았다. 주변의 사물을 충분히 의식하면서 나는 사방을 둘러보고 나서 서서히 발걸음을 옮겼다. 그래도 환희에 찬 환시는 끝나지 않았다.

순간 내 눈에 벨 나무의 가지 아래 앉아 있는 매형의 모습이 보였다. 그의 마음은 다크시네스와르의 성스러운 영향력 때문인지 약간 고양된 듯 보였다. 그러나 아직도 나에 대한 좋지 않은 상념을 붙들고 있었다.

"성모님이시여, 왜 제 매형을 영적으로 변화시켜 주지 않으십니까?"

여태까지 말없이 서 있기만 하던 그 아름다운 모습이 드디어 입을 열게 된 것이다.

"그대의 바람대로 이루어졌노라!"

이 세상 전체를 감싸고 있던 환시가 갑자기 사라졌다. 더 이상 여신의 모습도 보이지 않았으며, 사원도 투명함을 잃고 원래대로 돌아가 있었다. 다시 내 몸은 내리쬐는 태양 아래 땀투성이가 되어 있었다. 신성한 환시는 한 시간이나 계속 되었고 매형은 화난 얼굴로 나를 기다리고 있었다.

"이 친구야, 그렇게 다리나 꼬고 앉아 있으면 다야? 자네를 찾으려고 얼마나 애를 썼는지 알기나 해! 점심은 어떻게 되었지? 문도 닫혔고 오늘 점심은 틀린 것 같은데."

매형은 늘 그랬듯이 온갖 불평을 터뜨려 댔다.

나는 갑자기 소리쳤다.

"성모께서 먹여 주실 거예요!"

"정말 여신이 있다면 그 여신 덕이나 한번 봤으면 좋겠네. 점심 준비도 소홀하게 했으면서 소리를 지르긴…"

매형은 비웃는 눈치였고, 매형의 말이 떨어지자마자 무섭게 사원의 승려 한분이 우리에게 다가왔다.

"아들아, 나는 명상을 하는 동안만큼은 네 얼굴에서 오늘 아침에 네 일행이 도착하는 광경도 보았다. 사실 사원의 규칙상 특별한 경우를 제외하고는 식사 접대는 법도에 어긋나지만 너한테만은 예외로 해 두겠다."

나는 그에게 감사의 인사를 전하면서 매형의 눈을 분명히 보았다. 그의 얼굴은 어떠한 후회의 빛이 역력했다. 강렬하고 갑작스러운 감정을 어렵게 이겨 내려는 듯 보였다. 승려의 호의로 철 지난 망고까지 곁들인 성찬을 대접받았다. 매형은 전혀 식욕이 없는 듯 했다. 다만 당황한 표정으로 깊은 생각에 잠겨 있었다.

캘커타로 돌아오는 길에 매형의 표정은 한결 부드러워져 있었다. 가끔씩 무언가를 호소하는 눈길도 보내 왔다. 하지만 사원에서 있었던 식사 후로는 입을 닫고 단 한마디도 하지 않았다.

다음날 아침 나는 누나를 만나기 위해 매형의 집으로 갔다. 누나는 나를 따뜻하게 맞아 주었다.

"기적이 일어났어. 네 매형이 어제 저녁에 내 앞에서 눈물을 흘리면서 이렇게 말하는거야."

'사랑하는 데비|Devi|. 처남이 나를 완전히 다른 사람으로 바꾸어 놓았구려. 나는 지금 얼마나 행복한지 모른다오. 당신에게 그동안 했던 모든 나쁜 짓을 속죄할 생각이오. 오늘밤부터 그리고 당신의 그 좁은 명상실은

이제부터 우리의 침실이 되는 것이오. 그동안 처남을 조롱했던 것을 정말로 미안하오. 그래서 사죄의 뜻으로 내가 영적인 길에서 진보를 이룰 때까지 처남에게 말을 걸지 않는 벌을 나 자신에게 내릴 예정이오.

지금 이 순간부터 마음 속 깊이 성모를 찾아보겠소. 언젠가는 그 분을 찾고 말 거요!'

여러 해가 흘러 델리로 매형을 찾아간 나는 그가 상당한 영적 진보가 있었음을 한눈에 확인할 수 있었다. 그 당시 매형은 상당한 중병에 있었음에도 불구하고 밤 시간을 거의 명상 수행에만 전념하고 있었다.

그때 나는 매형이 앞으로 살아갈 날들이 얼마 남지 못했음을 직감으로 느꼈다. 누나도 내 마음을 읽었던 모양인지 내게 말했다.

"무쿤다, 네 매형은 몸이 좋지 않다. 하지만 진실한 힌두교 신자로서 나는 절대로 내 남편을 먼저 보내지 않는다. 이 누나가 세상을 뜰 날도 얼마 안 남았다."

불길한 누나의 말에 나는 몹시 놀랐다. 그래도 나는 누나가 말한 그 인정하기 싫은 진실을 직시해야만 했다. 정말 누나는 자신이 예언을 한 지 꼭 열여덟 달 만에 세상을 떠났다. 나는 그때 미국에 머물고 있을 때였고, 막내 동생 비슈누가 당시 상황을 내게 알려 주었다.

"형, 누나가 죽던 날 그날 아침 누님은 웬일인지 화사한 신부복을 차려입었어.

'아니, 당신 이 예복은 갑자기 웬일이야?'

당연히 매형이 물었지.

'오늘이 이 지상에서 당신께 드리는 내 마지막 봉사입니다.'

누나의 대답이었어. 잠시 후 누님은 심장마비를 일으켰어. 조카가 급히 달려오자 누나는 이렇게 말했어.

'애야, 그냥 있거라. 모두 소용없는 일이다. 의사가 오기도 전에 나는 이미 이 세상 사람이 아니니라.'

그로부터 10분 후 누나는 존경의 표시로 매형의 발을 붙잡은 채 의식적으로 자신의 육체를 떠났어. 물론 지극히 행복한 표정이었고 아무런 고통의 빛도 없었지.

매형은 누나가 세상을 떠난 이후로 꼭 속세를 등진 사람처럼 살았어. 그러던 어느 날 나는 매형과 함께 웃고 있는 누나의 사진을 보고 있었어.

'아니, 당신 왜 웃고 있지? 떨어져 있으니까 마음이 편한가 보네. 그런데 어떡하지. 나도 곧 당신과 함께 있게 될 텐데.'

마치 그 자리에 죽은 누나가 함께 있는 것만 같았다.

사실, 매형도 완전히 건강을 회복한 상태였지. 그런데 갑자기 뭐라고 몇 마디 중얼거리더니 매형마저 세상을 떠났어."

학위 수여

*"내가 이미 말하지 않았더냐. 해와 달의 위치를 바꾸
는 것보다 너의 졸업이 더 쉬울 것이라고 말이다."*

세람포어 대학의 D.C. 고샬 교수는 내가 시험을 치를 때도 '직관'에만 의존한다며 나무라셨다. 더욱 심각하게는 이런 식으로 계속 임하다가는 결국에 가서 시험을 통과하지 못할 것이라고 강하게 말씀하셨다.

만약 고샬 교수의 교과 필기시험에 합격하지 못한다면, 최종 시험을 치는 자격도 없는 것이다. 이 시험은 캘커타 대학의 교수단에 의해 관리되고 있는데. 세람포어 대학은 이 대학에 소속되어 있다. 인도의 대학에서는 문학사 자격 최종 시험에서 어느 한 과목이라도 낙제한 학생은 다음 해에 모든 과목에 대해 다시 시험을 치러야 한다.

세람포어 대학의 교수들은 겉으로는 모두들 친절하게 대해 주었지만 나를 종교에 심취한 쉽게 말해 다른 학생들과 정신세계가 다른 학생으로 간주했다.

그래서인지 수업 시간에도 내게는 질문을 거의 하지 않는 편이었다. 거의 모든 교수들은 내가 최종시험에서 낙방한 것으로 믿고 있었다.

나는 고샬 교수가 철학 과목에서 나를 낙제시키려고 함을 알고 있었기 때문에 시험의 결과가 거의 발표나려 할 즈음에 나는 내 친구에게 고샬

교수의 연구실에 함께 가 주기를 부탁했다.

"부탁해서 미안하다. 하지만 나는 지금 내 말을 증명해 줄 증인이 필요해. 내가 지금 부당한 일을 당하고 있거든."

고샬 교수의 방으로 친구가 함께 간 나는 내 시험결과를 여쭈었다.

교수는 내 얼굴을 한번 힐끗 쳐다보시더니 두꺼운 답안지 뭉치를 뒤적이셨다.

"자네, 시험을 치렀다고? 그런데 어째서 자네의 답안지가 없는가?"

나는 기다렸다는 듯이 웃으며 말했다.

"교수님, 제 답안지를 못 보셨다고요? 제가 직접 그 뭉치를 뒤져 봐도 되겠습니까?"

교수는 잠시 망설이더니 허락하셨다. 나는 재빨리 내 답안지를 찾아냈다. 나는 그 답안지에 출석 번호를 제외하고는 이름조차 고의적으로 표기하지 않았다. 교수는 내 이름을 보지 않은 상태에서 채점을 진행하였고 그 당시 내가 확인했을 때는 분명히 점수를 매겨 놓았던 것이다.

그제야 내 책략을 간파했는지 교수는 몹시 화를 냈다.

"아주 요망스러운 놈이구나!"

아직까지는 교수의 음성에 자신이 베어 있었다.

나는 나머지 과목의 시험을 위해서 약간의 개인 지도를 받았다. 특히 나의 친구이자, 사라다 숙부의 아들인 사촌 프라바스 찬드라 고시가 많은 도움을 주었다.

다행히 나는 모든 과목이 낙제없이 최저 점수로 간신히 문학사 최종 시험을 치를 자격을 갖게 되었다. 세람포어 대학의 최종 시험은 캘커타 대학의 까다롭고 어려운 문학사 학위 시험에 비할 바가 못 되었다.

나는 거의 매일 스리 유크테스와르 스승을 방문했기 때문에 수업을 듣지 못하는 날이 허다했다. 심지어 오히려 출석하는 날엔 학교 친구들로 하여금 놀라움의 함성을 지르도록 할 정도였다.

나는 거의 매일 같이 아침 아홉시 30분에 자전거를 타고 집을 나서는 일로 하루를 시작했다. 종종 스승님을 위해 판티 하숙집 정원에서 꺾은 꽃송이들을 선물로 준비하였다. 그러면 스승님은 나를 반갑게 맞아 주셨고, 점심식사까지 정성스레 차려주시곤 했다. 나는 언제나 스승님과 함께하는 것을 행복해 했고 그 하루 동안 만이라도 대학생활을 잊을 수 있다는 것을 즐거워했다.

늘 스승의 곁에서 크나큰 지혜를 배우며, 아슈람의 일을 도왔다. 그렇게 스승님과 함께 여러 시간을 보낸 후, 나는 거의 자정이 다 되어서야 마지못해 돌아오곤 했다.

어떤 날은 스승님과 온 밤을 지새우기도 했다. 스승님과 함께 있다보면 그 말씀에 열중하여 새벽이 밝아 오는 것도 모를 정도였다.

어느 날 밤, 내가 집으로 돌아가려는데, 스승님께서 조용히 물으셨다.

"무쿤다야 문학사 시험이 언제부터이냐?"

"닷새 후입니다."

"지금 마무리 중 이겠구나"

놀라움에 움찔해진 나는 그만 신발 한 짝을 든 채 잠시 멈춰 있다가 스승님께 반문했다.

"스승님! 저는 교수님들께 강의를 듣는 것보다 오히려 아슈람에서 스승님과 함께 보내는 시간을 더 행복해하고 있다는 것 누구보다 더 잘 알고 계시지 않습니까? 어떻게 제가 그 어려운 시험에 출석해서 어릿광대 극을 연출할 마음이 생기겠습니까?"

스승님께서는 내 눈을 날카롭게 쏘아보았다.

"너는 반드시 출석해야 한다."

강하고 단호하게 말씀하셨다.

"무쿤다야, 네 아버지와 친척들한테, 네가 학교 수업은 뒤로한 채 아슈람 생활만 좋아했던 것을 비난당하고 싶으냐? 내게 지금 당장 그 시험을 치르겠다고 약속하지. 그리고 네가 할 수 있는 최선의 방법을 내일까지 생각해 오거라."

스승님의 말씀이 끝나자마자 억제할 수 없는 눈물이 얼굴을 타고 흘러내렸다. 나는 흐느끼며 스승께 말했다.

"스승님께서 원하신다면 시험을 치르겠습니다."

나는 집으로 돌아오면서 스승님께 차마하지 못했던 말을 혼자서 뇌까렸었다.

"스승님 시험을 준비할 충분한 시간이 없습니다. 저는 스승님의 가르침으로 답안지를 채우겠습니다."

다음날이 되었다. 나는 평소와 같은 시간에 아슈람에 들어섰다. 그리고는 우울한 표정으로 스승께 꽃다발을 바쳤다. 스승께서는 슬픔에 잠긴 나의 표정을 보고 웃으셨다.

"무쿤다, 신께서 시험이나 혹은 다른 것에서 너를 실패하게 하신 적이 있느냐?"

"없습니다,"

나는 갑자기 형언할 수 없는 기쁨과 자신감으로 대답했다. 더 나아가 즐거운 기억들이 되살아나 넘쳐흘렀다.

스승님은 인자하게 말씀하셨다.

"네가 대학에서 우등을 하지 못한 것은 게으름이 아니라 신을 향한 타오르는 열의 때문이니라."

잠시 침묵이 흘렀다.

스승께서 〈성경〉 구절을 인용하셨다.

"너희는 먼저 하느님의 나라와 그의 의를 구하라. 그리하면 이 모든 것을 너희에게 더하시리라."

또 한번 시험에 대한 부담스러운 압박감에서 벗어남을 느꼈다.

"너의 친구 로메시 찬드라 두트는 여전히 너의 하숙집에 사느냐?"

"예."

"그 친구와 가까이 지내거라. 신께서 그로 하여금 네 시험에 대비해 도와주도록 하실 것이다."

"잘 알겠습니다. 그렇지만 로메시는 항상 바쁩니다. 그 친구는 우등생일 뿐만 아니라 다른 학생들보다 더 어려운 과정을 밟고 있습니다."

"로메시는 분명히 너를 위해 시간을 내 줄 것이다. 어서 가거라."

나는 스승의 말씀대로 급히 하숙집으로 되돌아왔다. 내가 구내 하숙집에서 처음 만난 사람은 신기하게도 학구적인 로메시였다. 나는 로메시에게 어려운 부탁을 꺼냈다. 로메시는 살짝 비웃는 듯 했으나 결국엔 내 부탁을 응했다.

"좋아, 원하는 대로 해 줄게."

그는 나를 위해 그 날부터 며칠 동안 매일 많은 시간을 할애했다.

"난 영문학 시험에서 많은 문제들이 차일드 헤럴드가 취한 행로와 관계가 있을 거라고 믿어. 당장 지도를 구해 올래?"

나는 서둘러 사라다 숙부 댁으로 가서 지도를 빌려 왔다. 로메시는 바이런의 낭만적인 여정을 그 지도 위에 표시했다. 몇몇 친구들이 모여들어 로메시의 개인 지도를 함께 받았다.

어느 날 그들 중의 한 친구가 로메시에 관한 비밀스러운 얘기들을 들려 주었다.

"무쿤다, 로메시는 네게 엉터리로 충고를 해 주고 있어. 그는 시험과 무관한 불필요한 이야기들을 말하고 있다고."

드디어 영문학 시험을 보는 날이었다. 나는 시험지를 받자마자 나도 모르게 눈물이 흘러내려 답안지를 적셨다. 교실 감독관이 내 책상으로 다가와서 동정 어린 질문을 했다.

"무쿤다, 왜 갑자기 우는거니?" 나는 그에게 이렇게 설명했다.

"나의 훌륭하신 스승님이 로메시가 나를 도와줄 것이라고 예언하셨답니다. 보세요, 로메시가 내게 암시해 주었던 바로 그 문제들이 여기 시험지에 다 있잖아요."

나는 덧붙여 말했다.

"다행스럽게도 올해는 영국 작가들에 관한 문제가 매우 적군요. 사실 그들의 생애에 관해 깊이 공부하지 못했거든요."

내가 하숙집으로 돌아왔을 때, 방 안은 몹시 소란스러웠다. 로메시에 대한 나의 신념을 조롱했던 친구들도 모두 나를 축하해 주었다.

시험 기간 동안 나는 가능한 한 많은 시간을 로메시와 함께 보냈다. 로메시가 미리 알려주는 예상 문제들은 거의가 적중했다.

시험에 관해서는 다음과 같은 아찔한 순간도 있었다. 어느 날 영문학 시험을 보고나서 답안을 점검 중이었는데 나는 그만 중대한 실수를 저질렀음을 깨달았다. 그만 답안지 작성을 실수한 것이었다. 내가 받을 수 있는 최대 점수는 합격점인 36점보다 3점이 낮은 33점일 것이다. 나는 스승님께 당장 달려가서 나의 고민을 털어놓았다.

"스승님, 저는 로메시를 통해 신의 축복을 받을 자격이 없어요. 저는 돌이킬 수 없는 큰 실수를 저질렀습니다. 저는 아무 가치도 없습니다."

"무쿤다, 기운을 내라."

스승님께서는 생각보다 가볍고 담담했다. 잠시 후 스승께서 푸른 하늘을 가리키셨다.

"네가 학위를 못 받는 것보다 태양과 달의 위치가 바뀌는 것이 더 쉬울 것이니라."

상식적으로는 내가 합격할 수 있는 가능성은 상상도 할 수 없었지만, 스승님과 말씀을 나눈 이후로는 좀 진정된 기분으로 아슈람을 떠날 수 있었다. 하숙집에 도착했더니 다른 친구들 사이에서 이런 말들이 오고 가고 있었다.

"올해 처음으로 영문학 합격점이 낮아졌다면서?"

그 말을 듣자마자 나는 그 친구의 방으로 허겁지겁 달려갔다. 나는 흥분해서 다급하게 그의 말을 재차 확인해 물었다.

그가 웃으며 말했다.

"장발 수도승 양반! 웬일로 자네가 시험에 다 관심을 갖는 거지? 막판에 와서 왜 이렇게 야단이야? 하지만 합격점이 33점으로 낮아진 건 사실이야."

나는 좋아서 껑충껑충 뛰면서 내 방으로 돌아왔다. 나는 로메시를 통해 나를 인도하고 있는 성령의 존재를 깨닫고 감격했다.

그로부터 얼마 있다 또 하나의 사건이 있었다.

벵골어 시험이 있던 날 아침이었다. 학교를 가고 있는데 한 친구가 급히 달려오더니 로메시가 나를 급히 찾는다고 했다. 마침 등교시간에 임박해 있었기 때문에 나는 어떻게 해야 하나 매우 갈등을 하고 있었다. 친구는 내게 말했다.

"무쿤다, 로메시에게 가려고? 지금 가면 우린 지각이야."

나는 친구의 그 충고를 무시하고 집으로 달려갔다.

"보통 우리 벵골 학생들은 벵골어 시험을 쉽게 통과하잖니? 그러나 올해는 교수들이 필독 도서에서도 많은 문제를 출제하여 학생들을 무더기로 탈락시키려 하고 있다는 영감을 받았어."

그리고 그는 19세기의 유명한 박애주의자인 비댜사가르|Vidyasagar|의 생애에 관한 두 편의 일화를 요약해 주었다. 나는 로메시에게 고마움을 전한 다음 시험장으로 자전거를 타고 급히 달려갔다.

벵골어 문제는 두 부분으로 이루어져 있었다. 첫 번째 문제는 비댜사가르가 행한 '자비'의 두 가지 예를 들라는 것이었다. 나는 방금 전 로메시의 강의에서 들었던 댜사가르의 '자비'에 대해서 쉽게 기술할 수 있었다.

만약 아침에 하숙집으로 다시 돌아가지 않았다면 나는 벵골어 시험을 통과할 수 없었을 것이다.

두 번째 문제는 다음과 같이 적혀 있었다.

"자신의 인생에서 가장 영향력 있고 감동을 준 일들을 벵골어로 기술하라."

나는 당연히 나의 스승 스리 유크테스와르에 대해 조금도 주저 없이 써 내려갔다. 나는 조용히 미소 지으며 마음속으로 혼자 되뇌였다.

"스승님의 가르침을 답안지에 채웠습니다."

나는 그동안 아슈람에서 스승과 함께 했던 날들은 떠올렸다. 또한 나는 스승의 오랜 수련을 매우 신뢰하고 있었기 때문에 철학 과욕만큼은 자신 있었다.

나는 비록 다른 과목은 간신히 낙제를 면했지만 철학과목은 최고 점수였다. 너무나 기뻤다. 아버지와의 약속을 지켰기 때문이다. 대학 졸업만큼은 통과하기를 늘 바라셨다. 아버지께서는 다음과 같이 말씀하셨다.

"무쿤다야, 사실 난, 네가 졸업을 하리라고는 생각지 않았다. 그동안 학교에 가지도 않고 아슈람에서만 보내지 않았느냐?"

1915년 6월 나는 캘커타 대학으로부터 학위를 받았다. 그날도 나는 스승님의 아슈람으로 달려갔다. 스승님의 크나큰 지혜와 모든 은혜에 진심으로 감사드렸다. 스승님은 무릎을 꿇고 있던 나를 일으켜 세우시며 조용히 말씀하셨다.

"내가 이미 말하지 않았더냐. 해와 달의 위치를 바꾸는 것보다 너의 졸업이 더 쉬울 것이라고 말이다."

스와미 교단에 입문

1915년 7월 이 날은 내 생애의 최고의 날이었다.
스승님은 내 몸에다가 스와미 교단의
전통 승복을 휘감아 주셨다.

"스승님, 이제 저를 스와미 교단의 한 일원으로 받아주시길 간절히 원합니다."

그동안 몇 년 동안 기다려왔기에 이제는 스승님의 허락을 받고 싶었다.

나는 간절한 마음으로 스승님을 바라보았다. 그동안 스승님께서는 나의 결심을 시험하기 위해서였던 것이다. 그런데 스승께서는 내 말이 끝나자마자 호의적으로 미소를 지으셨다.

"좋다. 내 너를 스와미 교단에 입문시키겠노라. 나는 네가 수도승이 되겠다는 열망을 계속 지켜보았느니라. 라히리 마하사야께서는 가끔 이런 말씀을 하셨지. 〈만일 그대가 신을 여름 손님으로 초대하지 않는다면, 신은 그대 생애의 겨울에도 결코 찾아오지 않을 것이다.〉"

나는 무한한 애정과 존경의 미소를 지었다.

"스승님, 감사합니다. 저는 지금까지 스승님께서 몸담고 계신 스와미 교단에 입문하기만을 간절히 바래왔습니다."

그동안 나는 신을 향한 내 마음이 내 생활보다 더 우선이었다.

신은 온 우주를 관장하시며 묵묵히 인간의 모든 영역에 은총을 내려 주신다. 그러한 신께 인간이 보답할 수 있는 선물은 단 하나뿐이다. 그것은 인간에게만 주어진 타인을 향한 베풂의 '사랑'이다.

창조주께서는 자신이 창조하신 모든 것에 존재한다. 그러나 자신의 모습을 밖으로 드러내지 않으며 무한한 사랑과 수고스러움을 감수하시는 까닭은 인간으로 하여금 절대자 창조주의 모습을 인간 스스로의 자유 의지로 찾아내도록 하기 위함이다.

1915년 7월 이 날은 내 생애의 최고의 날이었다. 그날은 내가 대학을 졸업한 지 몇 주 후였고, 어느 화창한 목요일이었다.

스승님은 스와미 교단의 전통적인 색깔인 황토색 물감 속에 하얀 비단 한 조각을 담갔다. 옷감이 마른 후, 내 몸에다가 그것을 휘감아 승복으로 만들어 주셨다.

스승께서는 말씀하셨다.

"언젠가 너는 비단을 좋아하는 서양 사람들 속으로 가게 될 것이다. 그렇기 때문에 나는 교단의 전통적인 목면 대신 이 비단 옷감을 준비했다."

인도의 승려가 비단옷을 입는다는 것은 감히 상상도 못할 일이었다. 사실 가난함이 가장 큰 이유이다. 인도에서는 가끔 승려들이 비단을 입기도 하였다.

스리 유크테스와르는 말했다.

"나는 의식|儀式|을 좋아하지 않는다. 나는 너를 비드와트|Bidwat, 의식을 따르지 않는|식에 의해 스와미로 만들겠다."

비비디사|Bibidisa|, 즉 스와미가 되는 의식에는 불의 의식이 포함된다.

불의 의식이 진행되는 동안 상징적인 장례 의식이 함께 거행된다.

사도들의 물리적 육체는 지혜의 불꽃에 의해 화장된다. 이렇게 해서 새로 태어난 스와미에게는 **범아일여**|凡我一如|[1]의 찬가로 축복이 주어진다. 그러나 스승님은 모든 형식적 의례를 생략하고 새로운 이름만을 부여하셨다.

"네 이름을 스스로 선택하는 특권을 너에게 주겠다."

스승께서 미소 지으며 말씀하셨다.

나는 잠시 동안 생각한 끝에 이렇게 대답했다.

"요가난다."

이 이름은 '신과의 합일|Yoga|에 의한 행복|Ananda|'을 의미한다.

"앞으로, 너는 가명|家名|인 '무쿤다 랄 고시'가 아닌 스와미 교단 기리 지부의 '요가난다'라고 불릴 것이다."

내가 스승인 스리 유크테스와르 앞에 꿇어 앉아 처음으로 내 새 이름을 발표하는 순간, 내 가슴은 터질듯이 벅차올랐다. 그동안 얼마나 안타깝도록 노력했던가! 무쿤다라는 소년이 '요가난다'라는 수도승으로 변신하기까지!

지금부터 인도의 스와미와 요가에 대하여 잠시 언급하겠다.

인도의 모든 스와미는 고대로부터 존경을 받아 왔으며 교단에 소속된다. 스와미 교단은 샹카라차랴에 의해 수세기 전에 그 형태가 재구성되었으며 그 후 면면히 덕망 있는 스승들에 의해 지도되어 왔다. 현재는 약 백만 명에 달하는 수많은 승려들이 스와미 교단을 이루고 있다.

---

1) 범아일여(梵我一如) : 인도 우파니샤드의 철학에서, 우주의 근본인 브라만(Brahman · 梵)과 개인의 본성인 아트만(Atman · 我)을 궁극적으로 동일하게 보는 견해.

여기에 들어가기 위해서는 미리 스와미 수도승으로부터 입문에 필요한 모든 조건을 갖추어야 한다. 스와미 교단의 모든 승려들은 따라서 정신적 계보의 공통된 구루를 갖게 된다. 그들은 지도자나 영적 권위에 대해 무소유와 순결, 복종 등을 맹세 한다.

모든 스와미들은 전 인류에 대한 순수한 봉사정신으로 인도나 혹은 여러 다른 나라에서 인도주의 활동을 하게 된다. 스와미는 카스트 제도나 신조, 계급, 피부색, 성별, 종족 등에 대한 편견을 버리고 인간애의 참사랑을 따른다. 그의 목표는 신과의 절대적 합일이다.

항시 '내가 곧 절대적 존재' 라는 생각에 철저히 몰입함으로써, 세상사에 물들지 않으면서 만족스럽고도 자유롭게 살아가게 된다. 그로써 절대적 자아, 즉 '스와' 와의 합일을 추구하는 '스와미' 라는 이름이 정당화되는 것이다.

스리 유크테스와르는 스와미일 뿐만 아니라, 요기이기도 하다. 스와미 교단에 입문했다고 해서 모든 사람이 요기는 아니다.

요기는 각자의 감정적인 바탕이나 사념에 얽매이지 않고 고대의 스승(리쉬)에 의해 완벽하게 검증된 연속적인 훈련 과정을 수행한다. 요가는 인도의 모든 시대를 통해서 진정으로 자유로워진 인간 즉, 참된 요기 그리스도를 만들어 냈다.

"어느 쪽 길이 더 뛰어난가, 스와미인가, 요기인가?"라고 물을 수 있다. 그러나 신과 '하나 됨' 이 이루어지게 되면, 이러한 다양한 방법들의 구별은 사라지게 된다.

과학자라는 학문처럼 시공을 초월한 모든 사람들에게 적용될 수 있다는 것이 요기이다 . 요가가 서양인에게는 위험하다거나 부적절하다는 것으로 치부되어 무지한 저술가들의 이론으로 전략되는 것이 애석하다. 이러한 오해는 요가를 열망하고 그 길을 가고자 하는 많은 이들에게 요가의 다양한 축복을 추구하는 길을 막고 있는 것이나 다름없다.

요가는 사고의 혼란을 억제하는 방법으로서, 모든 사람들의 내면에 있는 참된 본성, 즉 신성|神性|의 발현을 촉진시키는 수행 기술이다. 이러한 요가는 동서양의 모든 이들에게 똑같이 이롭다.

오늘날 미국이나 유럽, 또는 다른 비|非|힌두교 집단에서도, 비록 '요기'나 '스와미'라는 말을 들어 보지 못했을지라도, 진정한 의미에서의 요기나 스와미의 표본이라고 할 수 있는 위대한 사람들이 많이 있다. 인류에 대한 헌신적인 봉사와 희생, 신에 대한 성실한 사랑, 영적 능력 등을 통해서 볼 때, 그들 역시 요기들인 것이다. 그들은 요가의 목표인 자기 통제를 수행해 오고 있는바, 만일 이들이 요가의 방법을 익히게 된다면, 한층 더 높은 단계로 발전할 수 있을 것이다.

요가는 일부 서양 저술가들에 의하여 너무 피상적으로 잘못 이해되어 왔다. 그렇지만 그들도 요가 수행자들에 대해서는 전혀 비평을 가하지 않았다.

란치 요가학교

란치 학교는 아주 작고 볼품없는 모습으로 문을
열었지만, 그 후 비하르와 벵골 지방에서
꽤 유명한 교육기관이 되었다.

내가 스와미 교단에 입문하기 전에, 언젠가 스리 유크테스와르께서는 나에게 매우 뜻밖의 이야기를 하신 적이 있었다.

"너도 나이가 들면 아내와 자식이 있는 가정이 그리울텐데! 가족을 부양하는 가장으로서의 역할도 신의 은혜에 대한 보답이다."

나는 스승님의 그와 같은 말에 깜짝 놀랐다.

"저의 유일한 소망은 오직 우주의 님을 향한 헌신적인 사랑뿐입니다."

내 말이 끝나자마자 스승께서는 껄껄대며 웃으셨다. 스승님의 웃음을 통해 나는 그 말씀이 단지 내 마음을 시험해 보기 위한 것이었음을 바로 알아차릴 수 있었다. 잠시 후, 스승께서는 천천히 입을 여셨다.

"내 말을 잘 듣거라. 세속의 일상적인 의무를 거부하는 사람은 보다 큰 가족에 대한 책임을 지게된다."

나는 항상 가슴 속 깊은 곳에 젊은이들을 바르게 교육시키고자 하는 열망이 솟구치고 있었다. 지식 향상만을 목표로 삼고 있는 일반적인 교육 제도에서는 그 누구도 진정한 행복에 도달할 수 없다. 일반 교과 과정에는 영적 가치관에 관한 내용이 결여되어 있는 실정이었다. 그리하여 나는 어린 학생들이 완전한 인간으로서 성장할 수 있는 학교를 세우기로 결심했다. 나는 첫 시발점으로 벵골 지역의 조그마한 마을인 디히카에서 일곱 명의 아이들을 시작으로 첫발을 내딛게 되었다.

그로부터 1년 동안은 카심바자르의 성주|城主|인 마닌드라 찬드라눈디 경|卿|의 호의에 힘입어 급속도로 성장했으며 나의 그룹은 1918년 란치로 장소를 옮기게 되었다. 캘커타에서 약 2백마일 정도 떨어져 있으며 인도에서도 가장 기후가 좋은 지역 가운데 하나이다. 란치의 카심바자르 궁전은 내가 〈요고다 사트상가 브라흐마차랴 비드얄라야|Yogoda Satsanga Brahmacharya Vidyalaya|〉라고 이름 붙인 새 학교의 본부 건물이 되었다.

우리학교에서 시행하고 있는 교과목은 초등, 중등 과정을 모두 포함하였으며 그 가운데는 농업과 공업, 상업 등의 교과목을 개설하였다.

대부분의 수업은 교실 밖에서 이루어졌다.

란치의 학생들은 내가 독자적으로 개발한 '요고다' 라는 프로그램을 배웠다. 요고다는 요가명상과 건강한 신체발달을 위해 독자적으로 고안된 프로그램이다.

인간의 육체라고 하는 것은 일종의 건전지와 같은 것이기 때문에 새로운 인간의 의지력을 통하여 다시 재충전 된다. 의지가 없다면 그 어떠한 행위도 불가능하다. 학생들은 단순한 요고다 테크닉만으로도 무한히 공급되는 우주 에너지로부터 즉각적으로 자신의 생명력을 자신의 의지대로 재충전시킬 수 있는 것이다.

내 강의를 들은 모든 학생들은 요고다 수련을 통해 각자의 생명력을 신체의 어떤 한 부위로부터 다른 부위로 옮길 수 있는 매우 놀랄만한 능력

을 갖추게 되었다. 또한 상당한 고난이도의 아사나|asana|까지도 완벽하게 취할 수 있었다. 학생들은 어른들조차 감당하기 어려운 강인함과 인내력을 지니게 되었다.

내 막내 동생인 비슈누 차란 고시도 란치의 학교에 입학했다. 훗날 그는 자신의 제자들과 함께 뉴욕에 있는 콜롬비아 대학을 비롯하여 유럽의 수많은 대학 교수들을 상대로 체력과 근육통제의 시범을 보이기도 하였다. 실제로 육체에 끼치는 정신의 힘을 눈앞에서 본 교수들은 놀라움을 금치 못했다.

학교가 란치로 옮겨온 지 1년이 지났다. 이 학교에 입학하고자 하는 지원자 수는 무려 2천 명이나 되었다. 그러나 당시 학교의 규모는 고작해야 백여 명 정도만을 수용할 수 있었다. 나는 어린 학생들의 부모 역할까지도 해야 했다. 그밖에도 학교의 단체생활과 유지에 필요한 여러 가지 어려움들도 찾아왔다.

하루는 아버지께서 란치에 오셨다. 그동안 아버지는 내가 졸업 후 '벵골 나그푸르 철도회사'에 입사하지 않아 꽤나 마음이 상하신 상태였다.

아버지께서 말씀하셨다.

"무쿤다야, 나는 지금 네가 스스로 선택한 네 삶에 대해서 만족하고 있다. 이처럼 행복하고 열의에 찬 아이들 가운데 서 있는 너를 보니 무척 즐겁구나. 역시 너는 무미건조한 열차표 숫자들보다 지금의 모습이 더욱 잘 어울리는구나."

아버지께서는 학생들을 한번 바라보시더니 다음과 같이 작별의 인사를 하셨다.

"내 여덟 명의 자식들 이상으로 너희들도 모두 내 자식처럼 느껴지는구나."

나는 아버지의 표정에서 뿌듯함과 자애로움을 읽을 수 있었다.

건물 밖에는 학생들을 위한 넓은 공터가 있었다. 나는 학생들과 매일같이 정원을 다듬거나, 야외 수업을 자주 즐겼다. 우리는 여러 애완동물들도 키웠다. 그 가운데는 학생들이 무척 좋아하는 어린 사슴도 한 마리 있었는데 나 역시 그 새끼사슴을 어찌나 좋아했는지, 방에서 함께 잠을 잘 정도였다. 새끼 사슴은 이른 아침부터 마치 아침 인사라도 하는 듯이 침대 위를 아장아장 걸어 다니곤 했다.

나는 어느 날, 란치 시내에 볼 일이 있어서 평소보다 일찍 사슴에게 먹이를 주었다. 그런 다음 나는 학생들에게 내가 돌아올 때까지 먹이를 주지 말라고 당부를 했다. 그런데 한 아이가 이 말을 듣지 않고 그만 그 사슴에게 우유를 듬뿍 먹이고 만 것이다. 저녁때가 되어 집에 돌아와 보니 슬픈 소식이 나를 기다리고 있었다.

"스승님, 새끼 사슴이 너무 많이 먹어서 거의 다 죽게 됐어요."

나는 슬픔을 뒤로 한 채, 다 죽어가는 사슴을 무릎 위에 올려놓았다.

그런데 사슴은 이미 숨이 끊어진 상태였다. 나는 그 어린 동물의 생명을 구해 달라고 신께 간절한 기도를 올렸다. 몇 시간이 지나자, 새끼 사슴은 천천히 눈을 뜨고 일어서더니, 조금씩 걸음을 옮겨 놓기 시작했다. 학생들은 일제히 기쁨의 환성을 질러댔다.

나는 그날 밤 어린 사슴을 새벽까지 품고 있다가 잠이 들었는데, 그 사슴이 꿈에 나타나서 내게 속삭이는 것이었다.

제발 나를 놓아 주세요. 그냥 나를 내버려 두세요!"

나는 꿈이었지만 사슴에게 '알았다' 라는 말을 건넨 후 꿈에서 깨어났다. 그 즉시 나는 학생들을 향해 소리쳤다.

"애들아, 사슴이 죽어 가고 있어!"

잠을 자고 있는 학생들은 그 소리를 듣고는 하나둘 씩 모여 들었다.

불쌍하기 짝이 없는 사슴은 일어나려고 안간힘을 쓰더니 마침내 숨을 거두고 말았다.

그날 밤 나에게는 평생에 남을 만한 심오한 교훈적 진리를 발견했다. 나의 깊은 애착심과 열렬한 기도 때문에 사슴의 생명은 동물적인 형태의 제한된 틀 속에 갇히게 되었으며, 그로 인해 사슴의 영혼은 구속을 벗어나기 위한 애처로운 몸부림을 쳤던 것이다. 게다가 내 승낙 없이는 저 세상으로 가고 싶지는 않았던지 아니면 갈 수가 없어서인지, 사슴은 내 꿈을 통해서 호소했다. 그리하여 내가 허락하자마자, 사슴의 영혼은 자신의 몸뚱이를 떠날 수 있었던 것이다.

나는 다시 한번 깨달을 수 있었다. 신께서는 당신의 자녀들이 모든 것을 당신의 한 부분으로 사랑하기를 원하시며, 또한 죽음이 모든 것의 끝이 아니라는 사실을⋯⋯.

집착에서 벗어나 만물을 신의 한 표현으로 사랑할 수 있는 사람은, 자신을 둘러싼 주변의 모든 죽음 앞에서는 평온한 신의 품으로 회귀한다는 사실을 이해한다.

나의 란치 학교는 아주 작고 볼품없는 모습으로 문을 열었지만, 그 후로 점차 성장을 거듭하여 이제는 비하르와 벵골 지방에서 꽤 유명한 교육

기관이 되었다. 또한 학교의 운영은 리쉬들의 교육적 이상을 격려하는 많은 사람들의 자발적인 기부에 의하여 유지되고 있다. 더 나아가 미드나포레와 라크슈만푸르에는 란치의 분교들이 세워졌다.

란치의 본부에서는 의료 기관을 운영했다. 이 지역의 가난한 주민들을 대상으로 의약품 자원과 의료 봉사가 무상으로 행해졌다. 이러한 혜택을 받는 주민의 수는 연평균 1만 8천여 명을 웃돌고 있다. 학생들은 운동경기와 학술 분야에서도 두각을 나타내고, 란치의 졸업생들은 대학에 가서도 모두들 제각기 이름을 떨쳤다.

지난 30여 년간, 란치의 학교에는 전 세계 각지의 유명 인사들의 방문이 계속 이어졌다. 1918년에는 두 개의 육신을 가진 스와미 프라나바난다가 며칠간 란치에 와서 머문 적이 있었다. 구루께서는 란치 학교의 수업 광경과 어린소년들의 몇 시간 동안이나 이어지는 요가 명상 모습을 보고서 깊은 감명을 받았다.

라히리 마하샤야님의 이상인 "올바른 청년 교육에 대한 실천이 이곳에서 이루어지고 있는 광경을 보니, 내 가슴은 밀려드는 기쁨으로 터질 것 같다네. 내 구루의 축복이 반드시 이곳에 내려질 걸세."

그때 내 옆에 앉아 있던 한 학생이 용기를 내어 스와미 프라나바난다에게 질문을 던졌다.

"선생님, 저는 장차 수도승이 되는 건가요? 제 인생은 오직 신만을 위한 것인가요?"

스와미 프라나바난다는 부드러운 미소를 지었다.

그가 대답했다.

"오, 얘야, 네가 성인이 되면, 아름다운 신부가 너를 기다리고 있을 게다."|정말 그 소년은 수년 동안 스와미 교단에 들어가기 위한 준비를 하였지만, 마침내는 결혼을 하고 말았다.|

스와미 프라나바난다가 란치를 방문하고 나서 얼마 있다가, 나는 그 요기가 잠시 동안 머무르고 있던 캘커타로 아버지를 모시고 갔다. 그때 나는 불현듯 여러 해 전에 그를 만났던 한 일화가 머리를 스쳐갔다.

"훗날, 나는 네 아버지와 함께 너를 다시 보게 될 것이다."

아버지가 스와미의 방에 들어서자, 요기는 자리에서 일어나 이미 올 것이라는 것을 예견한 듯 살짝 미소를 지으시더니 아버지를 껴안았다.

프라나바난다가 말했다.

"바가바티, 당신 아들이 무한자를 향해 달려가고 있는데 지금 뭘 하고 있는게요?"

나는 아버지 앞에서 그의 칭찬을 듣고 얼굴을 붉혔다. 스와미는 말을 계속했다.

"우리의 신성한 구루께서 언제나 입버릇처럼 되뇌시던 말이 생각날 거요. '바나트, 바나트, 반자이 Banat, banat, ban jai. 그러니 쉬지 말고 크리야 요가를 계속 수행하여 빨리 성스러운 신전에 도달하도록 하오."

프라나반다의 자세는 여전히 꼿꼿했지만, 예전과 달리 이제는 좀 나이를 들어가는 듯 보였다.

나는 그의 눈을 똑바로 들여다보면서 물었다.

"스와미시여, 부디 제게 말씀해 주십시오. 당신께서는 나이 들어감을 느끼지 않으십니까? 인간은 쇠약해짐에 따라 신에 대한 인식에도 어떠한 제약을 받지 않습니까?"

요기는 내 질문에 인자한 미소를 지으며 말했다.

"하느님께서는 지금 그 어느 때보다도 더욱 더 자네와 함께 하고 계시다네."

그의 완벽한 확신은 내 생각과 영혼을 압도하기에 충분했다. 그리고 그는 덧붙였다.

"나는 여전히 두 가지 연금을 즐기고 있지. 그 하나는 여기 바가바티로부터의 연금이고, 다른 하나는 저 천상으로부터의 것이지."

조금 전만 해도 손가락을 들어 하늘을 가리키던 그 성자는 잠시 동안 꼼짝도 하지 않더니 법열의 경지에 들었다. 그의 얼굴은 신성한 기쁨을 발하는 빛으로 가득했다.

나는 요기의 밤에 가득 찬 나무들과 씨앗 뭉치들을 보고 그 용도에 관해서 물어 보았다.

그가 말했다.

"나는 영원히 바나라스를 떠났고 지금은 히말라야로 가는 길이라네. 거기서는 제자들을 위하여 아슈람을 개방해 놓을 생각이네. 이 씨앗으로는 시금치와 같은 채소들을 재배 할걸세. 내 사랑스런 제자들은 오로지 기쁨에 넘친 신과의 합일에만 전념하면 된다네. 그 밖에는 더 이상 필요없네."

아버지는 자신의 요기에게 언제 캘커타로 돌아올 것인지 물어 보았다.

"그런 일은 없을 거네. 올해가 바로 라히리 마하사야께서 내가 바나라스를 아주 떠나 히말라야로 가게 될 거라고 말씀하신 해라네. 나는 죽음도 그곳에서 맞이하게 될거라네.”

그의 말을 듣자마자 내 두 눈에는 눈물이 고였다. 그렇지만 스와미는 잔잔한 미소만 지을 뿐이다. 그리하여 그가 새로 태어났을 때, 그에게는 이미 없애야 할 그 어떠한 업의 찌꺼기도 남아 있지 않게 된다.

그로부터 몇 달 후, 나는 프라나바난다의 가까운 제자 중 한 사람이자 나의 옛 친구인 사난단을 만났다.

그는 반쯤 흐느끼면서 내게 말했다.

“존경하는 나의 구루께서는 떠나가셨다네. 스승께서는 리시케시 부근에 아슈람를 짓고, 우리에게 자애로운 가르침을 베푸셨지. 어느 정도 안정이 되고 급속도로 영적인 진보를 이루어나갈 무렵, 스승께서는 어느 날 갑자기 엄청난 수의 리시케시 주민들에게 식사를 대접하자고 제안하셨어. 나는 어째서 그토록 많은 사람들에게 베푸시는지 스승께 그 이유를 여쭈어 봤다네.

‘이것이 내가 베푸는 마지막 축제이다.’

스승의 말씀을 나로서는 완전히 이해할 수 없었지.

아마도 그때 한 2천 명 가량의 손님들이 왔었던 걸로 기억돼. 연회가 끝나자, 스승께서는 약간 높은 단상으로 오르셔서 무한자에 관한, 영감이 깃들인 진리를 설파하셨지. 연설을 끝내고 수많은 사람 앞에서 대인께서는 나에게로 몸을 돌리시고 평소에 들을 수 없었던 강한 어조로 말씀하셨어.

‘사난단, 지금부터 어떠한 일에도 놀라지 말아라. 나는 이제 육신의 형틀을 벗어 던지고자 한다.

잠시 숨막힐 듯한 침묵이 흐른 뒤에 나는 큰 소리로 울부짖었다네.

'스승님, 안 됩니다. 제발, 그러지 마십시오!'

그 자리에 모인 사람들은 모두들 어리둥절하면서 숨소리조차 죽인 듯하였어. 프라나바난다지께서는 나에게 미소를 보내셨어. 하지만 스승의 두 눈은 이미 영원을 응시하고 계셨어.

스승께서 말씀하셨어.

'이기심을 버려라. 나 때문에 비탄에 잠길 필요는 없느니라. 나는 오랫동안 즐거운 마음으로 너에게 모든 것을 베풀어 왔다. 그러니 이제 기쁜 마음으로 먼 길을 떠나는 나의 앞길을 축복해 주기 바란다. 나는 나의 님, 우주의 님을 만나기 위해 지금 떠나려는 것이다.'

그리고 스승께서는 속삭이듯 몇 마디를 덧붙이셨지.

'나는 곧 다시 태어날 것이다. 잠시 동안 무한한 열락을 누린 다음, 이 지상으로 돌아와서 **바바지**|Babaji|[1]님을 만날 것이다. 너는 곧 내 영혼이 언제 어디서 새로운 육체에 담겨질는지 알게 될 것이다.'

스승께서는 다시 한번 외치셨어.

'사난단, 제2의 크리야 요가에 의해 여기서 육체의 틀을 버리겠노라.'

그리고 대인께서는 우리 앞에 바다처럼 펼쳐져 있는 수많은 얼굴들을 바라보시며 축복을 내리셨어. 스승께서는 이내 움직이지 않으셨지. 당황한 군중들은 스승께서 법열의 경지에 드신 상태로 명상중인 것으로 생각했지만 대인께서는 이미 영혼이 잠시 거주했던 육체를 이탈하여, 광대무변한 우주의 품속으로 자신의 영혼을 내던지신 것이었다네. 우리 제자들이 연화자를 취하고 계신 스승의 육체를 만져 보았을 때는 이미 더 이상

---

1) 바바지(Babaji) : 스승을 높여부르는 존칭의 한 가지

체온이 느껴지지 않았어. 다만 딱딱하게 굳은 형틀만 남아 있었을 뿐, 그 안에서 그 틀을 빌려서 살고 있던 영혼은 이미 다시는 죽음이 없는 피안으로 길을 떠난 다음이었던 것이지."

사난단의 말이 끝나자 나는 다음과 같은 생각을 했다.

'두 개의 육신을 가진 프라나바난다야말로 자신의 죽음을 가장 극적으로 연출해 낸 사람이로구나. 자신의 삶과 같은 드라마처럼……'

나는 사난단에게 프라나바난다가 다시 태어난 장소가 어디냐고 물었다.

그가 대답했다.

"그건 일종의 성스러운 신의 부탁이라고 생각하네. 그래서 그 이야기는 아무에게도 함부로 할 수 없어. 하지만 자네는 언제고 알게 될 것으로 믿네."

그로부터 수 년 후 나는 스와미 케샤바난다로부터 프라나바난다가 새롭게 태어난 지 몇 년 후 히말라야 산맥의 바드리나라야으로 가서, 위대한 바바지를 비롯한 많은 성자들의 집단에 합류했다는 소식을 들었다.

카시의 영혼이 실재하다

"선생님, 저는 카시입니다.
저, 여기 있어요. 어서 오세요."

나는 란치 학교의 학생들과 함께 학교 부근의 언덕으로 도보여행을 가기로 했다. 학생들이 어렸기 때문에 나는 세심한 주의를 갖을 수 밖에 없었다.

우리 앞에 바로 보이는 연못조차도 나는 예사롭지 않았다. 내 마음 속에서는 왠지 모를 불안한 느낌이 들고 있었다. 아이들은 물속으로 들어가지 말라는 내 말에도 아랑곳하지 않았다. 생각보다 연못의 수심이 깊었던지 물속에 들어간 아이들 중 일부는 소용돌이에 놀라 겁을 먹고 뛰쳐 나오기도 했다.

어느덧 목적지에 도착한 우리들은 모두들 즐겁게 점심을 들었다. 나는 아이들에게 둘러싸여 나무 밑에 앉아 있었다. 학생들은 내가 어떤 영적인 분위기에 젖어들어 가고 있음을 알아차리고 식사 중에도 많은 질문을 퍼부었다.

한 아이가 물었다.

"선생님, 저는 몹시 궁금합니다. 제가 언제까지 이처럼 선생님과 함께 세속적인 것을 포기한 삶을 살게 될까요?"

나는 곧바로 대답했다.

"아니, 걱정 말거라. 너에겐 그런 일을 없을 것이다. 너는 타의에 의해서 곧 집으로 돌아가게 될 것이다. 그뿐만이 아니다. 너는 결혼도 하게 될 것이다."

그 아이는 믿을 수 없다는 듯이 강하게 대들었다.

"선생님, 절대 그런 일 없을 겁니다. 죽어서라면 몰라도 그렇지 않고서는 절대로 집으로 가는 일은 없습니다."

그러나 몇 달 후, 그 아이의 부모가 학교에 찾아와 가지 않겠다고 울며불며 떼를 쓰는 그 학생을 강제로 데리고 갔다. 그리고 그로부터 수년 후에 그 아이는 실제로 결혼을 했다.

여러가지 질문에 응답을 해 주고 났을때, 저쪽에 카시가 말을 붙여 왔다. 그는 열두살 가량의 매우 영리한 학생으로서 모든 사람들로부터 사랑을 받고 있었다.

그가 말했다.

"선생님, 제 운명은 어떤 모습을 하고 있습니까?"

"너는 곧 죽을 것이다."

카시의 질문이 끝나자마자 내 입술은 매우 떨렸다. 어떤 항거할 수 없는 힘에 의해서 그와 같은 대답이 내 입에서 불쑥 튀어 나왔다. 사랑하는 카시가 죽다니 정말 말도 안 되는 일이었다. 그것은 너무나도 놀랍고 비통한 말이었다. 스스로를 경솔한 작자라고 말없이 꾸짖으면서, 나는 더 이상의 답변을 피했다.

학교로 돌아오자마자 카시는 내 방에 들렀다.

"선생님, 부탁이 있습니다. 만일 제가 죽는다면, 선생님께서 저를 다시 태어나게 하셔서 부디 영적인 길로 인도해 주시면 안 되나요?"

절반은 분노의 울음 섞인 목소리로 카시가 물었다.

그동안 수 차례 나를 끈질기게 찾아왔던 카시. 나는 이 어렵고도 비밀스런운 책임을 벗어던지기가 너무 힘들었다.

극도로 낙담해 있는 그의 모습을 보고 마침내 나는 카시를 위로해 줄 수 밖에 없었다.

나는 약속했다.

"그래, 만일 하늘에 계신 아버지께서 내게 힘을 빌려 주신다면, 너를 환생 시키도록 노력해 보겠다."

여름휴가 기간 중에 나는 짧은 여행길에 올랐다. 카시를 함께 데리고 갈 수 없음을 애석하게 생각하면서 나는 떠나기에 앞서 그를 내 방으로 불러서, 무슨 일이 있어도 절대 학교의 영적인 파장을 벗어나지 말라고 일러 주었다. 그가 만일 집으로 가지 않는다면 다가올 재앙을 피할 수도 있을 것 같다는 생각이 어렴풋이 들었다.

그런데 내가 떠나자마자, 카시의 아버지가 란치에 도착한 것이다. 그는 아들에게 어머니를 캘커타로 가서 딱 나흘간만 어머니를 만나고 나면 돌아가도 좋다는 이야기를 하며, 아들의 뜻을 꺾기 위하여 보름 동안 갖은 애를 다 썼다고 했다. 카시는 완강하게 거절했고 마침내 그의 아버지는 경찰의 힘을 빌려서라도 데리고 가겠다고 으름장을 놓았단다. 불운의 그 말은 효력을 나타낸 것이다.

어린 카시로서는 아버지를 따라 캘커타로 가는 수밖에 없었다.

며칠 후, 나는 란치로 돌아왔다. 그 사이에 일어났던 이야기를 소상하게 전해 들은 나는, 즉시 캘커타 행 기차에 몸을 실었다. 캘커타에 도착한 나는 마차 한대를 세내어 탔다. 마차가 갠지스 강을 건너려는 순간이었다. 호우 라흐 다리를 지날 때, 가장 먼저 눈에 띤 모습은 바로 상복을 입고 있는 카시의 부친과 친척들의 모습이었다.

나는 마부에게 큰소리로 마차를 급히 세운 다음, 뛰다시피 땅에 내려서서 비탄에 잠긴 그의 아버지를 바라보았다.

나는 약간 이성을 잃은 상태로 그에게 외쳤다.

"당신은 살인자요! 당신이 내 아이를 죽였단 말이오."

그의 아버지는 이미 카시를 캘커타로 데려온 것이 잘못이었음을 깨닫고 있었다. 카시의 사인은 며칠간, 캘커타에 머물면서 부패된 음식물을 먹어 콜레라에 걸려서 숨진 것이었다.

카시에 대한 나의 애정과 그 아이에게 모든 것을 말해 버렸던 순간이 밤낮으로 내 머리를 괴롭혔다. 어디를 가도 카시의 얼굴이 나를 따라다녀 미칠것만 같았다. 마치 어머니를 잃었을때 처럼, 나는 카시를 간절히 찾기 시작했다.

신께서 나에게 이성적인 능력을 부여하신 이상 나는 그것을 사용해야 했으며, 또한 카시가 영계의 어느 곳에 있는지를 알려주는 신묘한 법칙들을 있는 힘을 다해서 발견해야만 했다.

그는 못다 이룬 욕망들을 품은채 떨고 있는 하나의 영혼이 되어 있었으며, 그리하여 아스트랄계|영계|에서 반짝이는 수백 만의 영혼들 사이를

떠다니고 있었다.

그처럼 수많은 다른 영혼들의 진동하는 빛들 가운데서 어떻게 그의 영혼과 주파수를 맞출 수 있을 것인가?

요가의 한 은밀한 테크닉을 사용해서 나는 양 눈썹 사이에 있는 내부의 한 점인 영안|靈眼|의 마이크로폰을 통하여 카시에게 나의 심정을 전달했다. 직감적으로 나는 카시가 곧 지상으로 돌아올 것이라는 것과, 만일 내가 계속해서 그에게 메시지를 전달하면 그의 영혼이 응답해 오리라는것을 느낄 수 있었다. 카시가 나에게 보낸 아주 미세한 박동이 나의 손가락과 팔, 그리고 척추의 신경을 자극했다.

나는 안테나처럼 손을 치켜들고 그가 이미 태아로 다시 태어날 곳을 찾기 위해 심혈을 기울였다. 그리고 혼신의 힘을 다해서 조정된 내 심장의 라디오 속에서 카시의 응답을 듣고자 했다.

지칠 줄 모르는 열망과 그리움으로 나는 카시가 죽고 나서 6개월 동안, 꾸준히 요가의 행법을 수행했다. 어느 날 아침, 몇 명의 친구들과 함께 캘커타의 번화가인 보우 바자르를 걷던 나는 평상시의 방식대로 두손을 높이 쳐들었다.

그러자 손끝으로부터 전해지는 어떤 최초의 반응이 있었다. 내 손바닥과 손가락을 타고 내려오는 전기적인 박동을 감지해 내고, 나는 가볍게 몸을 떨었다. 이 같은 흐름들은 내 의식의 가장 깊숙한 곳으로부터 나오는 하나의 저항할 수 없는 메시지였던 것이다.

"선생님, 저는 카시입니다. 저, 여기 있어요. 어서 오세요."

내가 심장의 라디오에 온 신경을 집중시키자, 그 메시지는 거의 귀에 들릴 수 있을 만큼 뚜렷해졌다. 그 특유의 약간 쉰 듯한 속삭임 속에서 나는 그가 나를 부르는 소리를 듣고 또 들었다. 나는 곁에 있던 동료 프로카시다스의 소매를 잡아끌면서 유쾌하게 미소를 지었다.

"이제야 카시의 거처를 알아낸 것 같네!"

나는 곁에 있던 친구들과 지나가는 행인들의 눈초리에도 아랑곳하지 않고 그 자리에서 빙빙 돌고 또 돌았다. 내가 '뱀길'이라는 이름이 붙은 인근의 오솔길 쪽으로 고개를 돌리자, 그 전기 파동이 손가락을 아플 정도로 자극해 왔다. 다른 방향으로 몸을 돌렸을 때, 전류는 이미 사라지고 없었다.

나는 소리쳤다.

"오, 카시의 영혼은 여기, 이 오솔길 근처에 사는 어떤 어머니의 자궁 속에 있는 것이 분명하다네!"

나는 친구들과 함께 그 오솔길 가까이로 접근해 갔다. 내가 치켜 올린 양손에서 발산되는 진동이 점점 더 강렬해졌다. 마치 자석에 이끌리기라도 한 것처럼, 나는 그 길의 오른편으로 끌려갔다.

어떤 집 대문 앞에 이르자 놀랍게도 나의 발걸음이 멈춰졌다. 나는 극도로 흥분된 상태에서 숨을 죽여가며 그 집의 문을 두드렸다. 그토록 길고도 신비한 카시의 영혼의 여정이 드디어 성공적인 막을 내리는 순간이었다. 하녀 한 사람이 나오더니 문을 열어 주고 주인께서 집에 계시다는 말을 했다. 곧이어 주인이 이층에서 내려와서 나에게 호기심 어린 미소를 보냈다. 나는 그에게 무엇을 어떻게 물어봐야 좋을지 몰라서 잠시 머뭇거렸다.

"선생님과 부인께서는 혹시 6개월 동안 아기의 출생을 기다리고 계시지 않은지요?"

"그렇습니다만……."

그는 내가 전통적인 오렌지색 복장을 한 스와미라는 사실을 알고서 공손하게 한마디 덧붙였다.

"당신께서 어떻게 저희 사정을 알고 계신가요?"

카시와 내가 행한 약속에 관한 이야기를 소상히 듣고 난 그는 깜짝 놀라면서도 내말을 그대로 믿었다.

나는 그에게 말했다.

"하얀 피부를 가진 사내 아이가 당신에게서 태어날 것입니다. 그 아이는 넓직한 얼굴에 머리카락은 꼿꼿할 겁니다. 그리고 매우 강한 영적인 기질을 갖고 있을 것입니다."

나는 장차 태어날 아이가 카시와 많이 닮았을 것이라는 확신이 서 있었다. 훗날 내가 그 아이를 찾아갔을 때, 그의 부모는 카시라는 옛 이름을 그대로 그의 이름으로 사용하고 있었다. 아직 아기에 불과했지만, 그 아이는 내 사랑스런 란치의 학생과 너무도 비슷한 모습이었다. 더욱더 신기한 것은 그 아이는 나에게 애정을 즉각적으로 표현했다.

세월이 흘러 수년 후, 십대의 소년이 된 카시는 당시 미국에 머무르고 있던 나에게 편지를 보내왔다.

그는 수행자의 길을 가고 싶다는 강렬한 갈망을 자세히 피력했다. 그리하여 나는 그 소년을 히말라야의 한 요기에게 인도해 주었고, 그 요기는 다시 태어난 카시를 제자로 받아들였다.

라히리 마하사야의 영적 능력

'사랑하는 그대여 일어나라,
너는 이미 받아들여졌노라.'

나는 바라나스에 잠시 머무르게 될 기회가있었다. 그곳에서 부모님의 구루이자 내 구루이신 스리 유크테스와르님의 구루이신 라히리 마하사야의 동반자였던 스리마터 카시모니|Srimati Kashi Moni|를 만났다. 나는 이미 갓난아기였을 때 라히리 마하사야님으로부터 직접 축복을 받은 바 있다.

가루데스와르 모훌라 지구에 있는 라히리 가문의 저택으로 찾아간 나는 따뜻하게 나를 맞이하심에 다소 안심할 수 있었다. 그녀에게는 비록 나이가 들었어도, 마치 활짝 핀 연꽃처럼 영혼의 향기를 느낄 수 있었다. 키는 중간키로 피부는 매우 희었으며 체구는 가냘펐다. 그리고 커다란 두 눈은 빛났다.

"오 아들아, 왔구나. 어서 들어오너라."

카시 모니는 작은 방으로 나를 안내했다. 이 세상에서 어디에도 비할 바 없는 위대한 스승께서 사셨던 성전을 직접 목격하게 된 나는 솟아오르는 감정을 억누를 수 없었다. 그녀는 방안의 의자를 가리키며 나를 앉으라고 한 후 자신도 그 옆에 앉았다.

그리고는 이야기를 시작했다.

"그 분의 신성하고 위대함을 깨닫기까지는 상당한 시간이 걸렸지. 어느 날 밤, 바로 이 방에서 나는 너무나도 생생한 꿈을 꾸었어. 천사들이 내 머리 위에 무수히 많을 정도로 내 머리 위에 떠 있었어. 그 장면이 어찌나 생생했던지, 나는 곧 꿈에서 깨어났지, 그런데 참으로 이상하지. 글쎄 이 방이 현란한 빛에 둘러싸인 거야.

그리고 남편은 연화좌를 취한 채 방 한가운데 떠 있었고, 그 주위를 천사들이 둘러싸고 있었지. 그 천사들은 손 모아 그에게 경배를 드리고 있었어.

나는 너무도 엄청나게 놀라서 그저 아직도 꿈을 꾸고 있는 중이라는 생각뿐이었어.

그때 라히리 마하사야께서 말씀하셨지.

'여인이여, 너는 지금 꿈을 꾸고 있는 것이 아니다. 영원히 꿈에서 깨어나라, 영원히.'

그러더니 그가 서서히 바닥으로 내려왔어, 나는 그의 발밑에 엎드려 감격의 눈물을 흘렸지.

'대사여, 나는 언제까지고 당신 앞에서 고개를 숙이겠습니다. 지금껏 대사를 제 남편이라고 감히 생각해 온 죄를 용서해 주십시오. 이처럼 성스럽게 깨어 있는 분을 바로 곁에 두고서 무지 속에서 잠을 자고 있었으니, 너무도 부끄러워 죽고 싶은 심정입니다. 오늘밤부터 당신께서는 더 이상 제 남편이 아니십니다. 이제부터 당신께서는 제 구루이십니다. 보잘 것 없는 저를 당신의 제자로 받아들여 주시기 바랍니다.'

내 말이 끝나자 대사께서는 나를 부드럽게 어루만지시며,

'사랑하는 그대여 일어나라, 너는 이미 받아들여졌노라.'

그리고 천사들을 향해 몸을 돌리셨어.

'이들, 거룩한 천사들에게 차례로 고개를 숙이라.'

내가 무릎을 꿇고 겸손한 경배를 마쳤을 때, 천사들의 목소리가 마치 고대 경전의 합창처럼 일제히 들려 왔지.

'대사의 동반자시여, 당신은 이미 축복받은 몸이십니다. 우리 모두 당신에게 경배하옵니다.'

그들은 내 발 아래에 고개를 숙였고 나는 당시 내 눈앞에 벌어지는 광경에 어리둥절할 뿐이었네. 내가 잠시 후 정신을 차린 후에는 그 찬란한 천사들은 언제 그랬냐는 듯 이내 사라져 버리고 없었어. 방은 다시 어두워졌지.

구루께서는 말씀하셨어. 크리야 요가에 입문하라고 하셨지.

'대사님. 저는 감사할 따름입니다. 왜 이 같은 축복을 좀더 일찍 주지 않으셨는지요'

라히리 마하사야께서는 나를 위로하는 듯이 미소를 지으셨어.

'이제야 때가 되었음을.... 나는 그동안 그대의 많은 업이 소멸되도록 말없이 도와주고 있었네.'

그 분께서 내 이마에 손을 대시자 여러 갈래의 빛이 번져 나가면서 형체를 드러내기 시작했어. 그 광채는 조금씩 푸른 오팔 빛 영안 속으로 빨려 들어가 황금빛 둥근 고리가 되었는데, 그 중심에는 하얀 오각형 별 하나가 자리를 잡고 있었지.

그때 갑자기 구루의 음성은 마치 멀리서 들려오는 나직한 음악과도 같았다.

그 별을 통하여 너의 의식을 무한자의 왕국으로 침투시키도록 하라.'

수많은 환시가 파도처럼 차례로 부서져 갔어. 마치 파노라마처럼 연결된 그 장면장면들은 마침내 희열의 바다 속으로 녹아 들어갔어. 나는 그 칠 줄 모르는 축복감에 싸여 나 자신을 완전히 잃어버리고 말았지. 나도 모르게 몇 시간이 흘렀나봐. 현재의 의식으로 돌아오자, 대인께서는 나에게 크리야 요가를 전수해 주셨지.

그날 밤 이후, 나는 라히리 마하사야님과는 두 번 다시 잠을 자지 않았어. 그 분께서는 밤이고 낮이고 자신의 제자들과 함께 아래층의 거실에서 지내셨지."

이야기를 마친 여인은 잠시 침묵에 빠져들었다. 나는 라히리 마하사야님과 맺어온 그들의 관계가 더욱 더 궁금해졌다. 그래서 그녀는 부끄러운 듯 미소를 지었다.

"그렇다면 내가 구루께 저지른 죄 하나를 고백하겠다. 그로부터 몇 달이 지나자, 나는 점차 구루께 버림받았다는 느낌이 들더구나. 어느 날 아침이었어, 라히리 마하사야께서 무언가를 가지러 내 방에 들어오셨지. 그래서 나는 재빨리 뒤로 다가가서 서운했던 내 생각들을 토로했었지.

'당신께서는 모든 시간을 제자들과 함께 보내고 계십니다. 처자식은 생각이나 하고 계신지요?'

대인께서는 한동안 나를 뚫어지게 바라보시더니 순식간에 자취를 감추셨어. 나는 놀랍기도 하고 한편으로는 두려운 생각이 들었지. 그때 방 전체에 울려 퍼지는 음성이 있었어.

'어리석은 그대여. 당신의 생각이 그 얼마나 헛된 것이라는 것을 진정 모른단 말이오? 그리고 나 같은 무형의 존재가 어떻게 당신만을 위한 재물을 만들어 낼 수 있단 말이오?'

순간 나는 쥐구멍이라도 숨고 싶었다네.

'구루시여, 천번, 만번 당신께 용서를 구합니다! 제 눈은 죄가 많은 탓에 당신 모습을 더 이상 볼 수 없는 것입니까? 제발, 당신의 그 성스러운 모습을 한번만 보여 주십시오.'

'그대여 나는 여기에 있느니라.'

이 같은 응답의 목소리는 내 머리 위에서 들여왔어. 천천히 고개를 들어 위를 보니 공중에 실체화된 대인의 모습이 있었어. 그 분의 머리는 천장에 닿아 있었고, 눈은 마치 활활 타오르는 화염과도 같았지. 나는 극도의 공포심에 거의 넋을 잃었고 대인께서는 바닥으로 내려오셨어. 그리고 나는 그 분의 발밑에 엎드린 채 흐느끼기 시작했어.

'여인이여. 허상을 갈구하지 마시오. 결코 하잘것없는 지상의 금붙이 따위에 다음을 두어서는 안 된다. 내면의 보화를 얻는 것이 먼저이니라.'

그리고 이어서 말씀하셨지.

'사랑하는 내 영혼의 아들들 중 하나가 그대에게 필요한 물건을 가져다 줄 것이다.'

이게 무슨 말이냐고?

구루의 말씀은 곧 사실로 이루어졌어. 한 제자가 우리 식구를 위해 상당한 금액을 맡겨 왔던 거야."

나는 자신의 소중한 경험을 모두 들려준 카시 모닝께 감사의 뜻을 전했다. 다음날도 나는 다시 그녀의 집을 찾았다. 틴쿠리 라히리, 두쿠리 라히리와 여러 시간에 걸친 철학적 토론을 즐겼다.

인도가 낳은 위대한 요기의 두 아들인 그들은, 스승의 이상적인 발자취를 가장 가까이에서 뒤따르는 제자들이었다. 그들은 키가 크고 건장한 체격을 지녔으며, 흰 피부와 무성하게 자란 수염이 인상적이었다. 게다가 예의바른 태도와 목소리마저 부드러웠다.

그의 부인 카시 모닝만이 라히리 마하사야의 유일한 여제자는 아니었다. 그의 여사도들 가운데는 나의 어머니를 포함한 약 백여 명이 있었다. 언젠가 한 젊은 여제자가 구루께 그의 사진을 갖고 싶다고 부탁드린 일이 있었다. 그러자 그는 흑백 사진 한 장을 건네주면서 다음과 같이 말했다.

"네가 만일 그것을 너를 수호하는 하나의 방패로 생각한다면, 그것은 그렇게 될 것이다. 그렇지 않다면 그냥 한 장의 그림에 지나지 않는다."

며칠 후, 이 여인은 라하리 마하샤아의 수양딸과 함께 우연히 구루의 사진이 뒤에 걸려 있는 탁자에서 〈바가바드 기타〉를 공부하게 되었다. 그런데 갑자기 강력한 폭풍과 천둥이 엄청난 기세로 일기 시작했다.

"대사이시여, 부디 우리를 지켜 주소서!"

그 여인들은 구루의 사진 앞에 급히 머리를 조아렸다. 바로 그때, 번개가 탁자 위에 놓인 책을 강타했다. 하지만 도저히 믿을 수 없는 일이 일어났다. 책은 시꺼멓게 탔음에도 불구하고 기도를 올리던 두 여인은 아무

상처도 입지 않았다.

젊은 여인은 다음과 같이 말했다.

"마치 내 주위에 얼음판이 있어서, 그 뜨거운 열기를 막아 주고 있는 것만 같았어요."

라히리 마하사야는 아브호야라는 여제자 앞에 두 가지 기적을 실체화시키셨다. 그녀는 남편과 함께 구루를 방문하기 위해 바나라스로 떠났다. 숨 막히는 시내의 교통지옥을 간신히 빠져나온 그들이 캘커타의 호우라흐역에 도착했을 때는 이미 바나라스 행 기차가 막 출발하려는 중이었다.

그녀는 매표창구 곁으로 바짝 다가가 말없이 기도를 계속했다.

"라히리 마하사야시여, 제발 저 기차를 세워 주십시오. 당신을 뵙기 위하여 또 다른 날을 기다려야 한다는 건 참을 수 없는 고통입니다."

칙칙폭폭 힘차게 증기를 내뿜는 기관차의 바퀴들은 조금씩 움직이고 있었다. 그런데 갑자기 어찌된 영문인지 꼼짝하질 않았다. 기관사와 승객들 모두 일제히 신기한 광경을 구경하기 위하여 플랫폼으로 내려섰다. 그때한 영국인 역무원이 아브호야와 그녀의 남편 곁으로 다가 오더니 전례에 없는 이들의 편의를 보아 주겠다고 자진해서 나섰다.

"선생님, 제게 돈을 주시죠. 차에 오르시는 동안, 제가 대신 표를 끊어드리겠습니다."

그들 부부가 기차에 올라 자리에 앉자마자, 기차가 조금씩 움직이기 시작했다. 기관사와 승객들은 기차가 왜 섰으며, 어떻게 해서 다시 움직이게 되었는지 영문도 모른 채 모두들 어안이 벙벙한 채 각기 제자리로 돌아갔다.

이 부부는 바나라스의 라히리 마하사야의 집에 도착하자마자, 대사의 면전에 엎드려, 그의 발에 손을 대려고 했다.

그가 말했다.

"어서 일어나거라. 네가 여기 이렇게 와 있지 않느냐?"

이번에는 기차가 아니라 그녀가 아기를 낳을 때의 일화이다.

"라히리 마하사야시어, 제 아홉 번째 아이가 무사히 나오도록 축복을 내려 주십시오. 이번만은 제발 살게 해주십시오."

대사는 편안한 미소를 보내왔다.

"걱정하지 말거라. 아기는 무사할 것이니라. 지금부터 내 말을 주의 깊게 듣도록 해라. 그 아기는 딸이며 밤중에 태어날 것이다. 그러니 동이 틀 때까지 등잔불을 켜 놓도록 해라. 잠이 들거나 불이 꺼지거나 하는 일은 절대 없어야 한다."

구루의 예언대로 아기는 딸이었으며, 또한 밤에 태어났다. 산모는 간호원에게 부탁하여 등잔에 기름을 가득 채워 두었다. 두 여인은 이른 새벽까지 간절한 마음으로 밤을 지새웠다. 그러나 어쩌면 좋은가 새벽녘에 그만 깜빡 잠이 들고 말았다. 등잔의 기름은 거의 바닥이 나 있었으며, 불꽃도 희미해져 가고 있었다. 그때 갑자기 침실 문이 커다란 소리를 내면서 와락 열렸다. 깜짝 놀라서 잠을 깬 두 여인 앞에는 라히리 마하사야님께서 서 계셨다.

"아브호야, 불꽃이 거의 다 꺼져가고 있지 않느냐!"

간호원이 황급히 기름을 채웠다. 다시 불꽃이 환하게 타오르기 시작했을 때는, 이미 그의 형체가 사리지고 난 뒤였다. 그리고 침실 문도 이미 다시 달혀 있었으며, 자물쇠도 원래대로 잠겨 있었다.

이날 태어난 아브호야의 아홉 번째 아이는 1935년까지도 건강하게 잘 지내고 있었다.

라히리 마하사야의 수제자들 중 한 사람인 칼리 쿠마르 로이도 스승과의 사이에서 있었던 여러 가지 흥미로운 일화들을 나에게 들려주었다.

나는 스승과 관계를 맺고 나서 얼마 동안은 유물론에 완전히 찌들은 고용주와 심한 마찰을 겪어야 했어.

그는 언제나 나를 비웃곤 했지.

'난 광적인 신도들을 경멸해. 내가 만약 자네의 그 돌팔이 구루를 만나기만 하면 멋지게 한마디 해 줄 거야.'

이 같은 위협도 나는 거의 매일 저녁을 스승과 함께 보냈던 거야. 그러던 어느 날 밤, 사장이 몰래 내 뒤를 밟았던지 스승의 집으로 불쑥 들어서지 뭐야. 그는 분명히 자신이 일전에 내게 말했던 그 한마디를 구루에게 던지려는 표정이었지. 그가 자리에 앉자마자, 구루께서는 약 열두 명 정도 되는 제자들에게 이렇게 말씀하기 시작하셨어.

'모두들 영화 한 편씩 감상하는 것이 어떤가?'

우리가 고개를 끄떡이자, 스승께서는 실내를 어둡게 하라고 하셨어.

'빙 둘러앉아 앞 사람의 뒷머리를 보도록 하게나. 그리고 각자 손을 앞 사람의 눈 위로 가져가도록.'

내 고용주는 마지못해서 한다는 표정이었지만, 역시 스승의 지시를 따르고 있었지. 잠시 후, 라하리 마하사야께서는 우리에게 무엇이 보이느냐고 물어 보셨어.

내가 대답했지.

'아름다운 한 여인이 보입니다. 그녀는 빨간색 테가 둘러져 있는 사리 |Sari, 인도의 미족의상|를 입고서, 베고니아 곁에 서 있습니다.'

다른 제자들도 모두 같은 대답을 했다. 그러자 스승께서는 나의 고용주 쪽으로 몸을 돌리시더니 똑같이 물으셨다.

'그렇습니다. 한 여인이 보입니다.'

그는 지금까지 느껴 보지 못했던 새로운 감정들과 싸우고 있는 모습이 역력했다.

'제게 사랑스러운 아내가 있음에도 불구하고 쓸데없이 그 여인에게 돈을 낭비해 왔습니다. 이제야 제가 이곳에 오게 된 진정한 이유를 알았습니다. 부끄럽습니다. 제발 저를 용서해 주시고 제자로 받아들여 주십시오.'

'그대가 만일 6개월 동안 도덕적인 생활을 영위한다면 내가 제자로 받아들일 것이며, 그렇지 않으면 결코 그럴 수 없네.'

그는 3개월 간 세상의 유혹을 잘 이겨 내는가 싶더니, 급기야는 그 여자를 다시 만나기 시작했어. 그리고 나서 두 달 후에 그는 세상을 떠났지. 그제서야 나는 고용주의 입문에 대하여 확실한 답변을 흐리셨던 구루의 말씀을 이해할 수 있었던 거야."

라히리 마하사야(Lahiri Mahasaya)

라마의 부활

라마는 어제 오후에 이미 죽지 않았습니까?
이제 와서 기름을 부은 들 무슨 소용이 있겠습니까?'
'걱정하지 말고 어서 내가 시키는 대로만 하게나.'

어느 화창한 날 아침, 나는 란치의 학생 몇을 데리고 세람포어의 스리 유크테스와르의 아슈람에 갔다. 마침 스승은 발코니에서 성경을 해설하고 계셨다. 스승 곁에는 다른 제자들 여럿이 옹기종기 모여 있었다.

스승은 나자로의 소생에 관한 신기한 이야기를 읽어 나갔다.

"이때 어떤 병든 자가 있으니, 이는 나자로라……, 예수께서 들으시고 말씀하시기를, 이 병은 죽을병이 아니라 하느님의 영광을 위한 것이요, 하느님의 아들이 이로 인하여 영광을 얻게 하려 함이니라 하셨다."

이야기가 끝나자 그는 한동안 깊은 침묵에 들었다.

잠시 후 나의 구루께서는 나직한 음성으로 입을 여셨다.

"나 역시 이와 비슷한 기적을 목격한 적이 있었다. 라히리 마하사야께서는 내 친구를 죽음에서 소생시키셨지."

내 옆에 앉아 있던 어린 학생들이 웅성웅성 대기 시작했다. 나 역시 스승의 체험담이라면 지금도 어린 아이들처럼 들뜨기는 마찬가지였다.

"내 친구 라마와 나는 결코 뗄래야 뗄 수 없는 그런 사이였어."

스승께서는 이렇게 서두를 꺼내셨다.

"라마는 수줍음을 많이 타는 내성적인 성격이었지, 그래서 라히리 마하사야 님을 방문할 때는 항상 제자들이 모두 돌아가고 난 다음인 한밤중과 새벽녘 사이에 가곤 했지. 라마도 나에게만은 자신의 속을 털어놓았고 영적인 체험까지도 얘기하곤 했었지. 나는 그 친구에게서 어떤 영감 같은 것을 발견할 수 있었어."

지나간 기억을 더듬는 듯, 구루의 얼굴 표정이 부드러워졌다.

"그러던 어느 날 라마가 갑자기 견디기 힘든 시험을 받게 되었지. 그는 아시아형 콜레라라는 무서운 질병에 걸렸던 거야. 곧 두 명의 의사들이 왔었지. 의사들이 라마를 진찰하고 있는 와중에서도 나는 간절히 라히리 마하사야 님을 찾았지. 그리고는 울면서 자초지종을 이야기 했어. 그런데 구루께서는 살짝 미소를 머금으신 다음 이렇게 말씀하셨어.

'의사들이 라마를 돌봐 주고 있으니, 곧 완쾌될 것이다.'

스승의 말씀을 듣고 나니 이제는 좀 편안해졌다.

내가 라마의 곁으로다시 돌아왔을 때, 그는 이미 다 죽어 가고 있는 상태였다.

'아마 한두 시간 이상 버티기는 힘들 것 같습니다.'

의사 중 한 사람이 낙담한 표정으로 내게 말했어. 다시 한번 나는 라히리 마하사야 님께 달려갔지.

스승께서는 명랑한 표정으로 나를 다시 돌려보내셨어.

'의사들을 믿거라. 나는 라마가 곧 나을 것 같구나.'

다시 라마의 곁으로 돌아와 보니, 의사들은 이미 가 버린 상태였고 메모지가 한 장이 놓여 있었네.

'죄송합니다. 저희는 최선을 다했습니다만, 친구 분의 병은 가망이 없을 것 같습니다.'

메모 때문인지 라마는 정말로 죽은 사람과 다를 바 없었어. 나는 이해할 수 없었다. 어떻게 라히리 마하사야 님의 말씀이 실현되지 않을 수 있는지 말이다, 이제는 모든 것이 다 끝났다는 생각이 들었지만, 구루의 말씀을 생각하며 최선을 다해서 라마를 보살폈지. 그런데 갑자기 라마가 힘없이 눈을 뜨더니 내게 울음을 터뜨리더라구.

'유크테스와르, 지금 당장 구루께 달려가서 내가 죽어 가고 있다고 전해 줘. 그리고 어서 내가 죽기 전에 내 육신에 축복을 내려 주시라는 부탁도 함께 드려 주면 고맙겠어.'

라마는 이 말을 하자마자 깊은 한숨을 내쉬더니 그만 숨을 거두고 말았어. 나는 너무나도 슬퍼 그 곁에서 한 시간 동안이나 눈물을 흘렸어. 언제나 나와 잘 통했던 친구 라마.

나는 다른 친구에게 내가 돌아올 때까지 라마의 곁에 있어 달라는 부탁을 남기고, 곧장 구루의 거처로 허겁지겁 달려갔어.

이게 웬일인가?

라히리 마하사야께서는 활짝 웃고 계셨어.

'라마는 지금 좀 어떤가?'

나는 좀 퉁명스러운 어조로 말했다.

'선생님, 그가 어떻게 되었는지는 곧 알게 되실 겁니다. 수 시간 이내에 화장터로 운반될 그의 육신을 말입니다.'

나는 말을 끝내자마자 그 자리에 털썩 주저앉아 오열하기 시작했어.

'유크테스와르, 그만 진정하고 조용히 앉아서 명상을 하지.'

나의 구루께서는 잠시 후 사마디에 드셨어. 그날 밤은 그렇게 침묵 속에서 흘렀고 나는 내적인 평정을 다시 찾으려고 필사적으로 노력했지만 허사였지.

새벽녘이 되자, 라히리 마하사야께서는 위로하는 눈빛으로 나를 바라보셨어.

'네가 아직도 라마의 죽음으로 인한 혼란 속에서 갈피를 잡지 못하고 있음을 나는 잘 알고 있느니라. 왜 내게서 의술의 도움을 기대하고 있다는 이야기를 하지 않았느냐?'

스승께서는 피마자 기름이 담긴 컵 모양의 등잔을 가리키셨지.

'유크테스와르야. 그 등잔 기름을 작은 병에 채우도록 해라. 그리고 라마의 입에다가 일곱 방울만 떨어뜨리거라.'

나는 구루의 말에 화가 치밀었어.

'선생님, 라마는 어제 오후에 이미 죽지 않았습니까? 이제 와서 기름을 부은 들 무슨 소용이 있겠습니까?'

'걱정하지 말고 어서 내가 시키는 대로만 하게나.'

나는 그 당시 스승의 표정과 말씀 모든 것이 이해하기 힘들었어. 그때까지도 나는 친구를 잃은 비탄 속에서 빠져나올 수가 없었던 거야. 구루께서 시키는 대로 약간의 기름을 담아 가지고 다시 라마의 집으로 왔지.

어제와는 달리 라마의 육체는 이미 딱딱하게 굳어 있었다네. 굳게 닫힌 입술에도 아랑곳하지 않고 나는 애써 오른손 집게손가락을 써서 그의 입술을 열었지. 그리고 왼손과 코르크 마개의 도움으로 간신히 굳게 다문이빨 위에다가 기름을 한 방울 한 방울 떨어뜨리기 시작했어. 일곱 방울째의 기름이 그의 차가운 입술로 번지자, 라마는 갑자기 후들후들 몸을 떠는 것이었어. 그리고 놀랍게도 머리끝에서부터 발끝까지 전신의 근육들이 경련을 일으키더니 잠시 후 그가 벌떡 일어나 앉았어. 그리고 그가 소리쳤어.

'유크테스와르. 나는 엄청난 광휘에 둘러싸인 라히리 마하사야 님을 뵈었어! 그 분위 몸은 마치 태양처럼 빛을 발하고 계셨어. 그리고 나에게 잠에서 깨어나라고 명령 하셨어. 그리고 유크테스와르와 함께 집으로 오라고 하셨어.'

내 눈으로 나는 도저히 믿을 수가 없었다. 라마가 몸을 일으켜서 구루의 집까지 걸어가는 광경을 지켜보았는데도 정말로 내 눈을 의심하지 않을 수 없었다네. 구루이 집 앞까지 간 그는 감사의 눈물을 펑펑 쏟으며 라히리 마하사야 님 앞에 그대로 엎드리는 것이었어.

스승께서는 이미 알고 계셨다는 듯이 무척 좋아하셨다. 더욱이 나를 향해 반짝이는 두 눈에는 장난기마저 어려 있을 정도였다네.

스승께서 그때 내게 말씀하였어.

'앞으로는 너희들은 반드시 피마자 기름병을 지니도록 해라. 언제든 죽은 사람을 보게 되면 기름처럼 사용하거라. 일곱 방울의 기름이야말로 야마|Yama|의 위력을 꺾을 수 있는 힘을 지니고 있느니라.'

'구루시여, 저로서는 도저히 이해할 수 없습니다. 당신께서는 저를 놀리고 계십니다.

'나는 너에게 두 번씩이나 라마가 회복될 것이라고 말했다. 그런데도 너는 내 말을 완전히 믿지 못했다. 내 말은 결코 의사들이 말하는 그의 병을 치료할 수 있다는 그런 뜻이 아니었다. 다만 그들이 라마를 간호하기를 원했을 뿐이니라. 나는 의사들 영역에 끼어들고 싶지 않았다.'

'전지전능한 파라마트만|Paramatman|께서는 누구든지 고칠 수 있으시다는 사실을 항상 가슴에 새겨 두어라.'

나는 진심으로 잘못을 뉘우쳤다.

"제 어리석음을 용서해 주십시오. 앞으로 대사님의 단순한 말 한 마디라도 온 우주와 연관되어 있음을 인식하겠습니다."

스리 유크테스와르의 떨리는 음성 사이로 란치의 학생 하나가 용기를 내어 질문을 스승께 던졌다. 사실 학생들은 궁금한 것들이 무수히 많을 것이다.

"선생님, 선생님의 구루께서는 왜 피마자 기름을 주셨나요?"

"피마자 기름이 가지고 있는 실질적인 의미는 없다. 구루께서는 내가 어떤 물질적인 것을 기대했기 때문에, 보다 깊은 나의 신념을 일깨워 주시기 위한 상징적 물체로서, 그저 가까이에 있는 기름을 선택하셨을 뿐이란다. 내가 구루의 말씀을 조금이라도 의심했기 때문에 스승께서는 라마를 그대로 내버려 두셨던 것이다. 그렇지만 그 신성한 구루께서는 자신이 이미 제자의 회복을 선언한 이상, 어떻게 해서든지 치유의 능력을 발휘하신 게야. 그렇기 때문에 이미 죽어 있는 라마를 살려 내셨던 거란다."

스리 유크테스와르는 다른 사람들을 모두 돌려보내신 후에, 나를 보시고는 자신의 발밑에 놓인 담요에 앉으라고 하셨다.

스승님의 언행 속에는 평소에 접할 수 없었던 엄숙함이 담겨 있었다.

"요가난다여, 너는 태어날 때부터 아미 라하리 마하사야 님의 축복을 받았고 직계 제자들로 둘러싸여 있었다. 그 위대한 스승께서는 자신의 숭고한 삶을 부분적인 은둔 속에서 영위해 오셨기 때문에 자신을 따르는 제자들에게 있어 조직체의 형성을 결코 허락하지 않으셨다. 그럼에도 불구하고 스승께서는 다음과 같은 의미심장한 예언을 하셨다.

내가 죽고 나서 약 50여 년이 지나게 되면, 나의 생애를 담은 글이 쓰여질 것이다. 그때쯤이면 서양에서도 요가에 대한 깊은 관심과 대중화가 되어 있을 것이다. 더 나아가 전 세계에 널리 퍼질 것이다. 이렇듯 요가는 인간의 형제애를 확고하게 해 줄 것이니, 곧 나의 아들 요가난다여, 너는 그러한 메시지를 널리 펴고 그 성스러운 생애를 기록하는 데 있어서 일익을 담당해야 한다."

한 아버지에 기초한 인류의 직접적인 통일성이야말로 요가의 이상인 것이다.

라하리 마하사야께서 돌아가신 것이 1895년이므로 그로부터 50년 후라면 정확히 1945년이 되는 셈이다. 1945년은 이 책이 완성된 때이기도 하다. 그리고 이 1945년에 공교롭게도 가공할 만한 원자 에너지의 시대가 개막된 해라는 사실에 나는 놀라지 않을 수 없다. 세계의 모든 의식 있는 지성인들은 이 같은 물리적 힘의 지속적인 사용으로 야기될지도 모르는 인류의 멸망 가능성을 배제하기 위하여, 과거 그 어느 때보다도 절실하게 평화와 형제애라고 하는 당면한 문제들에 관심을 쏟고 있다.

이 지상의 모든 고통들을 치유하는 데 필요한 폭넓은 공감대와 예리한 통찰력은 결코 인간의 다양한 모습들에 대한 지적인 고려에서 나오는 것이 아니라, 오직 절대자와의 유대에 기초한 온 인류의 근원적인 통일성에서 나오는 것이다. 이 세상에서 가장 이상적인 형제애를 통한 평화의 실현을 위해서는, 신과의 개인적 합일을 경험하게 해 주는 요가가 이 땅의 모든 사람들에게 확산되어야 한다.

비록 인도가 다른 어떤 나라보다도 오래된 문명을 소유하고 있지만, 그 생존의 위대한 업적을 결코 우연한 것이 아니다. 그러나 이러한 사실을 바르게 인식하고 있는 역사가는 거의 없는 것 같다.

무수한 세기 동안 변치 않는 존재의 연속성을 인도의 가장 가치 있는 위엄일 것이다.

인도의 자아실현을 이룩한 스승들은 한 세기도 거르지 않고 조국의 토양이 언제나 신성하도록 보살펴 왔다. 라히리 마하사야와 스리 유크테스와르와 같은 현대의 현자들도, 시성을 실현하기 위한 요가의 지식이야말로 인간의 행복과 국가의 존속에 있어서 매우 중요한 요소라는 사실을 분명하게 선언하고 있다.

비록 얼마 되지 않은 내용이지만 라히리 마하사야의 생애와 그의 전반적인 사상을 담은 책자가 출판된 바 있다. 그 후 나는 인도와 미국, 유럽 등지에서 그의 메시지에 관한 깊은 관심과 격려들을 느낄 수 있었다. 그리하여 스승이 예언했던 대로, 그 위대한 인도의 요기들에 관해 전무한 서구 세계에 바야흐로 보급되기 시작한 것이다.

라히리 마하사야

라히리 마하사야는 1828년 9월 30일, 신앙심이 매우 돈독한 고대 브라만의 혈통을 이어 받은 가문에 태어났다. 그의 출생지는 벵골의 크리슈나나가르 부근에 있는 나디아 구|區|의 구르니 마을이었다. 그는 가우르 모한 라히리의 두 번째 부인인 무크타카시의 유일한 아들이었다.(첫 부인은 세 아들을 낳은 후, 순례 도중에 숨을 거두었다.) 어머니는 그가 아직 소년기를 벗어나지 못했을 때 세상을 떠났다. 그의 어머니에 대해서는 거의 알려진 사실이 없지만, 다만 한 가지 경전에 '요기들의 왕'으로 지칭되어 있는 주|主| 시바를 그녀가 열렬히 신봉했다는 사실만이 알려져 있을 뿐이다.

어린 그의 이름은 슈야마 차란 라히리|Shyama Charan Lahin|였다. 그는 어린 시절을 구르니에 있는 선조의 집에서 보냈다. 그의 나이 서너 살 때, 가끔 머리를 제외한 온몸을 모래 속에 숨긴 채, 어떤 요가 자세를 취하고 있는 장면이 목격되기도 했다.

라히리 가문의 토지는 1833년 겨울, 인근에 있던 잘랑기 강이 범람하면서 완전히 소실되었다. 라히리 집안 사람들에 의하여 건립된 시바의 석상|石像|을 구해 내서 새로운 사원에 갖다 놓았는데, 이곳이 그 유명한 구르니 시바 유적이다.

가우르 모한 라히리와 그의 가족들은 구르니를 떠나 바나라스로 이주했는데, 그곳에서 그는 즉시 시바 사원 한 채를 건립했다. 그는 자신의 가정을 베다식 규율에 따라 이끌어 나갔으며, 따라서 각종 의례적인 행사들과 자선 행위, 경전의 학습 등을 엄격하고도 규칙적으로 준수했다. 그렇지만 그는 바르고 열린 마음의 소유자였기 때문에 현대 사상들의 유익한 흐름들도 결코 무시하지 않았다.

소년 라히리는 바나라스의 연구 모임에서 힌디어와 우루두어로 수업을 받았다. 그는 또한 조이 나라얀 고샬이 운영하는 학교에 다니면서, 산스크리스트어와 벵골어, 불어, 영어로 된 강의를 들었다. 점차로 베다 연구에 친숙해져 감에 따라, 그 젊은 요기는 마흐라타의 석학인 나그 브하타를 포함한 여러 브라만 학자들에 의해 이루어진 경전 내용에 대한 논의를 진지하게 경청하기 시작했다.

라히리는 친절하고 공손하며 용기 있는 젊은이로서 모든 동료들에게 아낌없는 사랑을 받았다. 또한 그는 건강하고 균형 잡힌 신체를 가졌으며 수영을 비롯한 여러 분야에서 뛰어난 기량을 발휘했다.

1846년, 슈야마 차란 라히리는 스리 데브나라얀 산얄의 딸인 스리마티 카시 모니와 결혼했다. 전형적인 인도 여성이라고 할 수 있는 카시 모니는 즐겁게 자신의 의무를 수행해 나갔으며, 또한 손님들을 맞이한다거나 가난한 사람들을 돕는다거나 하는 안주인으로서의 역할도 충실히 이행했다. 진실로 성도다운 두 아들, 틴쿠리와 두쿠리 그리고 두 딸들이 이 집에 축복을 더해 주었다.

23세 때인 1851년 라히리 마하사야는 영국 정부의 군사 공업청에서 회계직을 맡게 되었다. 그는 재직 기간동안 여러 차례나 승진을 거듭했다.

공업청은 가끔 그를 가지푸르, 미르자푸르, 나이니 탈, 다나푸르, 바나라스 등지의 지사로 전근시켰다. 아버지가 세상을 떠나고 나자, 라히리 마하사야는 가족 부양의 책임을 떠맡게 되었다. 그는 가족들을 위하여 바나라스 근교의 인적이 드문 가루데스와르 모홀라에 새 집을 마련했다.

고대 힌두 설화에 의하면 갠지스 강은 천상에서 지상으로 내려오면서 바짝 말라 있던 신의 도시 바기라트에 신성한 물 한 줄기를 부어 주었다고 한다. 그에 따라서 천상의 거룩한 강인 크리야 요가도 1861년에 이르러 히말라야의 은밀한 요새로부터 먼지투성이인 인간의 소굴로 흘러내리기 시작했던 것이다.

알래스카로 가는 증기선 선실에서의 **요가난다**(1924)

요가난다, 미국행 배를 타다

나는 제1차 세계대전이 끝난 1920년 8월 미국행
여객선인 스파르타 호를 타고 인도를 떠났다.

나의 환시는 계속 이어졌다. 수많은 서구의 군중들이 내 앞을 스쳐지나갔다.

"이들은 과연 누구일까? 그래. 미국! 이들이 바로 미국인들이로구나!"

서양인들의 얼굴이 파노라마처럼 내 내면의 영상을 스쳐가자, 갑자기 창고의 문이 스르륵 열렸다. 여느 때처럼 한 소년이 내가 숨어 있는 장소를 발견해 냈던 것이다. 나는 당시 란치의 학생들을 신경 쓰다 보니 내 개인적인 시간은 거의 낼 수 없는 상황이었다.

"무슨 일이니?"

소년은 멈칫했다.

나는 웃으며 그 아이에게 손짓을 했다.

"이리 와, 비말, 너에게 들려 줄 소식이 있단다. 신께서 나를 미국으로 보내려고 하시네."

"스승님 미국이라고요?"

그 소년은 마치 내가 '달나라라도 가는 모양인줄 알고 있는 듯 했다.

"그렇단다. 나도 콜럼버스처럼 미국을 발견하기 위하여 떠날 예정이

야." |콜럼버스는 그 당시에 자신이 인도를 찾았다고 믿었었다. |

비말은 급히 뛰어나갔고 온 학교에는 내가 미국으로 떠난다는 소문으로 웅성웅성 했다.

나는 나의 미국행으로 혼란스러워 하는 학생들을 모두 불러 모아서 몇 가지 사항을 당부했다.

"나는 너희들이 라히리 마하사야 님의 교육적 이상을 누구보다 더 잘 지켜나갈 것을 믿어 의심치 않는다. 나는 너희들에게 자주 편지를 쓸 것이다. 그러나 신께서 원하시면 언제든 다시 돌아올 것이다."

화창한 어느 날 란치의 교정에 둘러앉은 학생들을 바라보고 있으려니, 어느새 내 눈에는 눈물이 흐르고 있었다. 내 삶의 큰 획을 그었던 지난날들을 돌이키는 순간 가슴이 울컥했다. 환시는 내게 새로운 땅에서의 삶을 예정했다. 나는 그날로 바로 캘커타 행 열차에 몸을 실었다. 다음날 나는 미국에서 열리는 '세계자유종교지도자협의회' 에 인도 대표로 참석해 달라는 초청장을 받았다. 그 회의는 미국 일신교 연합회의 주관으로 보스턴에서 개최될 예정이었다.

착잡한 심정으로 나는 세람포어로 스리 유크테스와르를 찾아갔다.

"구루지, 저는 방금 미국에서 열리는 종교 회의에서 인도 대표로 연설을 해 달라는 초청을 받았습니다. 어찌해야합니까?"

스승께서는 간단히 대답하셨다.

"요가난다. 너를 위하여 모든 문들이 열려 있느니라. 지금이야말로 절호의 기회이다."

나는 힘없이 말했다.

"그렇지만 선생님, 제가 어떻게 전 세계의 대중 앞에서 연설을 할 수 있겠습니까? 저는 연설을 해 본 적도 거의 없을 뿐더러 더구나 영어로 해 본 적은 전혀 없습니다."

"요가난다여. 네가 말하는 요가에 관한 모든 이야기들은 전 세계인들에게 깊은 감동을 줄것이다."

나는 스승님의 말씀에 그만 웃고 말았다.

"좋습니다, 선생님. 하지만 미국인들이 벵골어를 알아듣지는 못할 것입니다. 언어의 장벽을 뛰어넘을 수 있도록 제게 축복을 내려 주십시오."

나는 아버지에게 지금까지 내게 일어난 환시와 서구 세계에 대한 스승님의 격려와 축복을 모두 말씀드렸다. 아버지는 무척 놀라셨다. 아버지에게는 미국이란 나라가 너무나도 멀리 느껴지신 것 같았다. 아들에 대한 염려, 가장 큰 걱정은 혹시나 다시 못 보게 되지나 않을까 하는 것이었다.

아버지는 조용히 내게 물으셨다.

"무쿤다야. 정말 가려하느냐? 미국행에 드는 비용은 어찌할 셈이냐?"

아버지께서는 그때까지만 해도 내 교육비와 생활비를 전적으로 부담하고 계셨기 때문에, 이러한 아버지의 질문이 미국행을 중단시킬 수 있으리라고 기대하셨을 것이다.

"아버지 저는 하느님께서 도와주실 것을 확신합니다. 아버지, 아마도 신께서는 아버지께서 저를 도와주도록 하실겁니다."

"아니, 그럴 리는 없어!"

아버지께서는 애처로운 시선으로 나를 바라보셨다.

그러나 나는 깜짝 놀랐다. 아버지께서 나를 부르시더니 상당한 금액의 수표를 건네주시는 것이었다.

"놀랄 것 없다. 내가 이 돈을 너에게 주는 것은, 아버지로서의 도리가 아니니라, 순전히 라히리 마하사야 님의 충실한 제자로서 수행해야 할 책임 때문이다. 부디 서구의 땅에 가서 모든 이념을 초월한 크리야의 가르침을 펴도록 하여라."

아버지께서는 내 계획들이 결코 외국 여행이나 해보려는 호기심 따위에서 비롯된 것이 아니라는 사실을 깨달으셨던 것이다.

아버지께서는 약간 서글픈 목소리로 말씀하셨다.

"무쿤다, 우리가 이번 생에서 다시 만날 수 있을까?"

"아버지. 걱정하지 마세요. 하느님께서는 분명히 우리를 다시 만나도록 해 주실 겁니다."

나는 확신했다.

나는 다시 스승 곁으로 돌아와 미국으로 가기위한 준비를 서두르고 있었다. 사실 나는 적잖은 불안감에도 스승 앞에서 내색할 수 없었다. 나는 이미 여러 성자들의 후광으로 둘러싸인 인도와는 판연히 다른 '유물론적인 서구 세계'에 대한 많은 이야기를 듣고 있었다.

나는 속으로 이런 생각을 했다.

'서구에 도전하기 위해서는 그 어떠한 히말라야의 냉기도 견딜 수 있어야 하지 않겠는가!'

어느 이른 아침, 나는 만일 신의 목소리를 듣지 못한다면 죽음까지 불사하겠다는 굳은 결의로 기도를 올리기 시작했다. 나는 신의 축복과 확신을 기원했다. 나는 이미 미국에 갈 준비가 되어 있었지만 그래도 신성한 신의 허락을 꼭 듣고 싶었던 것이다.

흐느낌을 억눌러 가며 나는 기도하고 또 기도했다. 정오가 되자 나의 기도는 절정에 이르렀다. 내 머리는 고뇌의 압력을 이기지 못하여 빙빙 돌 것만 같았다.

바로 그때, 현관문을 두드리는 소리가 들려 왔다. 노크 소리에 대답하면서 문을 열어보니 남루한 수행자 복장을 한 젊은이의 모습이었다. 그는 조용히 집 안으로 들어왔다. 나도 모르게 그 분위기에 이끌리고 있었다.

나는 약간 현기증을 느꼈다.

'저 분은 틀림없이 바바지 님이시다!'

내 앞에 서 있는 그의 모습은 젊은 라히리 마하사야님이었다. 그가 내 생각에 대답하기라도 하듯이 아름다운 힌디어로 말했다.

"그렇다. 나는 바바지이다. 하늘에 계신 우리의 아버지께서 너의 기도를 들으셨다. 그리하여 그 분은 나로 하여금 너에게 이렇게 보내신 것이다. 지금부터 잘 듣거라. 아버지의 말씀이시다. 네 구루의 말씀을 따라서 미국으로 가라. 두려워하지 말라. 너는 보호받을 것이다."

잠시 침묵이 흐른 다음, 바바지는 다시 이야기를 시작했다.

"너야말로 크리야 요가의 메시지를 서양에 전파하도록 내가 선택한 자이니라. 오래 전, 쿰브하 멜라에서 나는 너의 구루인 유크테스와르를 만난 적이 있었다. 그때 나는 그에게 너를 보내 수련을 받게 하겠노라는 말을 했었다."

나는 스리 유크테스와르에게 나를 인도한 사람이 바로 그였다는 말을 듣고 그의 존재에 대한 경의감에 압도되어 할 말을 잊었다. 나는 시공과 생사를 초월한 바바지 앞에서 그만 무릎을 꿇고 엎드렸다. 그는 따뜻하게 나를 일으켜 세웠다. 내게 몇 가지 개인적인 당부와 아울러 약간의 은밀한 예언을 말해 주었다.

그는 전능한 힘이 담긴 시선과 함께 자신의 우주의식으로 나를 충전시켜 주었다.

어느 날 하늘에서
수천수만의 햇살이
알지 못할 빛으로 지구를 엄습한다면,
그때야 비로소 신성하신 유일자의
권능과 광휘가 알려지리라.

바바지께서는 나가시려다 말고 내게 이렇게 말씀하셨다.
"나를 따라오려 하지 말라. 너는 절대로 그렇게 할 수는 없을 것이다."
나는 울면서 애원했다.
"바바지 님, 제발 가지 마십시오! 저도 함께 데리고 가 주십시오!"
그는 대답했다.
"지금은 때가 아니니라. 언젠가는 다시 만나게 되리라."
내가 그를 따라가려고 애를 쓰고 있을 때, 바바지께서는 마지막으로 인자한 눈길을 보내 주셨다.
내 발은 내 의지대로 움직일 수 조차 없었다. 마루 바닥에 굳게 박혀있는 듯 했다.

몇 분이 지나자 신기하게도 내 발은 다시 자유로워졌다. 나는 자리에 앉아서 깊은 명상에 빠져 들었다. 그리고 내 기도에 응답해 주신 것뿐만 아니라 바바지 님과의 만남을 통한 축복을 내려 주신 데 대해서 끊임없이 감사드렸다. 스승의 손길을 통하여, 내 온몸은 더할 나위 없이 신성해진 것처럼 느껴졌다. 그를 만나는 것이야말로 오랫동안의 염원이었다.

지금까지 나는 어느 누구에게도 바바지를 만난 것을 이야기 한 적이 없었다.

나는 내가 바바지를 만난 것이 인간으로서 경험할 수 있는 가장 신성한 체험으로 여기고 내 가슴 속 깊은 곳에 숨겨 놓았던 것이다. 그렇지만 내가 직접 내 눈으로 그를 보았다는 사실을 이야기한다면, 이 책을 읽는 독자들도 속세를 떠난 바바지가 이 세상에 지대한 관심을 갖고 있음을 보다 잘 믿게 되리라는 생각이 들었다.

미국으로 출발하기 전날 스리 유크테스와르는 내게 다음과 같은 지혜의 말씀을 하셨다.

"네가 힌두인들 사이에서 태어났다는 사실은 잊거라. 하지만 미국인들의 모든 가치관을 무조건 받아들여서도 안 된다. 양쪽의 모든 사람들에게 최선을 다하거라. 또한 언제나 네 자신이 신의 아들임을 잊지 말아라. 이 세상에 존재하는 다양한 종족들이 가진 좋은 특질들을 네 존재 속으로 통합시키도록 하거라."

그러고 나서 그는 내게 축복의 말을 내려 주었다.

"신을 찾고자 하는 굳은 믿음을 가지고 너에게 가는 모든 이들은 구원

받게 될 것이다. 네가 그들을 대하게 될 때마다, 네 눈에서 발산되는 영혼의 흐름이 그들의 두뇌 속으로 파고들어 그들의 유물론적 습관을 변화시킬 것이며, 그리하여 그들은 더욱 더 확고한 신의 인식에 도달할 수 있을 것이다. 그러므로 어디를 가든, 설령 황무지나 사막에 떨어져도, 너는 많은 친구들을 만나게 될 것이다.”

스리 유크테스와르의 두 가지 축복의 말은 여태까지 모두 그대로 입증되어 왔다. 나는 단 한 사람의 친구도 없는 미국에 홀로 갔지만, 시간을 초월한 영적인 가르침을 기다리는 수천 명의 친구들을 만날 수 있었다.

나는 제1차 세계대전이 끝난 1920년 8월 미국행 여객선인 스파르타 호를 타고 인도를 떠났다. 나는 여권 발급과 관련한 여러 행정적인 어려움들을 뚫고 가까스로 배표를 구입할 수 있었다.

두 달 동안의 여정동안 내가 인도 대표로 보스턴 회의에 가고 있다는 사실을 알게 된 미국사람이 하나 있었다.

“스와미 요가난다, 다음 주 목요일 밤, 승객들을 위해서 강연을 해 주시길 부탁드립니다. 우리 모두는 스와미 요가난다님의 강연을 통해 많은 것을 얻으리라 생각합니다.”

그러나 나는 내 자신의 삶도 버린 상태인데, 그것도 여러 사람들 앞에서 강연을 한다는 것은 정말 허락하기가 힘들었다. 더욱이 그 부탁을 받은 날은 바로 하루전날인 수요일이었던 것이다. 강연을 준비한다는 것이, 그것도 영어로 준비해야 한다니 나는 결국 포기할 수 밖에 없었다.

그래도 나는 약속을 한 이상 스승을 믿고 배안의 회의장으로 갔다. 나는 청중들 앞에 섰지만 할 말을 잊은 채 그대로 서 있었다. 그렇게 10여분이 흘렀다. 그들은 내 곤경을 알아차리고 폭소를 터뜨리기 시작했다.

하지만 그 당시 나는 시간을 약속하기 전으로 돌리고 싶을 정도로 그 자리가 불편했다. 나는 스승을 향해 기도를 보냈다.

그 분의 목소리가 즉시 내 의식 속에서 들려왔다.

"너는 할 수 있다! 말하라!"

그러자 내 생각들은 곧 영어로 변하여 술술 나왔다. 거의 한 시간이 되도록 청중들은 여전히 내 말에 귀를 기울이고 있었다. 그 일이 있을 후로부터 나는 미국 내의 여러 단체들로부터 많은 강연 초청을 받게 되었다.

하지만 나는 강연 후에는 내가 말한 영어 단어 단 하나도 기억해 낼 수 없었다.

"당신의 강연은 매우 감동적입니다. 더욱이 당신의 유창한 영어 실력에 찬사를 보냅니다."

내게 이런 기적과도 같은 능력을 베풀어 주신 나의 구루께 감사를 드렸다. 나는 다시금 그 분께서는 시간과 공간의 모든 장벽을 넘어서서 언제나 나와 함께 계시다는 사실을 깨달았다.

나는 여행 중에도 계속해서 앞으로 다가올 보스턴 회의에서 치르게 될 영어 연설에 대해 큰 걱정을 하곤 했다. 나는 겸손히 기도를 올렸다.

내가 승선한 스파르타 호는 9월 말경 보스턴에 도착했다. 드디어 그날이 왔다. 1920년 10월 6일 세계 종교회의가 있는 날이다. 인도인인 내가 거대한 대제국인 미국에서의 첫 번째 연설을 하는 것이다. 그런데 나의 연설은 성황리에 마쳤고 그 결과는 대단했다. 나는 한편으로 신의 능력과 영감에 놀라워하며 안도의 한숨을 쉬었다. 내 연설이 있은 후로 미국 일신교 연합회의 사무국장은 회의의 진행 상황을 알려주는 인쇄물에 다음과 같이 썼다.

"인도 란치의 브라마차랴 아슈람에서 온 인도의 대표 스와미 요가난다가 자신의 단체를 본 회의에 소개했다. 그는 유창한 영어와 강력한 전달력으로 '종교의 과학'에 관한 철학적인 연설을 했다. 그는 종교란 하나이며 지극히 보편적이라고 주장했다. 우리는 특정한 인습이나 풍습을 일반화시킬 수 없지만, 그럼에도 불구하고 종교 속에 존재하는 보편적인 요소는 일반화가 가능한 것이다. 그렇기 때문에 우리는 모든 종교를 따르고 그에 복종하라는 말을 할 수 있는 것이다."

그렇게 나는 아버지께서 여비로 주신 후한 수표 덕분에 회의가 끝난 후에도 미국에 남아 있을 수 있었다. 보스턴에서 3년간의 행복한 시간을 보냈다. 공개 강연도 하고 강의도 했으며, 뉴욕 시립대학의 총장인 프레드릭 B. 로빈슨 박사가 서문을 쓴 시집 〈영혼의 송가|Songs of the soul|〉도 출간했다.

1924년 대륙 횡단 여행을 시작한 나는 미국의 주요 대도시에서 수천 명의 청중 앞에서 강연을 갖기도 하였다. 또한 알래스카로 가서 휴가를 즐기기도 하였다.

1925년 말. 나는 여러 학생들의 도움으로 드디어 로스앤젤레스 워싱턴 산위에 크리야 요가의 보급을 위한 미국 내 집행부가 설립되었다. 그 건물은 바로 수년 전에 카슈미르에서 보았던 환시 속의 그것이었다. 나는 구만리 미국에서의 활동들을 담은 사진을 스리 유크테스와르에게 보냈다. 스승은 벵골어로 쓰인 한 장의 엽서로 답장을 보내 왔다. 여기에 그 내용을 옮겨 본다.

> *사랑하는 나의 아들 요가난다여!*
>
> *너의 학교와 학생들의 모습이 담겨 있는 사진들을 대하고 나니, 벅찬 감동과 기쁨을 이루 다 말로 표현할 수가 없구나. 나는 지금 네가 지도하고 있는 여러 도시의 학생들을 보면서 감격에 젖어들고 있다.*
>
> *학생들에게 확신을 심어 주기 위한 노래와 치료를 위한 진동음, 그리고 신성한 기도 등 네 지도법 등을 듣고 가슴 속으로부터 우러나는 감사의 마음을 금할 길이 없구나. 학교의 정경, 그리고 워싱턴 산 아래로 펼쳐진 아름다운 광경을 접하고 나니, 그 모든 것들을 직접 내 눈으로 보고 싶은 열망이 일어나는구나.*
>
> *이곳의 일은 걱정 말리라. 신의 은총으로 항상 너에게 기쁨이 충만하기를 바라노라.*
>
> *스리 유크테스와르 기리*
>
> *1926.8.11*

세월은 참 빨리 흘렀다. 나는 새로운 미지의 땅 이곳저곳을 돌아다니며 강연을 펼쳤고, 수많은 단체와 대학, 교회 및 모든 종파의 모임에서 연설을 했다. 1920~1930년까지의 10년 동안, 나의 요가 학교에는 수만 명의 미국인들이 등록했다. 나는 인도의 평화를 간절히 바라며, 스승께 동서양의 화합을 계속해서 알렸다. 나날이 내 영혼은 충만해졌다.

요가난다여, 돌아오라

나는 감사하는 마음으로 인도의
축복받은 공기를 들이마시고 있었다.

내가 워싱턴에 있을 때였다. 명상에 잠겨 있는데. 갑자기 내부에서 스리 유크테스와르의 목소리가 들려왔다.

"요가난다여, 인도로 돌아오너라. 나는 15년 동안 애타게 너를 기다려 왔다. 이제 나는 곧 육체를 떠나서 빛나는 세계로 가려고 한다. 어서 오너라!"

15년이라… 그제서야 나는 지금이 1935년임을 깨달았다. 구루의 가르침을 미국에 전파하는 데만 15년을 보낸 것이다. 이제 그가 다시 나를 부르고 있는 것이다.

나는 미국의 제자들에게 말했다.

"나는 다시 돌아올 것이며, 결코 미국을 잊지 않을 것이다."

사랑하는 이들이 베풀어 준 로스엔젤레스에서의 송별회를 통해 그들에게 감사한 마음을 갖었다.

1935년 6월 9일, 나는 뉴욕을 출발하여 유럽으로 향했다. 두 명의 제자, 즉 비서인 리처드 라히트 씨와 신시내티 출신의 나이가 지긋한 에티

블레치 양이 동행했다.

우리는 독일, 네덜란드, 프랑스, 스위스의 알프스 산맥으로 즐거운 여행을 했다. 유럽 여행은 그리스에서 끝났는데, 그곳에서 아테네 사원과 소크라테스가 사약을 마신 감옥을 구경했다. 우리는 고대 그리스인들이 자신들의 이상을 건축물로 표현한 예술적 능력에 감탄했다.

우리는 햇볕이 밝게 내리쬐는 지중해를 지나 팔레스타인에 도착했다. 성지순례는 여행의 가치를 더욱 확실하게 하였다.

팔레스타인에서는 그리스도 정신을 기리며 주를 경외하는 마음으로 베들레헴, 겟세마네, 갈보리, 올리브 동산, 요르단 강가, 갈릴리 호수 등을 거닐었다.

또 우리 일행은 예수님이 태어나신 구유통, 요셉의 목공소, 나자로의 무덤, 마르타와 마리아의 집, 최후의 만찬 장소 등을 방문했다. 나는 그리스도가 과거에 연출했던 신성한 드라마와 같은 장면들을 하나씩 마음속으로 펼쳐 보았다. 다음에는 현대적인 카이로와 고대의 피라밋이 있는 이집트에 들렀다. 그리고 기나긴 홍해를 지나 아라비아 해를 거쳐, 자! 이제는 인도에 도착하는 것이다.

나는 감사하는 마음으로 인도의 축복받은 공기를 들이마시고 있었다. 우리가 탄 라즈푸나나 호는 1935년 8월 22일 봄베이 항에 도착했다. 배에서 내리자마자 우리에게는 숨가쁘리만큼 바쁜 날들이 기다리고 있다. 친구들이 부두에 모여서 꽃다발로 우리를 환영했으나, 우리는 곧 타지마할 호텔 방에서 기자들을 맞이해야 했다.

봄베이는 나에게 새로운 도시였다. 봄베이는 매우 정렬적인 현대 도시로서 서양으로부터 많은 영향을 받았음을 알 수 있었다. 그러나 관광할 시간은 거의 없었다. 사랑하는 구루와 가족들이 참을 수 없을 정도로 보고 싶었기 때문이다. 그래서 포드 자동차는 화물차에 맡기고, 우리 일행은 기차를 타고 곧 캘커타를 향했다.

호우라흐 역에 도착했을 때 우리를 만나려는 군중이 너무 많이 몰려서 잠시 동안 기차에서 내릴 수가 없는 상태였다. 카심바자르의 젊은 성주 마하라자와 내 동생 비슈누가 환영회를 주관했다. 사실 우리 일행에게 이처럼 환대로 맞이할 줄은 몰랐다.

블레치 양과 라이트 씨와 나는 머리끝에서 발끝까지 꽃다발로 싸인 채, 흥겨운 북과 나팔 소리를 들으며 줄지은 자동차와 모터사이클을 앞세우고 천천히 아버지의 집으로 행진했다. 그동안 많이 늙으신 아버지는 마치 전쟁에서 살아 돌아온 자식을 맞이하듯이 나를 포용했다. 우리는 그저 아무 말도 못한 채 서로를 쳐다보기만 했다. 형제와 누이, 숙부와 숙모, 사촌들, 학생들, 오랜 친구들이 나를 둘러쌌는데 모두 눈물로 젖어 있었다. 이제는 가슴 한켠의 추억이 되었지만 이처럼 애정이 넘치는 마음으로 그들을 재회하던 장면은 영원히 기억될 것이다. 가장 보고 싶은 나의 구루, 스리유크테스와르와의 만남은 라이트 씨의 여행 일기로 대신한다.

"설레임과 큰 기대감으로 요가난다 선생님을 캘커타에서 세람포어까지 자동차로 모시고 갔다. 우리는 오래된 상점들을 지나쳐 갔는데, 그 중에는 요가난다 선생님이 학창 시절 즐겨 식사하던 곳도 있었다. 마침내 담으로 둘러싸인 좁은 골목길로 들어서 거기에 바로, 위층에 발코니가 딸려 있는 대사의 이층짜리 벽돌집이 나타났다. 평화로운 정적이 온몸으로 퍼져드는 느낌이었다.

나는 떨리는 마음으로 요가난다 선생님을 뒤쫓아 그 아슈람의 안쪽에 있는 정원으로 들어섰다. 뛰는 가슴을 안고 오래된 시멘트 계단을 올라갔다. 그것은 그토록이나 진리를 찾는 수많은 구도자들이 밟았던 계단인 것이다. 한 계단 한 계단 올라섰을 때마다 우리의 긴장은 더해갔다. 계단을 거의 다 올라갔을 때 성스러운 현인다운 자세로 서 있는 위대한 스와미, 스리 유크테스와르 선생님의 모습이 조용히 우리 앞에 나타났다.

숭고한 그 분 앞에 있을 수 있는 축복에 내 가슴은 터질 듯이 부풀었다. 나는 계속 그 분의 모습을 잘 관찰하려고 했지만, 요가난다 선생님이 무릎을 꿇고 머리를 숙이며 영혼에서 우러나는 감사와 반가움을 표시하자, 눈물이 시야를 흐렸다. 요가난다 선생님은 손으로 구루의 발을 만진 후 자신의 이마에 댐으로써 겸손한 공경의 마음을 나타냈다. 요가난다께서 일어서자 스리 유크테스와르 선생님은 그를 가슴에 꼭 안고 포옹했다.

처음에는 서로 아무 말도 나누지 않았으며 다만 침묵 속에서 강렬한 감정이 교류되고 있었다.

나도 대사 앞에 무릎을 꿇고, 시간의 흐름과 기도 생활로 굳어진 그 분의 발을 만진 채 그의 축복을 받았다.

두 분 스와미께서 벵골어로 하는 말씀의 요지를 알아들으려고 했지만 허사였다. 두 분이 함께 있을 때는 영어를 쓰지 않았다. 따뜻한 미소와 빛나는 눈빛만으로도 그의 성자다운 위대한 면을 쉽게 발견할 수 있었다.

그의 즐거우면서도 진지한 대화 중에서 쉽게 알 수 있는 것은 확신이었다. 이것은 신을 알기 때문에 자기가 아는 것을 진정으로 아는 현인의 특징인 것이다. 위대한 지혜와 강한 의지력, 결단력 등이 모든 면에 명백히 드러나 있었다.

나는 존경스런 마음으로 그를 관찰하면서 크고 건장한 체격에 마음속으로 감탄했다. 그는 위엄 있는 태도로 항상 몸을 똑바로 하고 당당하게 걸음을 옮기셨다.

그의 준엄한 얼굴 표정은 신성한 힘을 확실히 느끼게 한다. 머리는 가운데로 가리마를 탔는데, 이마 부근은 하얗고 나머지는 윤기 나는 은금색과 은흑색으로 끝이 둥글게 말린 채 어깨 위까지 드리워져 있다. 끝이 뾰족하게 모아져 있는 턱과 코 밑의 수염은 그의 인상을 강한 것으로 만들어 주고 있으며 검은 눈엔 푸른색이 엷게 두르고 있다. 코는 좀 크고 못생겼는데, 한가할 때면 어린애처럼 손가락으로 코를 두드리거나 흔들면서 장난을 하곤 한다. 쉴 때의 입 모양은 준엄하지만 미묘한 부드러움을 띠고 있다.

다소 낡은 그 방을 살펴보면 그 방의 주인이 물질적 안락에는 무관심하다는 것을 누구나 알 수 있을 것이다. 비바람으로 퇴색한 긴 방의 흰 벽은 엷은 청색으로 얼룩덜룩해져 있었다. 방 한쪽 구석에는 소박한 꽃다발로 정성들여 장식된 라히리 마하사야의 유일한 사진이 걸려 있었다. 거기에는 또한 요가난다 선생님이 보스턴에 도착했을 때 종교 회의에 참석한 다른 사람들과 같이 찍은 오래 된 사진도 있었다.

우리는 앉아서 간소하지만 채소 요리와 밥을 먹었다. 스리 유크테스와르 님은 내가 여러 가지 인도의 관습, 예를 들어 '손가락으로 음식을 먹는 것'을 지키는 것을 보고 기뻐하셨다.

여러 시간 동안, 벵골어로 얘기하고 때때로 따뜻한 미소를 나누며 서로 즐거이 바라보기도 하면서 지낸 후에, 우리는 그 분 발밑에 절하고 프로남|Pronam|으로 작별인사를 했다. 그리고는 영원히 잊지 못할 이 성스러운 만남을 가슴에 간직한 채 캘커타로 떠났다.

이제까지 주로 그 분의 외적인 면에 대한 인상을 적었지만 영적인 면에서의 위대성도 항상 느낄 수 있었다. 나는 이번 만남에서 그 분의 위대한 힘을 느낄 수 있었고 또한 그러한 느낌은 신이 주신 축복으로 영원히 간직할 것이다.

요가난다 선생님은 미국에서 유럽을 거쳐 팔레스타인에 이르기까지는 스리 유크테스와르를 위해 많은 선물을 가져왔다. 그는 그 선물들을 펼쳐 보시고는 미소만 지으셨다. 나는 인도에 와서 그 지팡이를 스승님께 드리려고 샀다.

"선물은 정말 고맙게 받겠다."

구루는 따스한 눈길을 내게 보내셨다. 선물 중에서 방문객들에게 보여 주려고 택한 것도 바로 그 지팡이였다.

나는 스승의 아슈람을 뒤로 하고 라이트 씨와 함께 란치로 출발했다. 15년 동안 내가 자리 비운 사이에도 굳건히 학교를 위해 헌신적으로 애를 쓰신 교사들을 포옹하면서 나는 눈물을 흘렸다. 학생들 모두는 시종일관

밝은 표정으로 미소가 떠나질 않았다. 이 모두가 교사들이 정성껏 학교를 돌보며 학생들을 요가 훈련을 시켰기 때문이다.

그러나 슬프게도 란치의 학교는 심각한 재정난에 빠져 있었다. 카심바자르의 성주인 마닌드라 찬드라 눈디 경이 자신의 왕궁을 학교의 본부로 사용하라고 제공했고 그 밖에도 많은 것을 기증했음에도 위협을 받게 된 것이었다.

미국에서 여러 해를 지내는 동안 나는 미국의 실용적 지혜를 배울 수 있었는데, 어떠한 장애물에도 굴하지 않는 담대한 정신이 그것이다. 그래서 1주일 동안은 란치에서 이런 심각한 문제들과 씨름하며 지냈다. 그 후 캘커타에서 유명한 지도자 및 교육자들을 만나기도 했고, 카심바자르의 젊은 성주와 장시간 의논하기도 하고, 아버지에게 재정적 도움을 청하기도 한 끝에 마침내 휘청거리던 란치 학교의 재정 상태가 안정되기 시작했다. 또한 미국의 학생들로부터 많은 기부금이 도착하기도 했다.

게다가 내가 귀국한 지 몇 달 후에 란치 학교가 법인으로 인가 받는 기쁨도 누렸다. 영구적인 재단을 갖춘 요가교육센터를 꿈꿔 왔던 나의 오랜 소망이 드디어 이루어진 것이다. 1917년 일곱 명의 남학생들로 출발한 란치의 초기 모습을 회상하며 감회가 새로웠다.

종교행사에 참석중인 스리 유크테스와르와 요가난다

스승과 보낸 마지막 날들

내부의 음성이 부드럽게 되풀이되고 있었다.
"마음을 가다듬어라. 침착해라."

나는 세람포어에 있는 스리 유크테스와르의 집에 향기로운 과일과 장미 꽃들을 한 아름 안고서 가는 길이었다. 스승께서는 사랑스러운 눈길로 나를 바라보았다.

"내게 궁금한 게 무엇이냐?"

"구루지, 이제 저도 흰 머리카락이 생기는 나이가 되었습니다. 스승님께서는 처음부터 줄곧 한없는 사랑은 쏟아 주셨지만, 단 한 번이라도 제게 '사랑한다'고 말씀하신 적이 있으십니까?"

나는 간절하게 스승을 바라보았다. 그리고 스승은 나직한 음성으로 말씀하셨다.

"요가난다, 굳이 말로 표현해야 내 뜻을 알겠느냐?"

"구루지, 저도 스승님께서 저를 사랑하신다는 것을 잘 알고 있습니다. 그렇지만 직접 귀로 말씀하시는 것을 듣고 싶습니다."

"요가의 길을 가르쳐 줄 아들 하나를 간절히 바랐었다. 그러나 나는 너를 보는 순간 내 아들을 발견한 듯 싶었다."

스승의 눈에는 이슬이 맺혔다.

"요가난다, 나는 언제나 너를 사랑한다."

"스승님의 대답이 제게는 하늘로 이를 수 있는 통행증과 같습니다."

나는 무거웠던 가슴 속의 짐이 그 말 한마디로 영원히 녹아 버리는 것을 느낄 수 있었다. 나는 그가 감정적이 아니며, 속을 드러내지 않고 묵묵히 지내는 분이란 것은 알고 있었지만, 때로 그 침묵에 궁금해 하기도 했다. 그래서 자주, 내가 그 분을 완전히 만족시켜 드리지 못하는 것이 아닌가 하고 두려워했다. 외부세계를 초월한 스승님은 일반인들이 헤아릴 수 없는 특별한 존재임에는 분명하다.

며칠 후 나는 캘커타의 알버트 홀에서 많은 관중을 앞에 두고 연설을 하게 되었다. 캘커타 시장과 함께 스승님도 단상에 오르셨다. 스승께서는 나에게 별 말씀을 안 하셨지만 나는 연설 도중 스승님이 흡족해하시는 모습을 가끔씩 볼 수 있었다.

그 후 세람포어 대학의 동창생들 앞에 서서 연설하게 되었는데 그들이 나를 향해 일제히 응시하고 있는 것을 보니 기쁨의 눈물이 흘러내렸다. 철학 교수 고샬 박사가 내게 다가와 인사를 하자 과거의 모든 오해들이 얼음이 녹아내리듯 다 녹아 버렸다.

세람포어의 아슈람에서는 매년 12월 말에 동지|冬至| 축제가 열린다. 그 때마다 스리 유크라테스와르의 제자들이 각지에서 모여 들었다. 아슈람의 정원에 모인 사람들과 별빛 아래서 듣는 스승님의 강의는 감동적이다.

"요가난다, 이번 축제에 연설을 하도록 해라, 영어로."

스승님의 눈빛은 예사롭지 않으셨다. 내가 미국을 가던 배안에서 처음

영어로 연설하던 상황을 생각하고 계셨던 것일까? 연설 내용은 그때의 기적과도 같은 이야기와 구루에 대한 열렬한 감사의 마음을 전하는 것으로 마무리 하였다.

"스승께서는 그날 배 위에서뿐만 아니라 광대한 미국 땅에서의 15년 동안에도 매일매일 나를 이끌어 주셨습니다."

청중들이 떠난 뒤, 스리 유크테스와르는 자신의 침실로 나를 불렀다.

"요가난다야, 지금 캘커타로 떠나려느냐? 내일 다시 한번 들르라. 꼭 이리로 돌아오너라. 네게 할 말이 있다."

다음날 오후 스승은 몇 마디 간단한 축복과 함께 '파라마한사' 라는 보다 높은 수도명을 내려 주었다.

"이제 이것이 스와미라는 예전 명칭을 공식적으로 대체한다."

스승은 무릎을 꿇고 있는 나에게 말했다. 나는 서양의 학생들이 '파라마한사지' 라는 발음 때문에 고생할 것을 생각하며 속으로 웃었다.

"이제 나는 이 세상에서 해야 할 내 임무는 끝이 났다. 네가 그것을 이어가거라."

스승은 조용히 말씀하셨고 내 가슴은 두려움으로 두근거렸다.

스승은 계속해서 말씀하셨다.

"나는 모든 것을 네 손에 넘겨주려 한다. 앞으로 너는 네 인생과 조직이라는 배를 신성한 목적지까지 성공적으로 가길 바란다."

나는 눈물을 흘리며 스승의 발을 붙들었고, 스승은 나를 향해 한없는 축복을 해주셨다.

다음날 나는 헌신적인 스와미 세바난다를 란치로부터 불러들여서 푸리의 아슈람을 관리토록 했다. 또한 스승께서는 자신의 재산과 관련한 법적인 문제들을 나와 상의했다. 그는 자신의 재산이 자선적으로 쓰이기를 원했기 때문에 스승님의 친인척들이 두 곳의 아슈람과 다른 재산을 상대로 분쟁이 없기를 간절히 바라셨다.

파탄잘리는 '육체라는 거주지에 대한 집착은 원래의 본성이 드러나는 것으로서 위대한 성인들에게도 적으나마 이런 성향이 있다'고 적고 있다.

구루는 죽음에 대한 강의에서 이렇게 몇 번 부연 설명을 한 적이 있다.

"오랫동안 새장에 갇힌 새가, 문이 열려 있는데도 익숙해진 보금자리에서 떠나기를 주저하는 것처럼."

나는 흐느끼며 애원했다.

"구루지, 그렇게 말씀하지 마십시오! 저에게 결코 그런 말씀을 하지 말아 주십시오."

스리 유크테스와르의 얼굴은 미소로 평화로웠다. 스승은 80의 연세에도 매우 건강하고 힘이 넘쳐보였다.

나는 하루하루 스승의 사랑 속에 매일 흠뻑 젖어 있었다. 스승의 다가오는 죽음을 예고했던 그의 여러 가지 암시들은 내 의식 속에서 멀어져만 갔다.

"구루지, 쿰브하 멜라가 이번 달에 알라하바드에서 열리고 있습니다."

나는 스승께 멜라 기간임을 알려 드렸다.

"정말로 가고 싶으냐?"

나는 스승께서 나를 떠나보내기 싫어하는 것을 눈치 채지 못한 채 계속해서 말했다.

"스승께서는 알라하바드의 쿰브하에서 바바지의 신성한 모습을 한번 보셨지요. 저도 이번에는 그 분을 뵐 수 있을 것입니다."

"그러나 너는 그 분을 만나지 못할 것이다."

스승은 더 이상 말씀이 없으셨고 이내 침묵 속으로 빠져들었다.

드디어 출발하는 날이 되었다. 스승은 평상시와 같이 조용하게 나를 축복하셨다. 나는 스리 유크테스와르의 태도에서 어떤 암시도 받지 못했었다. 그것은 신께서 아무 도움도 되지 못한 채 구루의 죽음을 지켜보지 않도록 한 것이다. 내 인생에 있어서는 항상, 내가 진정으로 사랑하는 사람이 죽을 때는 신께서 동정을 베풀어 그 장소에 내가 없도록 하셨다.

우리 일행은 1936년 1월 23일에 쿰브하 멜라에 도착했다. 200만 가까이 되는 인파의 물결은 매우 인상적이어서 뭔가 압도되는 느낌을 받았다.

우리 일행은 첫날 그냥 지켜보기만 했다. 수천 명의 순례자들이 죄를 씻기 위해 신성한 갠지스 강에서 목욕을 했고, 브라만 승려들은 근엄한 예배의식을 거행했고, 침묵을 지키는 산야시들의 발밑에는 봉헌된 제물이 뿌려졌다. 코끼리들, 말들과 느릿느릿한 라즈푸타나 낙타들이 줄을 이었고, 그 뒤에는 금색, 은색의 막대기와 부드러운 벨벳 테이프들을 흔드는 벌거벗은 수행자들이 기묘한 종교적 퍼레이드를 하며 따르고 있었다.

허리에 두르는 옷만 걸친 은자|隱者|들은 추위와 더위로부터 몸을 보호하기 위해 몸에 재를 바른 채 작은 무리를 이루고 조용히 앉아 있었다. 그들의 이마에는 백단나무 반죽으로 점 하나를 찍어 그야말로 영적인 눈이 생생히 드러났다. 삭발을 하고 황토색 옷을 입은 스와미들은 대나무 지팡이와 동냥 주발을 달고 나타났으며 그들의 수는 수천 명에 이르렀다. 그

들의 모습은 마치 포기한 자의 평화로움과 같았다.

멜라의 둘째 날, 우리는 한 아슈람를 방문했는데, 그곳의 구루는 지난 9년 동안 계속 침묵의 맹세를 지키고 철저히 과일만을 먹고 살아 왔다.

내가 힌디어로 〈베다〉에 대한 짤막한 강의를 한 다음, 우리 일행은 그 평화로운 아슈람를 떠나 근처에 있는 스와미 크리슈나난다를 만나러 갔다. 그는 불그레한 뺨과 인상적인 어깨를 가진 잘 생긴 승려였다. 그의 곁에는 길들여진 암사자가 기대어 있었다. 정글의 모든 야수는 승려의 영적인 매력에 이끌려 모든 육류는 거부하고 쌀과 우유를 좋아하게 되었다고 했다. 스와미는 암사자에게 깊은 으르렁거림으로 '옴'을 낼 수 있게 가르쳤다.

그날 밤 우리는 멜라의 광장에서 별빛을 받으며 식사를 했다. 꼬챙이로 꿴 음식을 나뭇잎 접시에 담아 먹었다. 인도에서의 설거지는 최소한으로 줄어드는 셈이다.

매력적인 쿰브하 축제는 이틀 진행되었다. 우리는 북서쪽 강둑을 따라서 아그라까지 갔다. 다시 한번 타지마할 궁전을 보려 갔다. 내 기억 속에는 꿈같은 대리석 건축에 놀란 지텐드라가 마치 앞에 서 있는 모습이 보였다. 우리는 그 다음으로 브린다반에 있는 스와미 케샤바난다|Swami Keshabananda|의 아슈람을 찾았다.

내가 케샤바난다를 찾은 목적은 바로 이 책인 라히리 마하사야의 생애를 글로 써 보라는 스리 유크테스와르의 요청 때문이었다. 그래서 인도에서 머무는 동안 '요가의 화신|라히리 마하사야|'의 직계 제자나 친척들을 접촉할 수 있는 기회를 놓치지 않았다. 그들의 얘기를 꼼꼼이 기록하면서

사진과 편지들을 수집했다. 나는 위대한 구루의 전기를 쓸 수 있는 역량을 기도했다. 한편 그의 제자들 중에는 내가 글로 쓴 다하니 자신들의 구루가 자칫 왜곡될까봐 걱정하는 사람들도 있었다.

일전에 판차논 바타차랴가 "한낱 글로써 신성한 화신의 생애를 다루는 것은 매우 힘든 일이다."라고 내게 말한 적도 있었다.

그러나 다른 제자들은 그들의 가슴 속에 감춰진 요가의 화신을 불멸의 성자로서 기록하는 일에 대체로 만족해했다. 나는 그의 외적 생활에서 여러 사실들을 수집하고 확인하는 노력을 아끼지 않았다.

스와미 케샤바난다는 브린다반에 있는 그이 카타야니 피트 아슈람에서 우리 일행을 따뜻하게 맞아 주었다. 그의 아슈람에는 정원이 있었다. 그는 즉시 라히리 마하사야의 사진이 걸린 거실로 우리를 안내했다. 그는 아흔이 다 된 나이에도 매우 건강해 보였다. 긴 머리와 늘어뜨린 흰 수염과 건강한 그의 풍채는 정말 나이를 가늠할 수 없었다. 나는 그에게 인도의 대사들에 관한 내 책에서 그의 이름을 언급하고 싶다고 말했다.

케샤바난다는 겸손한 태도를 보였다.

우리 일행 중의 한 사람이 스와미에게 어떻게 히말라야에서 호랑이들로부터 자신을 보호했는지를 물었다.

케샤바난다가 머리를 흔들며 말했다.

"영적으로 고도의 단계에 이르면 야수도 요기를 해치지 못하게 됩니다. 정글에서 한번 호랑이이와 맞닥뜨린 적이 있었습니다. 갑작스런 내 고함에 호랑이는 돌이 된 것처럼 꼼짝도 못했습니다."

이런 기억을 회상하면서 스와미는 다시 껄껄 웃었다.

"때때로 바나라스에 계신 구루를 만나기 위해 나의 은거지를 떠나곤 했었는데 그 분은 내가 끊임없이 히말라야 광야를 떠돌아다니는 것에 대해 농담을 하곤 하셨습니다."

케샤바난다는 말했다.

"라히리 마하샤야께서는 임종 전과 후에도 여러 번 내 앞에 모습을 보이신 적이 있습니다. 구루에게는 히말라야의 높이도 문제가 아니었던 것입니다!"

두 시간 후, 그는 우리를 정원에서의 식사로 안내했다. 나는 무려 열다섯 가지 코스의 음식을 대접 받았다. 인도에 돌아와 1년도 안 되는 기간동안, 나는 무려 50파운드나 체중이 늘어 있었다. 그러나 나를 위해서 정성들여 마련한 음식을 조금이라도 거절할 수가 없었다. 만약 그랬다면 아주 무례한 행동으로 간주된다. 인도에서는 살이 찐 스와미를 보기 좋다고 생각한다.

식사 후 케샤바난다는 나를 구석진 곳으로 데리고 갔다.

"나는 이미 당신이 도착할 것을 예상 했습니다. 당신께 전할 말이 있습니다."

나는 깜짝 놀랐다. 어느 누구도 케샤바난다를 방문하려했던 내 계획을 알지 못했기 때문이다.

스와미는 계속해서 말했다.

"나는 작년에 바드리나라얀 근처의 북부 히말라야를 배회하다가 길을 잃은 적이 있었습니다. 그러다가 잠을 잘만한 동굴을 발견했습니다. 그런데 동굴 저만치에 작은 불씨들이 보이더군요. 그래서 나는 외로운 은거지의 주인을 찾으려 두리번거리면서 불가에 앉아 있었죠.

그런데 갑자기 내 뒤에서 이런 말이 들려 왔습니다. '케샤바난다야, 여기서 너를 보게 되니 기쁘구나.'

깜짝 놀라서 돌아다보니 바바지 님께서 거기 서 계셨습니다. 위대하기 그지없는 구루께서 외진 동굴 안에 자신의 모습을 드러낸 것입니다. 너무 오랜만에 그 분을 다시 뵙는 기쁨에 넘쳐서 그의 성스러운 발밑에 그만 엎드려 버렸습니다.

'놀라지 말거라. 내가 너를 여기로 불렀느니라. 그래서 네가 길을 잃고서 이 동굴 안의 내 임시 거처로 오게 된 것이다. 꽤 오랜만이구나. 다시 보게 되니 기쁘다.'

이 불멸의 성자께서는 영적인 도움이 되는 몇 마디 말씀을 하며 나를 축복한 뒤 이렇게 덧붙이셨습니다.

"요가난다에게 전할 말을 네게 대신 하겠다. 그가 인도로 다시 돌아와서 너를 방문할 것이다. 요가난다는 그의 구루와 살아있는 라히리 제자들에 관련된 여러 문제들에 전념하고 있을 것이다. 그때 이렇게 전하라. 그는 매우 바라겠지만 내가 이번에는 그를 만나지 않을 것이라고. 그러나 다음번에는 그를 만나볼 것이다."

나는 케샤바난다를 통해 바바지 님의 이런 약속을 듣고 매우 감동하였다. 스리 유크테스와르 스승께서 이미 암시하셨지만 이번 쿰브하 멜라에 바바지께서 나타나시지 않은 것을 더 이상 슬퍼하지 않게 된 것이다.

그곳 아슈람의 손님으로 하룻밤을 보낸 후 우리 일행은 다음날 오후 캘커타로 출발했다.

나는 급히 스승의 아슈람으로 갔다. 그토록 스리 유크테스와르를 보기를 갈망했던 나는 그가 세람포어를 떠나 남쪽으로 3백마일 가량 떨어진 푸리에 있다는 말을 듣고 몹시 실망했다.

'즉시 푸리 아슈람로 오기 바람.'

이런 전보가 한 동문에 의해 캘커타에 있는 스승의 제자 아툴찬드라 로이 초드리에게 왔다. 이 소식은 듣자마자 나는 구루의 생이 좀더 남아 있기를 무릎을 꿇고 신께 간절히 바라고 또 바랬다. 그리고 급히 기차를 타러 가는 중이었다. 그때 내부에서 신성한 목소리가 들려왔다.

"오늘밤 푸리로 가지 마라. 너의 기도는 허락할 수 없다."

나는 슬픔으로 애원했다.

"주여, 스승의 생명을 위한 끊임없는 저의 기도를 거절하시니, 정말 당신의 명령에 따라 보다 고귀한 임무를 맡기 위해 스승께서 떠나야만 합니까?"

나는 내부의 명령대로 그날 밤은 푸리로 떠나지 않았다. 그리고 다음날 저녁 기차로 출발했다. 그런데 갑자기 가는 도중 일곱 시 경에 먹구름이 하늘을 뒤 덮었다. 잠시 후 스리 유크테스와르의 환영이 내 앞에 나타났다. 그는 매우 엄숙한 모습으로 온몸에 빛을 발하며 앉아 있었다.

"모든 것이 끝났습니까?"

나는 기진맥진한 목소리로 물었다.

그는 고개를 천천히 끄덕이고는 사라졌다.

다음날 아침이 되었다. 아직 희망을 갖고 푸리역에 서 있는데 어떤 모르는 사람이 내게 다가왔다.

"당신 스승께서 돌아가셨음을 알고 있나요?"

그 말만을 남긴 채 그는 떠났다. 나는 그가 누구인지, 어떻게 내가 있는 곳을 알았는지 전혀 알 수가 없었다.

나는 멍하니 기차역 담벼락에 기대어 있었다. 구루가 그 동안 내게 여러 방법으로 자신의 죽음을 전하려 했다는 것을 깨달았다. 내 영혼은 반항으로 들끓는 활화산 같았다. 푸리 아슈람에 도착했을 때는 가슴이 거의 무너져 내릴 지경이었다. 내부의 음성이 부드럽게 되풀이되고 있었다.

"마음을 가다듬어라. 침착해라."

아슈람의 스승의 방으로 들어가자, 마치 살아있는 듯한 모습의 연화좌 자세로 앉아 계셨다. 그것은 애절한 사랑스러움이 넘치는 한 폭의 그림이었다.

돌아가시기 얼마 전에 스승께서는 약간 열이 났으나, 무한 세계로 승천하는 날이 되서는 그의 몸은 건강을 되찾았다고 했다. 사랑하는 스승의 모습을 아무리 쳐다보아도, 나는 돌아가셨음을 결코 믿을 수가 없었다. 피부는 매끄럽고 부드러웠으며, 얼굴은 기쁨이 넘치는 평안함으로 가득했다. 그는 신비로운 부름의 순간에 자신의 육체를 포기한 것이다.

그의 모든 장례 의식의 진행은 내가 주관하였다. 그의 몸은 고대 스와미 의식에 따라 푸리 아슈람의 정원에 매장되었다. 캘커타의 유력한 일간지 〈암리타 바자르 파트리카〉는 그의 사진과 함께 다음과 같은 기사를 실었다.

"81세로 세상을 떠난 스리마트 스와미 스리 유크테스와르 기리 마하라지를 위한 반다라 추모식이 3월 21일 푸리에서 열렸다. 많은 제자들이 이

의식을 위해 푸리에 왔다.

〈바가바드 기타〉의 위대한 해석자인 스와미 마하라지는 바나라스의 요기라지 스리 샤마차란 라히리 마하사야의 대제자였다. 스와미 마하라지는 인도에 있는 여러 YSS의 창설자이며, 그의 수제자인 스와미 요가난다에 의해서 서양에 전파된 요가 운동의 배경이 된 위대한 영혼이었다.

또 스와미 요가난다로 하여금 미국에 인도의 대 스승들의 메시지를 전파하도록 영감을 준 것도 스리 유크테스와르의 예언적 능력과 심오한 성찰력이었다.

〈바가바드 기타〉및 다른 경전들에 대한 스리 유크테스와르의 해석은 동서양의 철학에 대한 그의 깊은 이해력을 증명하는 것이며, 또한 동양과 서양의 결합을 위해서 괄목할 만한 사실인 것이다. 모든 종교적 신념들의 통일을 믿었던 스리 유크테스와르 마하라지는 종교의 과학적 정신을 가르치기 위해서, 여러 종교와 종파들의 지도자들과 협력하여 '사두 사바|현인들의 협회|'를 창설했다. 그는 죽음에 앞서 그의 후계자인 스와미 요가난다를 '사두 사바'의 회장으로 지명했다.

오늘날 인도는 이런 위대한 인물들이 하나둘 죽어감으로써 점점 빈약해지고 있다. 그러므로 그에게 가까이 갈 수 있었던 행운을 가진 모든 사람들이, 그에게서 구체화된 인도의 문화와 사다나|정신수행의 길|의 진정한 정신을 스스로에게 계속 가르쳐 나가기를 바란다."

캘커타로 돌아온 나는 아직 스승과의 소중한 기억들을 간직한 세람포어의 아슈람으로 돌아갈 수가 없었다. 그 무렵 나는 세람포어에 있는 스리 유크테스와르의 어린 제자 프라풀라에게 란치 학교에 들어가기 위한 준비들을 해 주었다.

프라풀라가 내게 말했다.

"선생님이 알라하바드의 멜라로 떠난 날 아침, 스리 유크테스와르님께
서는 갑자기 침통하게 의자 위로 쓰러지면서 소리치셨습니다.

"요가난다, 요가난다가 갔어!"

그리고는 혼잣말처럼 '다른 방법으로 말해야겠구나.' 라고 말씀하시고
는 몇 시간 동안이나 말없이 앉아 계셨습니다."

스리 유크테스와르의 부활

*"오, 이제 보니 저는 스승님의 죽음에 대해
쓸데없는 슬픔을 겪고 있었습니다!"*

봄베이 리젠트 호텔에 머물고 있을 때였다. 크리슈나의 화신은 나에게 손짓을 하면서 미소로 인사를 보내왔다. 내가 미처 크리슈나의 정확한 메시지를 이해하기도 전에, 그는 축복의 몸짓과 함께 사라졌다. 나는 무언가 영적인 사건이 예고되고 있음을 느꼈다.

나는 스승께서 돌아가신 이후로 모든 서양 순회 일정을 잠시 동안 취소했다.

1936년 6월 19일, 그러니까 크리슈나의 환시가 나타난 지 1주일 후였다. 봄베이 호텔에서 명상을 하고 있던 나는 갑자기 아름다운 빛에 의하여 깨어났다. 내 방 전체는 이상한 빛의 세계로 변하더니 햇빛도 찬란한 빛으로 바뀌었다. 그 빛 사이로 스승님을 뵙게 된 나는 믿을 수 없는 이 광경에 정신을 차리기가 힘들었다.

"나의 아들아"

스승께서는 천사 같은 미소를 여전히 간직하신 채, 부드럽게 나를 부르셨다.

나는 생전 처음으로, 그의 발밑에 엎드려 인사하는 것도 잊은 채 그대로 스승을 끌어안았다. 스승이 안 계신 지난 몇 달 동안의 고통과 외로움은 스승을 뵙게 된 축복으로 싹 녹아내렸다.

"구루지, 어찌하여 저를 떠나셨습니까?"

나는 그 순간 커다란 기쁨에 몸조차 제대로 가누지 못할 정도였다.

"왜 저를 쿰브하 멜라에 가도록 그냥 내버려두셨습니까? 지금도 끝까지 스승님 곁을 지키지 못한 것에 대한 자책감에 힘이 듭니다."

"그토록 원하던 순례지 여행을 방해하고 싶지 않았다. 그곳은 내가 바바지 님을 처음 만났던 장소이기도 하다. 나는 다만 잠시 동안 너를 떠났을 뿐이다."

"스승님, 다시 설명해 주십시오. 저는 분명히 스승님의 육신을 그 잔인한 백사장에 묻지 않았습니까?"

"그렇다. 나의 아들아, 나는 분명 네가 매장한 그 육신이다. 잘 보거라. 이것은 피와 살이 있는 육신이다. 나는 그것을 에테르로 보지만 너의 눈에는 분명히 물질로 보일 것이다. 나는 네가 미망의 세계에서 푸리에 있는 미망의 백사장에 묻어 둔 우주적 미망의 육신과 똑같은 것을 우주의 원자들로부터 창조해 낸 것이다. 나는 진실로 부활한 것이다. 지상이 아닌 영계에서 말이다. 그곳에 사는 사람들은 이 지상의 인류보다 훨씬 더 나의 이념과 이상을 훌륭하게 만족시켜 줄 수 있다. 너를 포함해 네가 사랑하는 높은 영혼들도 언젠가 나와 다시 만나게 될 것이다."

"죽음을 초월한 나의 구루이시여..."

스승께서는 잠시 내게 미소를 지으셨다.

"사랑하는 아들아, 나를 붙들고 있는 그 팔 좀 풀어다오."

나는 그때까지도 문어발처럼 스승을 꽉 껴안고 있었다. 참으로 신기했다. 예전과 다를 바가 없는 스승님의 모습도 그랬고, 더욱이 스승님만이 지닌 향긋한 내음을 맡는 순간 믿지 않을 수 없었다. 지금도 그때의 축복받은 시간을 회상할 때마다 내 팔과 손바닥의 주위에는, 그의 신성한 살을 만졌을 당시의 떨림이 그대로 남아 있다.

"선지자들이 인간을 도와서 업을 멸해주도록 이 땅에 보내졌듯이, 나 역시 구원자로서 영계에서 일하도록 신께서 보내셨다."

스리 유크테스와르는 계속해서 자세하게 설명해 주었다.

"그것은 히라냘로카|Hiranyaloka|, 즉 '깨달은 영계'라고 불린다. 나는 그곳에서 그들의 영적인 업이 소멸되고 따라서 영계의 윤회로부터 벗어나 해방을 얻을 수 있도록 해 준다. 히라냘로카에 거주하고 있는 자들은 영적으로 볼 때 모두 고도의 진보를 했다고 할 수 있다. 그들 모두는 지상에서의 마지막 탄생 기간동안 의식적으로 물리적 육체를 죽음에 내 맡길 수 있는 힘을 명상을 통하여 얻고 있다. 그 누구도 이 지상에서 사비칼파 사마디의 단계를 넘어서 니르비칼파 사마디에 든 상태에서 죽지 않는다면 히라냘로카에 들어갈 수 있다[1].

히라냘로카에 거주하는 자들은 이미 일반적인 영계의 차원을 통과한 상태이며, 그들은 거기서 온갖 행위들과 관련된 수많은 업의 씨들을 소멸시킨다. 진보된 수행자들만이 영계에서 그와 같은 일을 수행할 수 있다.

영계에서의 영계의 태양 혹은 천상이라 할 히라냘로카에 새로운 영적인 몸으로 다시 태어나게 된다. 나는 그곳에서 그들을 돕기 위해 있다."

---

1) 히라냘로카에 들어 갈 수 있다 : 요기는 사비칼파 사마디에서 자신과 신이 하나임을 인식한다. 그러나 그러한 우주의식을 지속시킬 수는 없다. 좀 더 진보된 수행을 위해 요기는 신과의 궁극적인 합일이 이루어지는 불멸의 무아경인 니르비칼파 사마디(Nirvikela Samadhi)에 이른다. 여기서는 상대적인 모든 것을 부정하고 그것을 분별하는 에고마저 부정한 후에 자신의 마지막 물질적이고 세속적인 업보를 녹여버린다.

이제 나의 마음은 구루의 마음과 완전한 조화를 이루고 있었다. 상상력을 발휘해야 하는 그림 같은 설명도 모두 그대로 전달되고 있었다.

"존경하는 스승님, 영계에 대해서 좀더 말씀해 주십시오."

나는 스리 유크테스와르의 부탁에 따라 팔을 약간 늦추기는 했지만 아직도 팔은 그를 감싸고 있었다.

"그곳에는 영적인 존재들로 충만한 영계가 여럿 있다. 그들은 빛을 통해 이쪽 영계에서 저쪽 영계로 전기나 방사선보다도 빠르게 이동한다.

여러 가지 미묘한 빛과 색으로 이루어진 영계의 우주는 물리적 우주보다 수백 배나 크다. 모든 물리적 창조물을 합해도 그것은 영계라는 커다란 풍선 밑에 매달린 작은 바구니와 같다. 물리적 세계의 많은 태양들과 별들이 우주 공간을 이리저리 움직이듯이 영계에도 역시 무수한 태양과 별들의 체계가 있다. 또한 물리적 세계의 해와 달보다 훨씬 아름다운 해와 달을 가지고 있다.

영계는 무한히 아름답고 깨끗하고 순결하게 정돈된 곳이다. 그곳에는 황폐한 땅도 없으며, 잡초, 박테리아, 해충이나 뱀도 없다. 영계는 지구의 변덕스런 기후나 계절과는 달리 항시 영원한 봄이다. 또한 항상 일정한 온도를 유지하며, 때로 하얗게 빛나는 눈이 오거나 여러 가지 빛깔의 비가 내리기도 한다. 또 영계에는 오팔색 호수와 빛나는 바다, 무지갯빛 강들도 많다.

보다 미묘한 영계의 천상인 히라냘로카를 제외한 일반적인 영계에는 비교적 지구에서 온 수백만의 영계인들이 살고 있으며, 또한 수천의 요정,

인어, 물고기, 동물, 요마, 난쟁이, 귀신, 영령들도 각각 업보에 따른 자격에 맞춰 서로 다른 영계에 살고 있다. 선한 영들은 자유롭게 여행할 수 있지만 악한 영들은 제한된 지역에 살게 된다. 이렇게 여러 등급의 영계 층이 존재한다.

다른 세계로부터 추방된 타락한 천사들 간에는 폭탄이나 정신적인 만트라 진동 광선을 사용한 전쟁이 일어난다. 이들은 자신들의 악업을 갚으면서 더 낮은 영계의 어둠침침하고 축축한 지역에서 살고 있다.

영계의 어두운 감옥 위에 있는 넓은 지역들은 모두 밝고 아름답다. 영계는 지구보다 신의 의지와 계획으로 더욱 자연스럽게 조화된다. 영계의 모든 대상은 우선적으로 신의 의지에 따라 좌우되고, 그런 다음 부분적으로 영계인들의 요구에 따른다.

지구에서는 고체가 자연적인 혹은 화학적인 절차들을 통해서만 액체나 다른 형태로 변화하지만, 영계의 고체는 단지 주민들의 의지에 의해서 즉각적으로 액체, 기체 혹은 에너지 등으로 바뀐다. 영계의 존재들은 자신의 형태를 마음대로 나타나게 할 수도 있고 또 없어지게 할 수도 있다. 영계에서는 꽃들과 물고기들, 짐승들이 잠시 인간의 모습으로 몸을 변형시킬 수도 있다. 영계의 모든 존재들은 어떤 형태도 취할 수 있기 때문에 서로 쉽게 사귈 수 있다. 이렇듯이 절대적이 아니며 유동적인 자연 법칙이 그들을 둘러싸고 있는 것이다.

업보에 따른 제약이 있긴 하지만, 영계에서 여러 형태를 바랄 수 있다는 점에는 구별이 없다. 모든 것이 신의 창조의 빛으로 진동한다.

영계의 신체는 추위나 더위, 혹은 다른 자연 조건에 지배되지 않는다.

신체 조직은 영적인 뇌, 즉 수천 개의 꽃잎을 가진 빛의 연꽃과 수슘나에 있는 여섯 개의 각성 중심들, 즉 영적인 뇌척수 축으로 구성된다. 심장은 영적인 뇌로부터 우주 에너지와 빛을 받아서, 영적인 신경과 신체 세포 혹은 생명자로 펌프질해 보낸다. 영계인들은 생명자의 힘이나 신성한 만트라 진동에 의해서 그들의 형태를 변화시킬 수 있다.

대개의 경우 영적인 신체는 예전의 물리적 신체와 똑같다. 영계인의 얼굴과 몸매는 지사에 체류했을 때의 젊은 시절 모습과 같다. 때로 어떤 사람은 나같이 노년의 모습을 지니겠다고 하기도 한다."

이렇게 말하며 스승은 즐겁게 껄껄 웃으셨다.

"오직 오감|五感|에 의해서만 지각하는, 공간적이고 3차원적인 물질세계와 달리 영계는 모든 것을 포괄하는 육감, 즉 직관으로 볼 수 있는 세계이다. 모든 영계인들은 순전히 직관적인 감각으로 보고, 듣고, 냄새 맡고, 맛보고, 만진다. 그들은 세 개의 눈을 가지고 있는데, 그 중의 둘은 부분적으로 감겨져 있다. 가장 중요한 영적 눈인 제3의 눈은 이마 위에 수직으로 놓여 있고 열려 있다. 영계인들도 외적인 감각 기관, 즉 눈, 귀, 코, 혀, 피부 등을 모두 갖고 있지만 그들은 직관을 사용해서 신체 어떤 부위에 의해서든지 감각할 수 있다. 즉 그들은 귀를 통해서도 볼 수 있고, 코나 피부를 통해서도 볼 수 있다. 또 눈이나 혀에 의해서도 들을 수 있으며 귀나 피부에 의해서도 맛을 볼 수 있다.

인간의 물리적 신체는 수많은 위험에 노출되어 있어서, 쉽게 상처를 입거나 불구가 된다. 그러나 천상의 영적 신체는 때로 손상이 되어도 의지만으로도 곧 치료된다."

"구루지, 영계인들은 어찌 생겼습니까?"

"영계에서의 아름다움은 외적인 형태가 아니라 영혼의 질에 있다. 그러므로 영계인들은 얼굴 모습에 중요성을 부여하지 않는다. 그러나 그들은 마음대로 새롭고 다채롭게 영적인 신체로 변모할 수 있는 특권이 있다. 속세의 인간이 축제를 위해 새 옷을 입듯이 영계인들도 특별히 의도한 형태로 자신을 꾸며야 할 때가 있다.

한 인간이 영적인 진전을 얻음으로써 들어갈 준비가 되었을 때는, 히라날로카와 같은 높은 영계에서 축제가 벌어진다.

스리 유크테스와르께서는 계속해서 말씀하셨다.

"다른 생에서 사귀었던 친구들은 영계에서도 서로를 쉽게 알아볼 수 있다. 그들은 우정의 영원함을 기뻐하면서 지상에서 의심했던 사랑의 불멸성을 깨닫게 된다.

영계인들은 직관력으로 지상의 인간들을 관찰한다. 그러나 인간은 이러한 영계인들의 세계를 볼 수 없다. 그러나 육감이 특출나게 발달했다면 영계인이나 영계를 순간적으로나마 얼핏 볼 수 있었다.

히라날로카에 있는 진보한 존재들은 대개 영계의 밤낮을 가리지 않고 오랫동안 법열 상태로 깨어 있으면서, 영계를 관리하는 복잡한 문제들을 해결하도록 도와주거나, 방탕한 아들들, 속세에 매인 영혼들의 구원을 위해 노력한다.

영계인들 간의 대화는 모두 영적인 텔레파시와 초시력|超視力|으로 이루어진다. 그러므로 지상인들이 겪어야 하는 글과 말의 혼동이나 오해는 없다. 인간은 생존을 위해서 고체, 액체, 기체, 에너지 등에 의존하지만

영계인은 주로 우주의 빛으로 산다."

나는 내 모든 감수성, 즉 정신, 마음, 영혼을 총동원해서 스승의 놀라운 설명을 받아들이고 있었다. 구루의 말은 내 존재에 너무 강력하게 들어와 언제든지 내 마음을 초의식적 상태로 바꿈으로써 성스러운 경험을 다시 체험하게 하였다.

"구루지, 영계인들의 삶은 어떻습니까?"

"영계에서의 일생은 지상에서보다 훨씬 길다. 보통 영계인의 평균 수명은 지상을 기준으로 500~1,000년 정도이다. 지상의 사람들이 수명에 차이가 있는 것처럼 영계인들도 그들의 육체적 업보에 따라 다르다. 그렇게 오래 혹은 짧게 산후에, 업보에 따라 명시된 시간 안에 지상으로 다시 쫓겨 간다. 영계인은 고통스럽게 죽음과 겨루지 않아도 된다. 영계는 죽음이나 병, 노화로부터 자유스럽다.

육체적으로 죽은 존재는 육체의 의식을 잃은 후 영계에 있는 자신의 미묘한 형태를 깨닫게 된다. 또 정해진 시간에 영계의 죽음을 겪음으로써 영계의 생과 사에 대한 의식으로부터 육체적 생과 사에 대한 의식으로 넘어간다. 이러한 영적인 세계와 육체적인 세계의 계속적인 순환은, 깨우치지 못한 인간들로서는 벗어날 수 없는 운명이다."

"자유로운 영혼이여!"

나는 경외의 마음으로 소리를 질렀다.

스승께서는 떨리는 목소리로 설명하셨다.

"인간이 영계에 계속 머무르려면 그 전에 물리적 업보 내지 욕망이 완전히 해결되어야만 한다. 영계에는 두 종류의 존재들이 있다. 그 첫 번째로 아직 해결해야 할 지상의 업보를 갖고 그 값을 치르기 위해 다시 천한 물리적 신체를 입고 살아야만 하는 사람들이다. 그들은 육체적으로 죽은 후에도 일시적인 영계의 방문자로 분류된다.

지상의 업을 속죄하지 못한 사람들은 영계의 죽음 이후에도 우주 사고의 근원 세계로 가지 못하고, 계속해서 물리적 신체와 영적인 신체를 왔다 갔다 하게 된다. 그러나 지상에서 발달을 이루지 못한 사람은 육체적 죽음을 당할 때마다 죽음의 혼수상태에 빠져서 아름다운 영계의 모습을 거의 의식하지 못한다.

그러한 사람은 영계에서 머문 후에 다시 좀더 교육받기 위해 물질세계로 돌아가는데, 이처럼 반복된 여행을 통해서 미묘한 영적 구조를 가진 그 세계에 점점 익숙해진다.

반면에 영계에 오래 거주하는 보통 거주자들은 모든 물질적 욕구로부터 영원히 해방되어서 더 이상 거칠게 진동하는 지상으로 돌아갈 필요가 없는 사람이다. 그런 존재들은 영계의 업과 근원계의 업만이 해결되지 않은 사람들이다. 이들은 영적으로 죽은 후에 무한히 섬세하고 정교한 근원계로 간다. 우주 법칙에 의해 결정된 기간이 끝난 후에 이들 진보된 존재들은 히라냘로카나 비슷한 단계의 다른 영계에 돌아와서 아직 속죄하지 못한 영적업을 해결하기 위해 새로운 영적 몸으로 태어난다."

스리 유크테스와르는 계속해서 말했다.

"내 아들아, 이제 내가 신성한 신의 섭리에 의해서 지상으로부터 오는 자들보다 특별히 근원계에서 다시 영계로 윤회해 오는 자들을 위해서 구원자 역할을 위해 부활했음을 이해할 수 있겠느냐? 지상에서 오는 자들이 아직도 물질적 업의 흔적을 지니고 있다면 히라날로카 같이 고귀한 영계로 오르지 못한다.

지상의 사람들이 대부분 명상으로 얻는 환시를 통하여 고상한 기쁨을 즐기고 영계 생활의 이점을 상상할 줄 아는 방법을 배우지 못해서, 죽은 뒤에도 다시 제한되고 불완전한 지상의 즐거움으로 돌아오고 싶어하 듯이 많은 영계인들도 자신의 영적인 몸이 분해되는 동안 인과율 세계의 진보된 기쁨의 상태를 보지 못하고 조잡하고 저속한 영계의 행복들을 생각하면서 다시 영계의 천국을 방문하기를 갈망한다. 그런 자들은 무거운 영적 업을 속죄해야만, 영적인 죽음을 겪은 후에 창조주와 멀리 떨어져 있지 않는 근원적 사고의 세계에 완전히 머물 수 있다.

눈에만 즐거운 영계의 경험을 더 원하지 않아서 그곳으로 다시 돌아가려는 유혹에 빠지지 않을 때라야 비로소 근원계에 머무르게 된다. 근원계에서 모든 근원적 업과 과거 욕망의 씨앗들을 속죄하는 일이 끝나면, 갇혔던 그 영혼은 세 개의 무지의 마개 중에서 마지막 것을 던져 버리고 근원적 신체라는 마지막 병에서 빠져나와 영생의 신과 합일을 이룬다. 이제 이해하겠느냐?”

그때 스승의 미소가 얼마나 매혹적이었던지!

“네! 이 기쁨과 감사의 마음을 과연 어떠한 말로 표현할 수 있겠습니까?”

어떤 노래나 이야기에서도 이처럼 영적으로 깨우쳐 주는 지식을 얻은 적이 없었다. 힌두교 경전들이 인과율 세계와 영계 그리고 인간의 세 가지 신체에 대해서 언급하고는 있지만, 그들은 부활하신 우리 스승님의 말씀에 나타난 따뜻한 확실성과 비교해서 얼마나 궁색하고 의미 없는 것들인가!

스리 유크테스와르가 기적과 같은 영계의 세계를 설명하는 동안 나는 애정 어린 마음으로 바라보고 있었다.

"천사와 같은 스승님, 스승님의 몸은 제가 푸리 아슈람에서 엎드려서 울던 그때의 모습과 변함이 없습니다."

"그렇다. 새로운 내 몸은 노년의 내 모습과 같다. 나는 지상에서보다 훨씬 자주, 언제든지 내 마음대로 모습을 형상화시키거나 없앨 수 있다. 또 몸의 형상을 분해함으로써 빛의 기차를 타고 한 행성에서 다른 행성으로 혹은 더 나아가 영계에서 인과율의 세계나 물리적인 세계로 즉시 여행할 수 있다."

성스러운 나의 구루는 미소를 지으셨다.

"오, 이제 보니 저는 스승님의 죽음에 대해 쓸데없는 슬픔을 겪고 있었습니다!"

"어째서 내가 죽었단 말이냐?"

스리 유크테스와르의 두 눈은 애정과 기쁨으로 반짝이고 있었다.

"너는 지상에서 단지 꿈을 꾸고 있었던 것이고, 지상에서 네가 보았던 내 몸도 꿈일 뿐이다. 너는 그 꿈의 영상을 매장한 것일 뿐이다. 이제 더 훌륭한 나의 육신이 신의 더 훌륭한 꿈의 세계에 부활한 것이다. 지금 네가 그것을 보고 있고 또 이렇게 꼭 껴안고 있지 않느냐! 그러나 언젠가는 이 훌륭한 육신과 환상의 세계도 사라져 버릴 것이다. 그들 모두가 영원하지 못하기 때문이다. 모든 환상의 거품들은 결국 꿈을 깨는 마지막 손길에 의해 꺼지고 만다. 나의 아들 요가난다야, 꿈과 현실을 구별해야 한다!"

〈베다〉에 나타나는, 부활에 대한 이런 생각이 나를 깜짝 놀라게 했다. 나는 푸리에서 생명이 없는 그 육신을 보았을 때 연민을 느꼈던 것이 부끄러웠다. 마침내 나는, 구루가 항상 완전하게 신을 인식하고 있었으며, 따라서 지상에서의 자신의 삶과 죽음, 그리고 지금의 부활까지도 모두 우주의 꿈속에 있는 신성한 생각들의 상대적인 모습에 불과하다는 것을 인식하고 있음을 이해하였다.

"요가난다여, 이제 너에게 나의 삶과 죽음, 그리고 부활에 대한 진실들을 모두 다 말해 주었다. 나 때문에 슬퍼하지 말아라. 오히려 인간들의 지상 세계로부터 또 다른 신의 꿈의 세계인 영계에 이르기까지, 모든 곳에 나의 부활 소식을 전해야 한다. 불행으로 고통 받고 죽음을 두려워하는 세계의 모든 사람들의 가슴 속에 새로운 희망이 스며들 것이다."

"알겠습니다, 스승님."

스승의 부활을 목격한 기쁨을 왜 다른 사람들과 나누려 하지 않겠는가!

"지상에서 내가 제시했던 기준들은 너무 높아서 대부분의 사람들의 성격에는 적합하지 않았다. 때로는 내가 생각했던 것보다 더 심하게 너를 꾸짖기도 했었다. 그러나 너는 나의 시험을 통과했다. 너의 사랑이 모든 것을 물리친 것이다."

스승의 말씀은 이어졌다.

"오늘 또 이런 말을 하기 위해서 내가 왔다. 결코 다시 책망하는 무서운 눈초리로 너를 보지 않겠다. 이제는 더 이상 너를 꾸짖지 않을 것이다."

위대한 스승의 꾸중을 제대로 지키지 못한 일이 얼마나 많았던가!

모든 꾸중들이 나를 보호해 주는 수호 천사였는데 말이다.

"존경하는 스승님! 앞으로 수천 번이라도 꾸짖어 주십시오."

"이제는 더 이상 꾸짖지 않겠다."

스승의 성스러운 목소리는 엄숙했지만 그 이면에는 웃음을 엿볼 수 있었다.

"우리의 두 형태가 신의 환상(마야) 속에서 서로 다르게 나타나는 한, 너와 나는 함께 미소 지을 것이다. 마침내 우리가 사랑하는 우주의 신과 합일되면 우리의 미소는 그 분의 미소가 될 것이며 합치된 기쁨의 노래는 영원히 진동하며 신과 조화를 이룬 영혼들에게 전해질 것이다!"

이외에도 스리 유크테스와르께서는 지면을 통해서도 밝힐 수 없는 어떤 문제들에 대해서도 암시를 해 주셨다.

1936년 6월 어느 날.

봄베이 호텔 방에서 스승과 함께 보낸 두 시간여 동안의 소중한 체험은 훗날 그가 세상에 대해 예언했던 수많은 사실들이 사실로 실현되었다.

"사랑하는 이여, 이제 나는 너를 떠난다!"

스승의 이와 같은 말과 함께 두 팔로 껴안고 있던 스승의 육신이 녹아 버리고 있음을 느꼈다.

그의 목소리가 하늘로부터 진동해 왔다.

"내 아들아, 네가 니르비칼파 사마디의 문을 들어서서 나를 부를 때마다 나는 오늘처럼 살과 피로 이루어진 몸으로 너에게 올 것이다."

이 거룩한 약속을 남기고 스리 유크테스와르는 사라졌다. 스승의 목소리는 계속 되풀이되었다.

"모두에게 말하라! 니르비칼파의 깨달음에 의해, 지상이 한갓 신의 꿈이라는 것을 아는 사람은 누구나 히라냘로카라는 더 정교한 꿈의 세계로 올 수 있으며, 그곳에서 지상의 육체와 똑같은 모습으로 부활한 나를 발견할 것이라는 사실을, 요가난다여, 모든 사람들에게 말하라!"

이별의 슬픔은 사라졌다. 오랫동안 평온을 빼앗았던 스승의 죽음에 대한 슬픔과 연민도 이제는 부끄러움 속으로 사라져 버렸다. 지복의 기쁨이 새로 열린 무한한 영혼이 숨구멍들을 통해 샘처럼 솟아났다. 과거에는 쓰지 않았던 막혔던 구멍들이 이제는 밀려오는 법열의 물결로 깨끗하게 넓혀졌다. 내 전생들이 활동사진의 장면들처럼 내면의 시야에 나타났다. 과거의 선한 업과 악한 업이 스승의 방문에 의해 내 주위를 비추는 우주의 빛으로 스러졌다.

그동안 나만이 부활한 구루를 보는 특권을 가졌던 것은 아니다.

스리 유크테스와르의 제자 중에 정답게 마ㅣ어머니ㅣ라고 불리는 노년의 한 여인이 한 명 있었다. 그녀는 푸리 아슈람 근처에 살고 있어서 구루께서는 가끔 아침 산책길에 그녀와 얘기를 주고받곤 하셨다. 스승께서 돌아가신 일주일이 지났다. 어느 날 저녁에 그녀가 아슈람에 와서 스승을 보았느냐고 물었다.

마침 푸리 아슈람을 감독하고 있는 스와미 세바난다가 슬프게 그녀를 바라보며 말했다.

"아뇨, 구루께서는 1주일 전에 돌아가셨습니다."

그녀는 도통 믿을 수 없다는 표정으로 고개를 저었다.

"지금 무슨 말을 하는 건가요? 그럴 리가요."

그러자 세바난다가 구루의 장례에 대해 자세히 설명해 주었다.

"정말입니다. 정 못 믿으시겠다면 지금 당장 당신을 앞뜰에 있는 그 분의 묘지로 모시고 가지요."

마가 머리를 흔들었다.

"무덤은 있을 리가 없어요! 오늘 아침 열시에도 그 분이 보통 때처럼 걸어서 제 집 문 앞을 지나가셨는데요! 그리고 집 밖에서 몇 분 동안 그 분과 얘기도 했어요.

그 분이 '오늘 저녁 아슈람로 오게나.' 하고 말씀하셨어요.

그래서 제가 이곳에 온 것이지요. 그런데 그 분께서 이미 돌아가셨다니요?

마하트마 간디

'만일 내가 다시 태어난다면,
나는 파리아 중의 파리아로 태어나고 싶다.
그 이유는 그들에게 더욱 진심어린 봉사를 하기 위함이다.'

8월의 어느 이른 아침. 나는 블레치 양과 라이트 씨와 함께 와다르에 도착했다. 마중 나와 있던 마하트마 간디의 비서인 마하데브 데사이 씨는 손으로 짠 무명천으로 만든 화환을 우리 일행에게 선물하였다. 우마차에 짐을 싣고 난 우리는 데사이 씨와 그의 일행들과 함께 진흙 투성이인 시골길을 지나, 인도의 정치적 성자 마하트마 간디가 기거하는 아슈람인 '마간바디'에 이르렀다.

데사이 씨는 우리를 서재로 안내했다. 그곳에는 마하트마 간디가 결과 부좌 자세로 한 손에는 펜을, 다른 한 손에는 종이를 들고 있었다. 그의 표정은 자신감에 넘쳤고 시종일관 너그럽고 부드러운 미소가 얼굴 전체에 번져 있었다. 그는 힌디어로 "어서 오세요."라고 써 보였다. 그날은 월요일, 바로 그가 침묵의 날로 정한 날이었다. 비록 그와의 첫 번째 만남이었지만 우리 두 사람 사이에는 보이지 않는 따뜻한 정감이 흐르고 있음이 분명했다.

1925년, 마하트마 간디는 란치의 학교를 방문하여 방명록에 글을 남기기도 했었다.

겨우 약 45kg밖에 안 되는 작은 체구이지만 성자는 육체적, 정신적, 영적인 건강함으로 충만하였다. 그의 눈은 갈색빛으로 그 안에는 성실함과 혜안을 담고 있었다. 또한 그에게는 넘치는 위트와 법정과 사회적 정치적 전쟁터에서의 쾌거를 이룬 승리자의 모습도 엿보였다. 인도인들은 간디에게 마하트마|위대한 영혼|라는 칭호를 헌정했다. 그러한 간디가 어떻게 보면 우습기까지도 한 로인클로드|허리에 두르는 옷|를 입고 있었다. 이런 모습은 그 자신 역시 가난하고 억압 받는 민중들과 전혀 다르지 않음을 잘 표현하고 있는 것이다.

"아슈람에 있는 사람들은 모두 여러분을 잘 보살펴 드릴 것입니다. 그러니 무슨 일이 있으면 그들을 부르도록 하세요."

숙소로 가려는 우리 일행에게 간디는 재빨리 이 같은 글을 대단히 정중하게 나에게 건네주었다.

우리는 과수원과 화원을 지나 격자 창문이 아름답게 배열되어 있는 타일 지붕의 건물로 안내 받았다. 앞마당 중앙에는 직경 25피트 정도의 우물이 하나 있었고, 그 옆에는 벼를 타작하기 위한 회전 바퀴가 있었다. 우리가 묵게 될 침실에는 새끼를 모아 만든 매우 작은 침대가 하나씩 놓여 있었다.

라이트의 작업 일지를 보던 데사이 씨는 거기에다가 마하트마의 열렬한 신봉자들이 모두 믿고 따르는 사탸그라하|Satyagraha|서약을 적었다.

"비폭력, 진리 추구, 타인의 물건을 훔치지 말 것, 독신으로 지낼 것, 소유욕을 없앨 것, 육체노동을 할 것, 식욕을 조절할 것, 두려워하지 말 것, 모든 종교를 똑같이 존중할 것, 스와데시|국산품 애용|, 최하층민의 지위에

서 벗어날 것, 이 열한 가지는 겸허한 마음으로 지켜져야 한다."|다음날 간디는 친히 여기에 날짜를 서명을 했다. 1935년 8월 27일.|

우리는 도착 후 두 시간이 지나 점심식사를 하였다. 서재로부터 앞마당을 가로질러 있는 아슈람 입구의 아케이드 밑에는 이미 마하트마 간디가 앉아 있었다. 약 25명의 사탸그라히들 그의 신봉자들이 구리 컵과 접시를 앞에 놓고 맨발로 쪼그리고 앉아 있었다.

우리가 도착하자 일제히 기도의 노랫소리가 퍼져 나오더니, 구리 그릇에 음식이 담겨 나왔다. 그릇 안에는 버터기름을 바른 차파티스|이스트를 넣지 않은 밀가루 빵|와 탈사리|야채를 삶아 네모나게 썬 것|, 그리고 레몬 잼이 담겨 있었다.

마하트마는 차파티스와 삶은 사탕 무우, 날 채소, 오렌지를 들었다.

나는 수년 전에 그가 받았던 맹장 수술이 생각났다. 그는 마취를 거부한 상태로 수술을 받았고 수술하는 동안에도 자신을 따르는 이들과 함께 유쾌하게 담소를 즐겼으며, 잔잔한 미소에는 그 어떠한 고통의 기색도 보이지 않았다.

오후가 되자, 나는 영국 제독의 딸로서 지금은 미라 벤이라고 이름을 바꾼 간디의 유명한 제자 마들렌느 슬레이드 양과 이야기를 나누게 되었다. 그녀는 매우 능숙한 힌디어로 자신의 일상생활을 이야기 했고 그때 그녀에게서 강인함과 정열을 느낄 수 있었다.

"마을 주민들을 도와 농촌을 재건해 합니다. 다섯 시에 일어나, 그들에게 간단한 위생학을 가르친 후 변소를 깨끗이 하고 오두막의 초가 지붕을 이는 법을 가르칩니다. 그들은 글자를 모르기 때문에, 모든 것을 실제 행동으로 보여 주어야 합니다!"

그녀는 유쾌하게 웃음을 터뜨렸다.

나는 이 지체 높은 영국 여성을 감탄의 눈으로 바라보았다. 그녀의 진실된 기독교적 겸양이야말로, 인도의 최하층 천민이나 할법한 일들까지 스스로 할 수 있도록 한 근원이었다.

계속해서 그녀는 자신을 소개했다.

"저는 1925년에 인도로 왔습니다. 나는 이 나라가 고향이나 다름없습니다. 이제는 결코 예전의 생활이나 관심사에는 전혀 신경을 쓰지 않을 것입니다."

우리는 한동안 미국에 관한 이야기를 나누었다. 그녀는 다음과 같이 말했다.

"인도를 방문하는 많은 미국인들이 인도와 그 정신적인 것들에 깊은 관심을 표할 때마다 늘 흐뭇합니다."

그녀의 손은 곧 차르카|물레|를 돌리느라 바삐 움직이기 시작했다. 마하트마의 노력 덕분에 차르카는 인도의 시골에서는 매우 중요하게 사용되고 있다.

50여 전에 걸친 사회봉사와 투옥, 또한 혹독한 정치적 현실과의 대립 등 이 모든 것들은 그녀에게 절제심과 포용력, 그리고 건강함과 유머 감각을 안겨주었다.

우리 셋은 여섯시에 바바사헤브 데슈무크의 초대로 저녁 만찬을 즐겼다. 일곱 시는 기도 시간이기 때문에 마간바디 아슈람 뒤뜰의 지붕으로 올라갔다. 그곳에는 30명 정도의 사탸그라히들이 간디를 중심으로 반원을 그린 채 모여 있었다. 간디는 앞에 낡은 포켓용 시계를 세워 놓은 채 짚방석을 깔고 쪼그리고 앉아 있었다. 종려나무와 보리수나무 사이로 태양은 그 마지막 빛을 남기고 있었고, 밤이 깊어 가는 소리와 귀뚜라미 소리도 들려오기 시작했다. 주위는 바로 고요함 그 자체였다. 황홀한 기분이었다.

데사이 씨가 엄숙한 노래를 선창하자 다른 사라들이 이에 화답하였다. 그리고는 〈기타〉를 읽었다. 마하트마가 내게 끝맺음 기도를 드리라고 손짓했다. 생각과 열망이 이처럼 성스러운 합일을 이룰 수 있다니! 아직 밤이 채 깊지 않은 하늘의 별빛 아래 와르다의 지붕 위에서 명상을 했던 일은 영원히 잊지 못할 추억이다.

정확히 여덟시에 간디는 침묵의 시간을 끝냈다. 이 시간 이후에 초인적인 노력을 요구하는 일과 때문에 그는 아주 정확히 시간을 지켜야만 했다. 우리는 곧 지붕에서 내려와 그의 서재로 갔다.

"환영합니다. 스와미 님!"

마하트마의 이번 인사는 종이에 쓰는 것이 아니었다. 그의 방에는 단지 사각형의 매트들과, 몇 권의 책과 종이 그리고 몇 자루의 펜이 놓여 있는 낮은 책상 하나가 전부였다. 그럼에도 불구하고 모든 것에 평화와 헌신의 빛이 넘쳐흐르고 있었다.

마하트마는 우리 일행에게 이렇게 설명하였다.

"저는 몇 년 전부터 나 자신과 교감할 수 있는 시간을 얻기 위해서 매주

하루를 침묵의 날로 정했습니다. 그러나 이제는 이 24시간이 영적인 생명력을 위해 꼭 필요한 시간이 되었습니다. 주기적으로 침묵을 선언하는 것은 고통이 아니라 축복입니다."

나도 전적으로 동감이었다. 마하트마가 나에게 미국과 유럽에 대한 질문을 해서 우리는 인도와 세계정세에 대해 논의하였다.

데사이 씨가 방에 들어오자 마하트마가 말했다.

"마하데브 씨, 내일 밤 스와미 님이 공회당에서 요가에 대한 강연을 할 수 있도록 준비해 주세요."

내가 마하트마에게 밤 인사를 하자 그는 시트로넬라 기름병을 조심스럽게 건네주었다.

"와르다의 모기들은 아힘사[1]에 대해서 아무 것도 모른답니다."

그렇게 말하면서 그는 웃었다.

다음날 아침 일찍 우리는 당밀로 만든 죽과 우유를 먹었다. 10시 반에는 마하트마로부터 사탸그라히들과 함께 점심식사를 하자고 기별을 받았다. 오늘의 메뉴는 누런 쌀밥과 밭에서 방금 수확한 야채와 카르다몬 씨였다.

나는 오후에 아슈람의 뜰을 거닐다가 몇 마리의 소가 한가롭게 풀을 뜯고 있길래 나도 모르는 사이에 들판까지 계속 걸어갔다. 마침 마하트마가 거기에 계셨다.

나중에 마하트마는 이렇게 설명하였다.

"소는 나에게 있어서 인간의 동정심을 자신과 같은 종|種| 너머로 확장

---

1) 아힘사(Ahimsa) : '불살생(不殺生)'의 뜻으로, 힌두교에서 이상으로 삼고 있으다. 간디가 독립 운동을 벌일 때는 이말을 '비폭력'의 뜻으로 사용하였다.

시켜 주는 근원적인 인간 세계 전체를 의미합니다. 인간은 소를 통하여 모든 생명체와 일체감을 깨닫게 됩니다. 소들을 보호하는 것도 정열을 바쳐야 합니다. 왜 고대의 현인들이 소를 신성시 했는지, 나는 그 이유를 분명히 압니다. 인도에서 소는 최상의 존재를 의미하는데 그것은 소가 인간에게 풍요로움을 주기 때문입니다. 소는 인간에게 젖을 줄 뿐 아니라 농사도 도와줍니다. 인간은 순한 동물에게서 연민을 느끼기 때문에 소는 연민을 일으키는 한 편의 시와도 같습니다. 소는 수많은 인류에게 있어서 제2의 어머니입니다. 소를 보호하는 것은 신이 창조한 모든 말 못하는 피조물들을 보호한다는 뜻입니다. 낮은 차원의 피조물들이 호소하는 것은 말이 없기 때문에 훨씬 더 강력하지요."

정통 힌두교에서는 몇 가지 의식을 매일 행하도록 되어 있다. 그 하나가 동물들에게 음식을 주는 부타 야즈나|Bhuta Yajna|의식이다. 이 의식은 진화가 덜 된 형태의 피조물에 대해서 인간이 해야 하는 의무를 깨닫고 있음을 상징하는 것이다.

인류는 자연의 선물들, 즉 육지와 바다와 하늘에 풍부하게 있는 모든 것을 빌려 쓰고 있다. 이러한 의사소통들이 어려운 자연과 동물과 인간과 영계의 천사들의 진화의 장벽은 매일의 야즈나를 통해서 극복될 수 있다.

다른 두 종류의 야즈나는 피트리|Pitfi|와 느리|Nri|이다. 피트리 의식은 조상에게 제사를 지내는 것이고 느리 의식은 낯선 사람이나 가난한 사람들에게 음식을 제공하는 것으로, 현재 해야 하는 인간의 의무, 즉 동시에 대인들에 대한 의무를 상징하는 것이다.

나는 오후에 간디의 아슈람를 방문해서 어린 소녀와 이웃에 대한 느린 의식을 수행하였다. 라이트 씨가 나를 동행하여 10분간 차를 몰고 그곳으로 갔다. 길고 화려한 사리를 입고 있는 어린 소녀들은 얼마나 꽃다웠던지! 마간바디로 돌아온 길에는 갑자기 소나기가 쏟아졌다. 라이트와 나는 휘몰아치는 은빛 빗줄기들을 뚫고 서둘러 돌아왔다. 정말로 지독한 열대의 폭우였다.

숙소로 돌아온 나는 간디에 대해 놀랄 만한 소박성과 자기희생의 증거들을 보고 다시 한번 경외감을 느꼈다. 간디에게 있어 무소유의 신념은 일찍이 그의 결혼 생활에서 나타났다. 그는 1년에 2만 달러 이상의 수입을 보장해 주었던 법조인 생활을 포기하고 전재산을 가난한 사람들에게 나누어 주었다.

스리 유크테르와르는 일반적으로 '포기'라는 개념을 잘못 이해하는 사람들을 향해 점잖게 비꼬곤 했었다.

스승께서는 다음과 같이 말씀하셨다.

"거지는 부를 포기할 수 없는 것이다. 어떤 사람이 사업에 실패하고, 부인도 떠나 버리고 해서 모든 것을 포기하고 수도원에 들어가겠다고 말한다면, 이 얼마나 세속적인 희생이냐? 결국 그가 재산과 사랑을 포기한 것이 아니라, 재산과 사랑이 그를 포기한 것이겠지!"

반면에 간디와 같은 성자들은 눈에 보이는 물질적인 희생뿐만 아니라, 이기적인 동기나 개인적 목표까지도 포함하는 보다 어려운 희생을 선택한다. 더 나아가 전 인류에 기대한다.

마하트마의 어질고 훌륭한 부인, 카스투라바이는 물질에 조금도 흔들리지 않았다. 자신과 자식들이 쓸 재산을 남편이 따로 남겨 놓지 않았음에도 전혀 싫은 기색이 없었다.

그녀는 간디에게 죽어서도 남편과 아내이기를 바라며 헌사를 하기로 하였다.

몇 년 동안 카스투라바이는, 마하트마를 지도자로 섬기는 많은 사람들의 도움으로 모금한 공공 기금의 회계직을 맡았다. 당시 인도의 남편들이 자신이 아내가 보석으로 치장하고 간디와 만나는 회합에 가는 것에 대해 신경질적 반응을 보였다는 재미있는 일화들이 많다. 억압받는 자들을 위해 호소하는 마하트마의 신비스런 혀는 금팔찌며 다이아몬드 목걸이며 가리지 않고 그 귀부인들의 팔과 목에서 벗겨내 모금함에 넣게 하는 마력을 갖고 있었기 때문이다.

어느 날 공공 기금의 회계인 카스투라바이에게, 4루피의 지출 용도가 불분명한 일이 생겼다. 간디는 즉각 지체 없이 감사를 실시하여 냉혹하게도 자기 부인에게 4루피의 결손에 대한 책임이 있다고 지적했다.

나는 자주 미국 학생들에게 이 이야기를 해주곤 했었다. 어느 날 저녁에 강당에 있던 한 여성이 화가 나서 숨을 헐떡이며 외쳤다.

"마하트마든 아니든, 그가 만일 내 남편이라면 한쪽 눈을 멍들게 해 버리겠어요. 많은 사람들이 지켜보는데서 그런 몹쓸 모욕을 주다니!"

나는 좀더 자세한 설명이 필요할 것 같았다.

"간디 여사는 마하트마를 남편으로 생각하는 것이 아닙니다. 그녀는 남편을 구루로 생각할 것 입니다. 카스투라바이가 공개적으로 징계당한 지 얼마 후에, 간디는 정치적인 문제로 징역형을 선고받게 되었습니다. 그가 조용히 부인에게 작별인사를 하자 그녀는 간디의 발아래 엎드려 겸손하게 말했습니다.

'스승님, 혹시 당신께 해를 끼친 적이 있다면 용서해 주십시오.'

그날 오후 세시, 나는 미리 약속한 대로 부인마저 충실한 제자로 만들 수 있었던 이 성인의 서재로 갔다. 간디는 여전히 미소를 머금고 나를 바라보았다.

나는 그의 곁에 쭈그리고 앉으면서 말했다.

"마하트마 님께서 생각하시는, 아힘사란 어떤 것인가요?"

"행동으로나 생각으로나 살아있는 생명체에는 해를 끼치지 않도록 하는 것이지요."

"훌륭하신 생각입니다. 그러나 세상 사람들 모두가 이렇게 반문할 것입니다. 만약 어린아이나 자기 자신이 위급한 상황에 있습니다."

"코브라를 죽이면 결국 나의 두 가지 신조, 즉 '두려워하지 않음'과 '살생 하지 않음'을 위배하는 것입니다. 저는 차라리 내면적인 사랑의 전도를 통하여 뱀을 물러나게 하겠습니다. 이러한 신조는 상황에 따라 바뀔 수 없습니다. 그러나 실제로 지금 당장 코브라를 만난다면 지금 말한 대로 침착하게 행동할 수는 없겠지요."

그의 책상 위에는 최근에 발간된 서양의 〈식이요법〉에 대한 책들이 몇 권 있었다.

"모든 요법이 중요하겠지만 사탸그라하 운동에서도 식이요법은 중요합니다. 저는 사탸그라히들에게 완전한 극기를 주장하기 때문에 독신 생활을 위해서 가장 훌륭한 식이요법이 무엇인지를 늘 고민합니다. 생식적인 성적본능을 조절할 수 있기 전에 먼저 식욕을 통제할 수 있어야만 합니다. 반쯤 기아 상태에 빠지거나 불균형한 영양공급의 식이요법은 그 해답이 되질 못합니다. 샤타그리히들은 먼저 음식에 대한 탐욕을 극복 한 후에 비타민과 미네랄을 섭취하고 칼로리 등을 고려한 합리적인 채식요법을 계속해야만 합니다. 이렇게 식생활을 지혜롭게 조절함으로써 사탸그라히들의 성적 욕구는 쉽게 몸 전체에 생명력을 공급하는 에너지로 바뀌게 됩니다."

그런 다음 나는 마하트마와 육류를 대체할 수 있는 좋은 식품들에 대해 이야기 했다.

"아보카도가 아주 좋습니다. 캘리포니아에 있는 우리 센터 근처에 아보카도 숲이 아주 많습니다."

내가 이렇게 말했다.

그러자 간디의 얼굴이 호기심으로 빛났다.

"와르다에서도 잘 자랄지 모르겠군요. 사탸그라히들은 모두가 새로운 음식이라면 환영할 것입니다."

나는 덧붙여 이렇게 말했다.

"제가 로스앤젤레스에 가면 반드시 아보카도 나무를 보내 드리겠습니다. 그런데 고 단백질 식품으로 알려진 계란이 사탸그라히들에게는 왜 금지되어 있는지요?"

"모두 그런 것은 아닙니다. 수정되지 않은 계란은 괜찮습니다."

마하트마는 옛일이 생각나는 듯 웃었다.

"나는 여러 해 동안 계란을 먹지 못하도록 했습니다. 지금도 나는 먹지 않고 있습니다. 언젠가 내 며느리가 영양실조로 위태한 적이 있었죠. 그런데 의사가 계란을 먹이라고 하더군요. 그러나 난 그럴 수 없다고 했고 그 대신 다른 것을 먹이자고 했습니다.

'간디 님, 무정란은 생명과 관절이 없습니다. 그러니 생명을 죽이는 것이 절대 아닙니다.'

의사가 이렇게 말하더군요.

그제야 나는 기꺼이 며느리에게 달걀을 먹이도록 했고, 그 아이도 곧 건강을 회복했습니다.

전날 밤 마하트마는 내게 라히리 마하사야의 크리야 요가를 배우고 싶다고 했다. 나는 마하트마의 개방된 탐구 정신에 깊은 감명을 받았다.

그는 새로운 것을 향한 향학열과 도전 정신은 마치 어린아이와 같은 순수한 감수성의 소유자였다. 나는 흔쾌히 승낙하였다. 그의 비서 데사이 씨와 핀갈 박사, 그리고 크리야 기술을 배우고자 하는 몇 명의 사람들을 포함한 사탸그라히들이 방에 모였다.

나는 우선 육체적인 요고다 수행법부터 시작했다. 우리 몸이 스무개의 영역으로 나뉘어져 눈앞에 떠올린 다음 의지력으로 에너지를 각 부분에 보낸다. 곧 모든 사람들이 인간 동력기처럼 떨었다. 간디에게도 몸의 스무 부분에서 작은 요동이 일고 있음을 쉽게 관찰할 수 있었다. 그는 비록 말랐지만 보기 흉한 정도는 아니었고 피부도 부드럽고 주름도 없었다. 다음에는 이들에게 자아를 자유롭게 만드는 크리야 요가 기술을 가르쳤다.

그동안 마하트마는 세계의 모든 종교를 연구해 왔다. 자이나교의 경전, 성경|신약|, 사회 문제를 다룬 톨스토이의 작품들, 이 세 가지는 간디의 〈비폭력 운동〉의 기본이 된다.

마하트마는 다음과 같이 설명했다.

"나는 〈성경〉, 〈코란〉이나 〈아베스타〉도 모두 〈베다〉와 마찬가지로 신에게서 영감을 받은 것이라고 믿는다. 또 나는 구루가 있어야 한다고 믿지만, 이 시대에는 많은 사람들이 구루 없이 살아가야만 했다. 모든 위대한 종교들이 그렇듯이 힌두교의 근본 원리도 불변의 것이며 쉽게 이해할 수 있다.

모든 힌두교인들과 마찬가지로 나도 신의 존재와 하나 됨을 믿으며 부활과 구원을 믿는다. 내 아내에 대한 나의 감정만큼이나 힌두교에 대한 나의 감정도 말로 표현하기 어렵다. 이 세상의 어떠한 여인보다도 아내는 나를 감동시킨다. 그러나 그것은 그녀에게 결점이 없기 때문이 아니다. 오히려 그녀에게는 내가 아는 것 이상으로 더 많은 결점이 있을 것이다. 그러나 우리에게는 믿음을 바탕으로 유대감이 있다. 마찬가지로 힌두교에 대해서도 그것이 가진 결점과 한계에도 불구하고 공감을 느끼는 것이다. 그래서 내게는 〈기타〉의 노래와 툴시다스의 〈라마야나〉만큼 즐거운 것이 없으며, 내 생의 마지막 순간에도 〈기타〉는 나의 위안이 될 줄로 믿는다.

힌두교는 배타적인 종교가 아니다. 힌두교 안에서도 이 세상의 모든 예언자들을 숭배할 수 있다. 힌두교가 여러 종족을 흡수한 것은 틀림없지만 이 흡수는 분명 진보된 것이다. 힌두교는 모든 이들에게 자신의 믿음, 즉 다르마|Dharma|에 따라 신을 숭배하고 따라서 다른 모든 종교들과 평화롭게 공존하라고 가르치기 때문이다."

이처럼 마하트마는 어느 한 종교에만 치우치지 않은 이 세상 전체, 즉 어느 곳이건 어느 종족이건 모두에 속해 있는 것이라 믿는다.

와르다에서의 마지막 저녁이었다. 나는 공회당에 데사이 씨가 마련한 모임에서 강연을 했다. 요가에 대한 강연을 듣고자 모인 사람들이 무려 400명이나 되었다. 나는 처음에는 힌디어로, 다음에는 영어로 연설했다. 우리 일행은 마하트마와의 마지막 밤의 아쉬움을 간직한 채 아슈람으로 서둘러 돌아왔다.

드디어 오늘이 떠나는 날이다. 눈을 떠보니 새벽 다섯 시였다. 아직 밖에는 어둠이 깔려 있었다. 아침식사 후 우리 일행은 작별인사를 위해 간디를 찾았다. 그는 아침 기도를 하기 위해서는 새벽 네 시에 일어난다.

나는 그에게 다가가 무릎을 꿇고 그 발을 만지며 말했다.

"마하트마 님, 평안히 계십시오. 당신으로 인해 인도는 앞으로 평안할 것입니다."

이렇게 몇 년이 흘렀다. 인도는 종교 분쟁을 겪게 되었다. 위대한 지도

마하트마 간디와 함께

자들 중에서 오직 간디만이 무력에 맞서 비폭력 저항 운동을 하였다. 그는 비폭력적인 수단을 사용하여 슬픔을 몰아내고 불의|不義|를 없애려 하였던 것이다. 계속해서 그의 운동은 두각을 나타냈다.

'나는 파괴의 와중에서도 생명이 지속된다는 것을 알았다. 그러므로 파괴보다 더 높은 차원의 법칙이 있음을 알았다. 오직 진리의 법 아래서만 질서정연한 사회가 있을 수 있으며 삶은 살 만한 가치가 있는 것이 될 것이다.

만일 그것이 삶의 법칙이라면 우리는 그것을 매일매일 지켜나가야 한다. 전쟁터이건 적과 대치하고 있는 곳에서건 사랑으로 극복해야 한다.

우리는 이러한 법칙이 인도 전액에서 전개되는 광경을 지켜보았다. 나는 비폭력 운동이 인도의 3억 6천만 국민들에게 감화되었다는 사실을 주장하는 것이 아니라, 이 운동이 그 어떤 주장보다도 믿을 수 없을 만큼 짧은 시간에 깊이 스며들었다는 사실을 주장하는 것이다.

〈비폭력〉을 실행하기 위해서는 매우 열성적인 노력이 필요하다. 그 완전한 경지는 정신과 신체와 말이 적절한 조화를 이룰 때에야 성취된다. 우리가 진리와 비폭력의 법칙을 생활의 법칙으로 삼을 때 모든 문제는 저절로 해결된다.

전쟁과 죄악으로 공포와 혼돈, 가난, 질병 그리고 죽음이 도사리는 세상이 아닌 평화와 번영과 지식의 확대로 공존을 이루는 세상이 반드시 되어야 한다.

간디가 주창하는 비폭력 운동은 인간의 가장 고결한 양심에 호소한다.

파괴가 아닌 건설, 증오가 아닌 창조적인 사랑의 기적과 손을 잡고자 하는 것이다.

비폭력은 용서와 사랑이라는 법칙의 자연적 결과이다.

'의로운 싸움에서 죽음이 필요하다면 예수처럼, 남의 피가 아니라 자신의 피를 흘릴 준비가 되어있어야 합니다. 그러면 결국 마지막에 가서는 최소한 피만 흘리게 됩니다.'

이러한 비폭력 운동은 정치적인 문제뿐만 아니라 인도 사회 개혁의 미묘하고 복잡한 영역에까지 적용되었다. 간디와 그의 추종자들은 힌두교도간의 오랜 불화들도 많이 제거했다. 그래서 많은 이슬람교도들은 마하트마를 자신들의 지도자로 존경했다. 인도의 최하층 천민들도 그를 자신들의 용감한 승리자로 생각했다.

간디는 이렇게 적었다.

'만일 내가 다시 태어난다면, 나는 파리아|최하층민| 중의 파리아로 태어나고 싶다. 그 이유는 그들에게 더욱 진심어린 봉사를 하기 위함이다.'

마하트마 간디는 진정으로 '위대한 영혼'이었다. 그러나 그에게 이러한 호칭을 부여할 수 있는 식별력을 갖춘 이들은 무식한 다수의 대중이었다. 하층 농민도 그의 고귀한 도전을 진정으로 믿고 따랐다. 불가피한 실패가 그를 스무 번 속이더라도 사탸그라히들은 스물한 번 믿으려 했다. 인간의 본성에 대한 절대적인 믿음이 그들 신조의 정수이기 때문이다.

그의 묘비에는 성스러운 필체로 형제간에 더 이상 피 흘리지 말 것을 경고하는 문구가 쓰여 있다. 이는 마하트마 간디가 1948년 1월 30일 뉴

델리에서 암살당한 얼마 후에 인도 수상인 자와하르랄 네루가 한 말이다.

"그는 진정한 나라의 아버지였습니다. 그리고 어느 한 미친 인간이 그를 살해하였습니다. 수많은 사람들이 울고 있습니다. 왜냐하면 숭고한 등불이 꺼졌기 때문입니다. 이 땅을 비추고 있던 빛은 수천 년 동안 이 나라에서 반짝일 것이며 또 전 세계에도 비춰질 것입니다."

충만한 기쁨의 성녀, 아난다 모이 마

아버지, 당신께서 원하시는 것이
바로 제가 원하는 것이에요."

몇 년 전에 〈동서〉지|誌|에 '아난다 모이 마|Ananda Moyi Ma|'라는 성녀의 글을 읽은 적이 있었다. 그녀의 신을 깨닫는 경지는 매우 높아 내게 꽤 일상적으로 남았던 것이다. 그전에 마침 내 조카딸인 아미요 보세가 내게 그 성녀에 대해 얘기를 꺼냈다.

"삼촌, 인도를 떠나기 전에 잠깐이라도 뵙고 가세요. 니르말라 데비는 인도 전역에 아난다 모이 마|Ananda Moyi Ma|, 기쁨으로 충만한 어머니) 라고 알려져 있습니다.

저는 얼마 전에 그녀를 만났습니다. 최근에 우리 마을을 방문했었거든요. 그때 아난다 모이 마는 어떤 사람의 애원에 거의 죽어 가고 있다는 어떤 환자의 집으로 가게 되었죠. 그녀가 도착해서 환자의 이마에 손을 대자 놀랍게도 환자는 고래고래 소리 지르던 고성을 그치지 않겠어요. 그 즉시 환자는 병이 나았고 지금까지도 아주 건강하게 살고 있죠."

며칠 후에 나는 그 기쁨의 성녀가 캘커타의 보와니푸르에 있는 한 제자의 집에 머물고 있다는 소식을 들었다. 라이트 씨와 나는 즉시 서둘러 그곳으로 향했다. 우리 차가 보와니푸르의 그 집에 거의 다다랐을 때 우리는 길거리에서 이상한 장면을 목격했다.

아난다 모이 마로 보이는 한 성녀가 덮개가 없는 차 안에 서서 한 백여 명 가량의 군경들에게 축복의 의식을 해 주고 있었다. 그녀는 이곳을 막 떠날 참이었던 것이다. 주변 사람들에게 물었더니 그녀가 '아난다 모이 마'가 분명했다. 라이트 씨가 차를 좀 떨어진 곳에 주차시키고 나와 함께 그 무리를 향해 걸어갔다. 그러자 갑자기 그 성녀가 우리 쪽을 보더니 차에서 내려서 우리에게 걸어왔다.

"아버지, 당신이 오셨군요!"

그녀는 벵골어로 이처럼 말을 하더니 내 목에 양팔을 두르고 자신의 머리를 내 어깨에 기댔다. 라이트 씨는 내가 그녀를 지금까지 한번도 본적이 없다는 것을 알고 있기에 그녀의 행동에 매우 흥미로워했다. 그 당시 백여 명이나 되는 그녀의 제자들의 눈도 놀란 토끼처럼 휘둥그레 했었다.

나는 곧 그녀가 깊은 삼매경에 들었음을 알았다. 그녀는 자신을 변함없는 한 영혼으로만 인식했기 때문에, 신에게 헌신하는 또 다른 사람을 기쁘게 맞이했던 것이다. 그녀는 내 손을 잡아서 차 안으로 이끌었고, 나는 걸어가면서 그녀에게 말했다.

"아난다 모이 마, 나는 당신의 여행을 방해하고 있습니다."

그러자 그녀가 말했다.

"아버지, 저는 이 생애에서 그토록 기다리던 당신을 처음으로 만났습니다. 아직 떠나지 마세요."

나는 차 뒷좌석에 그녀와 함께 앉았다. 그러자 그녀는 곧 조금의 미동도 없이 법열의 경지에 들었다. 그녀의 눈은 하늘을 향해 반쯤 열린 채 고정되어 있었다. 그녀의 제자들은 일제히 찬송했다.

"성모께 영광을 있기를!"

나는 그동안 인도에서 신을 깨닫는 높은 경지에 있는 사람들을 많이 보았지만 이처럼 고귀한 성녀는 처음이었다. 그녀의 온화한 얼굴은 가히 표현할 수 없을 만큼 기쁨으로 빛나서 그녀에게 붙는 '기쁨의 어머니'란 이름은 당연했다. 그녀의 머릿결은 건강해 보이는 검은 빛으로 뒤로 느슨히 흘러내렸다. 이마 위에 백단나무 반죽으로 찍은 붉은 점 하나는 항상 그녀의 내면에 열려 있는 영안|靈眼|을 상징했다. 그녀의 왜소한 체구는 그얼마나 영적 위대함과는 대조되는 것인가!

아난다 모이 마가 법열의 경지에 빠져 있는 동안 나는 가까이에 있는 여성 수행자에게 몇 가지 궁금한 질문들을 했다.

"아난다 모이 마는 저렇게 삼매경에 드나요?"

그녀는 다음과 같이 대답했다.

"아난다 모이 마는 인도 전역에 수백 명의 제자들이 있기 때문에 자주 여행을 합니다. 그녀의 노력으로 인도에 필요한 여러 가지 사회개혁을 이루었습니다. 성녀 자신은 바라문이지만 카스트 제도의 차별은 인정하지 않습니다. 우리 일행은 항상 성녀가 편안하도록 애를 쓰지요. 항상 성녀를 세심히 돌봐야 합니다. 그녀는 자기 몸을 아끼지 않죠. 그녀는 스스로 음식을 찾는 적이 없습니다. 심지어 음식이 바로 앞에 있어도 쳐다보지도 않아요. 자칫 조금이라도 무신경 해질까봐 늘 노심초사하죠. 그녀는 며칠 동안이나 삼매경에 들어 거의 숨도 쉬지 않고 눈도 깜빡이지 않는 경우가 자주 있어요. 성녀의 수제자 중의 한 사람이 그녀의 남편입니다. 그런데 그들은 결혼한 직후 침묵을 맹세해서 지금까지도 지키고 있습니다."

설명하다 말고 그녀는 긴 머리에 흰 수염을 기른, 어깨가 넓고 잘 생긴 한 남자를 가리켰다. 그는 아난다 모이 마를 향해 두 손을 포갠 채 군중들 가운데 조용히 서 있었다.

잠시 후 아난다 모이 마는 무한한 신의 품속인 법열의 경지에 들었다가 깨어나는 듯 했다. 그리고는 물질세계에 의식을 집중시키고 있었다.

눈을 뜬 그녀는 내게 말을 했다.

"아버지, 지금 어디에 머무시는지요."

그녀의 목소리는 맑고 아름다웠다.

"현재 캘커타나 란치에 있지만 곧 미국으로 돌아갈 것입니다."

"미국이라구요?"

"그렇습니다. 저와 미국에 동행하지 않으시렵니까? 그곳의 영적인 구도자들은 인도의 성녀를 진심으로 환영할 것입니다."

"아버지께서 가능하시다면 저는 얼마든지 가겠어요."

그녀의 이와 같은 대답으로 근처에 있던 그녀의 제자들은 모두 크게 놀라는 눈치였다.

제자중의 한 명이 나에게 단호하게 말했다.

"우리는 항상 스무 명 이상이 기쁨의 어머니와 함께 여행합니다. 우리는 어머니가 안 계시면 살 수가 없어요. 지금 미국이라고 하셨나요? 그럼 우리도 모두 가야 합니다."

나는 나의 순간적인 계획이 이 얼마나 실행하기 어려운 정도를 확대 되었는지를 실감하였다. 결국 조금 전의 계획을 바로 포기해야만 했다.

성녀가 떠날 때 나는 이렇게 부탁했다.

"그러면 최소한 수행자들과 함께 란치에 들러주십시오. 당신의 순수한 동심이 우리 학교의 학생들을 통해서라도 즐거움을 느끼실 것입니다."

"아버지가 부르실 때마다 전 기꺼이 가겠어요."

성녀의 방문 약속에 란치의 학교는 축제 준비를 하고 있었다. 학생들도 모두 들떠 있었다.

성녀 일행이 학교 문을 들어서자 흥분한 어린아이들은 찬송을 반복해서 부르며 그들을 환영했다. 짤랑거리는 자바라 소리와 우렁찬 북소리에 기쁨의 어머니는 미소지으며 햇살이 반짝이는 교정을 걸었다.

"참 아름답군요."

내가 본부 건물로 안내하자 그녀가 친절하게 말했다. 그녀는 어린아이 같은 미소를 지으며 내 곁에 앉았다. 그녀의 분위기는 참 신비로웠다.

아주 친한 친구 같은 느낌을 갖다가도 한편으로는 항상 멀리 떨어져 있는 듯한 느낌이 들었다.

"아난다 모이 마이시여, 당신의 생애에 대해서 좀 말해 주세요."

"아버지는 모두 아시면서 왜 되풀이하라고 하세요?"

나는 웃으면서 부드럽게 다시 부탁했다.

그녀는 대답했다.

"저는 윤회의 짧은 한 기간동안 일어나는 사실들에 접착하지 않습니다. 제 의식은 단 한번이라도 일시적인 이 몸과 연관지은 적이 없어요. 제가 이 땅에 오기 전에도, 아버지, 저는 똑같아요. 어린 소녀일 때도 '저는 똑같았고요' 커서 여인이 되었을 때도 여전히 저는 똑같았어요. 제가 결혼했을 때도 저는 똑같았어요. 그리고 아버지, 지금 당신 앞에 있어도 저는 똑같아요. 앞으로 새 운명이 찾아와도 저는 영원히 똑같을 거예요."

아난다 모이 마는 다시 깊은 명상에 빠져들었다. 그녀의 몸은 조금도 꼼짝 하지 않았다. 항상 그녀를 부르는 천국으로 들어갔기 때문이었다. 그녀의 깊고 검은 눈은 생명이 없는 유리 같았다. 이러한 모습은 성자의 의식이 육체와 분리되었을 때 종종 나타난다. 그때의 육체는 영혼이 없는 단순한 진흙 덩어리에 불과하다.

우리는 함께 삼매경에 잠겨 한 시간 동안 앉아 있었다. 그녀는 다시 이 세계로 돌아오면서 명랑하게 잠깐 웃었다.

"아난다 모이 마여, 정원으로 갑시다. 라이트 씨가 사진을 몇 장 찍을 겁니다."

내가 이렇게 말했다.

"물론이죠. 아버지, 당신께서 원하시는 것이 바로 제가 원하는 것이에요."

그녀는 사진을 찍기 위해 자세를 이리저리 취했다. 그러는 동안에도 눈빛은 변함없이 성스러움을 말했다.

연회 시간이 되었다. 아난다 모이 마는 담요 위에 앉아서 한 제자가 곁에서 받드는 음식을 먹었다. 마치 그녀는 어린아이처럼 음식을 얌전히 받아먹었다.

거미가 지기 시작하자 성녀는 어린 소년들에게 손을 들어 축복해 주면서 장미꽃잎들이 비 오듯 쏟아지는 가운데 일행과 함께 린치를 떠났다. 아이들의 얼굴은 성녀에 대한 애정으로 환히 빛나고 있었다.

그녀는 마지막으로 이 말을 하고 떠났다.

"네 마음을 다하고 목숨을 다하고 뜻을 다하고 힘을 다하여 주 너의 하느님을 사랑하라. 그리스도는 '이것이 첫째 계명이다' 고 선언했다."

아난다 모이 마는 모든 세속적인 집착을 모두 던져 버리고 모든 충성을 신께 바쳤다. 그녀는 학자들의 학술적인 논리가 아니라 순수한 믿음으로 신과의 합일을 이룰 수 있었던 것이다.

아난다 모이 마가 란치 학교를 방문하고 난 뒤 나는 다시 한번 그녀를 만날 수 있었다. 그녀는 몇 달 뒤에 세람포어 역에서 일행들과 기차를 기다리고 있었다.

그녀는 내게 다가왔다.

"아버지, 저는 지금 히말라야로 갑니다. 고마운 분들께서 데라 둔에 우리를 위해 아슈람을 지어 주셨어요."

나는 계속 그녀의 행동에 집중했다. 군중들 속에서도, 기차 안에서도, 연회장에서도, 말없이 혼자 앉아 있을 때도 항상 신에게서 눈을 떼지 않는 것을 보고 감탄했다.

내 마음 속에는 아직도 성녀의 음성이 메아리친다.

"저는 항상 똑같아요. 언제나 영원불멸의 신과 하나입니다."

은잔과 디킨스 씨

"그 은잔은 특별히 당신만을 위해 준비한 것입니다."

런던에서 영국 학생들을 대상으로 강의할 때였다. 그동안 미국에서 수차례 강연한 바 있었지만 영국에서 강연할 때는 사뭇 느낌이 달랐다. 정치적인 갈등을 배재할 수가 없었던 것이다. 나는 단상에 올라 학생들을 향해 솔직히 이렇게 말했다.

"나는 인도인으로서 영국인들을 대상으로 요가를 강연하는 것을 진심으로 기쁘게 생각합니다."

내 말을 들은 청중들은 일제히 내 말에 그 심오한 의미를 되새기며 흐뭇한 표정을 지었다.

내게 있어 인도에서의 생활들은 이제 모두 성스러운 추억이 되어 버렸다. 1936년 9월, 나는 16개월 전에 런던에서 다시 한번 강연을 하겠다고 한 약속을 지키기 위해 영국에 갔던 것이다.

영국도 역시 영원한 요가의 메시지에 대해 민감한 반응을 보였다. 영국의 취재기자단이 일제히 그로스베너 하우스의 내 숙소로 몰려들었다. 또 영국 국립 세계종교동우회가 9월 29일 화이트필드 조합 교회에서 모임에서도 나는 '인류애에 대한 믿음이 어떻게 현대 문명을 구할 수 있는가' 하는 중대한 주제로 연설했다. 심지어 캑스턴 홀에서 가진 밤 8시 강연에는 너무 많은 사람들이 모여들어서, 미처 입장을 못한 사람들은 아홉시 반에 있을 두 번째 강연을 듣기 위해 윈저 하우스 강당에서 기다리는 일이 이틀 동안 연출되었다.

그 이후로 나의 요가 강연회는 점점 청중들의 숫자가 늘어나서 라이트 씨가 다른 홀로 강연장을 옮기는 준비를 해야 할 정도였다.

영국인의 영적인 끈기는 참으로 높이 살만하다. 영국의 요가 수련자들은 내가 떠난 뒤에도 충실하게 스스로 SRF를 조직하여 삭막한 전쟁 기간 중에도 매주 명상 모임을 갖았다.

우리 일행은 런던 시내를 관광했고, 아름다운 시골마을로 여행을 다니면서 영국에서 잊을 수 없는 몇 주를 보냈다. 라이트 씨와 나는 포드 자동차를 타고 영국의 위대한 시인들과 성인들, 그들의 탄생지와 묘지를 찾아 다녔다.

다시 우리 일행은 10월 말 경, 브레멘 호를 타고 사우탬튼을 출발하여 미국으로 향했다. 뉴욕항의 거대한 자유의 여신상이 보이자 우리는 기쁨으로 목이 메었다.

포드 자동차는 그동안 많이 돌아다녀서인지 약간 손을 봐야했지만 여전히 강했다. 그래서 캘리포니아까지 가는 대륙 횡단여행도 쉽게 해낼 수 있었다. 1936년 말, 우리는 드디어 '마운트 워싱턴 센터'에 도착했다.

매년 연말 로스앤젤리스 센터에서 축제가 열린다. 크리스마스 이브에는 8시간 동안 집단 명상을 하며, 다음날인 12월 25일에는 연회가 있다. 특별히 그 해의 축제에는 세 대륙을 여행한 여행자들이 무사히 복귀한 것을 환영하기 위해 미국 전역으로부터 많은 친구들과 학생들이 모여 더욱 성대하게 치러졌다.

이 기쁜 날을 위해 특별히 세계 각지에서 공수되어 온 진미들이 차려졌다. 카슈미르에서 온 구치 버섯, 통조림 망고, 파파르 과자, 아이스크림의 향료로 쓰이는 케오라 꽃과 기름 등이 보내져 왔다. 사람들은 일제히 저녁이 되자 커다란 크리스마스트리 주위에 모였고, 화로에는 향기 나는 편백나무 장작불이 바삭거리며 타 올랐다.

드디어 그들을 위한 산타클로스의 선물을 전달하는 시간이 되었다. 나는 세계 구석구석, 팔레스타인, 이집트, 인도, 영국, 프랑스, 이탈리아에서 구한 선물들을 꺼냈다. 그동안 나라를 이동하면서 좀도둑들의 피해가 없도록 역에서 차를 옮겨 탈 때마다 라이트 씨가 얼마나 고생하며 트렁크를 일일이 챙겼는지 모른다.

팔레스타인 성지에서 구한 신성한 올리브 나무로 만든 장식판, 벨기에와 네덜란드에서 산 정교한 레이스와 자수품들, 페르시아 양탄자, 곱게 짠 카슈미르의 숄, 마이소르에서 구한 향기로운 백단나무 쟁반, 중동에서 구한 시바의 '황소 눈'이란 돌, 오래 전에 번영했던 인도 왕조의 동전들, 보석으로 장식된 꽃병과 컵, 소형 장식품들, 주단, 사원용 향과 향수, 스와데시 면으로 된 날염천, 옻칠한 제품들, 마이소르의 상아 조각품들, 기묘한 코를 가진 페르시아의 신발, 묘한 장식의 오래된 필사본들, 벨벳, 수단, 간디 보자, 도자기, 타일, 놋쇠 제품, 기도용 작은 양탄자 등 이 모든 것들이 그동안 세계를 여행하고 얻은 선물들이었다.

나는 나무 밑에 산더미같이 쌓인 선물들 중에서 하나씩 하나씩 아름답게 포장된 꾸러미들을 나누어 주었다.

"자나마타 자매님!"

나는 부드러운 표정을 한 성스러운 미국 여성에게 여러 상자 중 한 개를 골라 선물했다. 그녀는 깊은 깨달음을 얻은 분으로 내가 없는 중에 '마운트 워싱턴 센터'를 감독해 왔다. 종이 포장 속에서 그녀는 금빛 바나라스 비단으로 된 사리를 꺼냈다.

"감사합니다. 이것을 보니 바로 눈앞에 인도의 장관이 떠오르는 것 같아요"

다음 꾸러미에는 내가 캘커타 시장에서 산 선물이 들어 있었다. 그때 나는 '디킨슨 씨가 이것을 좋아하겠거니' 생각했었다. 사랑스런 제자인 E.E.디킨슨은 1925년 '마운트 워싱턴 센터'가 생긴 이래 매년 크리스마스 축제에 참석해 왔다.

디킨슨 씨에게 나는 선물을 건넸다. 그는 내 앞에서 바로 선물 꾸러미의 리본을 풀었다.

"은잔이군요!"

그는 매우 감동하는 듯 했다. 그리고는 몇 번이고 선물로 받은 커다란 술잔을 응시했다. 나는 그에게 애정 어린 미소를 보낸 다음, 계속해서 선물을 나누어 주었다.

우리 모두는 감사의 마음으로 신께 기도하고 크리스마스 캐럴을 부르며 행사를 마쳤다.

며칠 후 디킨슨 씨가 나를 찾아왔다.

"선생님, 이제 당신께 감사의 말씀을 드려야겠습니다. 크리스마스 날 밤에는 아무 말도 할 수가 없었습니다."

"그 은잔은 특별히 당신만을 위해 준비한 것입니다."

"저는 42년 동안 그런 은잔을 기다려 왔답니다. 사실 저는 오래전부터 제 가슴 속에 숨겨온 이야기가 있습니다."

디킨슨 씨가 수줍게 나를 쳐다보며 말했다.

"제가 5살 때의 일입니다. 네브라스카의 한 작은 마을에서 형의 장난으로 저를 깊은 연못으로 밀어 넣었습니다. 제 몸은 계속해서 물 밑으로 빠져 들어갔습니다. 그런데 갑자기 여러 가지 색의 눈부신 빛이 나타나서 온 주위를 비추었습니다. 그 빛 가운데서 조용한 눈빛에 평온한 미소를 띤 한 남자의 얼굴이 보였습니다. 다시 한번 제 몸이 가라앉으려 할 때 형 친구들이 가느다랗고 긴 버드나무 가지 하나를 물에 잠길 만큼 구부려서 던져 주었습니다. 그래서 저는 그 가지를 필사적으로 잡았습니다. 그런 다음 형의 친구들이 저를 둑으로 끌어 올려 응급처치를 잘 해 주어서 살 수 있었습니다.

12년이 지난 열일곱 살 때 저는 어머니와 같이 시카고에 갔었습니다. 그때가 1893년 9월이었는데 성대한 '세계종교회의'가 열리고 있었죠. 어머니와 함께 중심가를 걸어가고 있을 때였습니다. 저는 또 한번 강력한 섬광을 보았습니다. 몇 발 떨어져서 한가하게 걸어가는 사람이 바로 내가 12년 전 물에 빠졌을 당시 환시 속에서 보았던 바로 그 사람이었습니다. 그는 큰 강당으로 들어갔고 어느새 문 안으로 사라졌습니다.

그래서 제가 소리쳤습니다.

'어머니, 저 사람이 내가 물에 빠졌을 때 본 바로 그 사람이었어요!'

어머니와 제가 급히 서둘러서 그 건물로 갔더니 그 사람은 연단 위에 앉아 있었습니다. 우리는 곧 그 분이 인도의 스와미 비베카난다임을 알았죠. 영혼을 감동시키는 그 분의 강연을 들은 후 저는 그 분을 만나러 앞으로 나아갔습니다. 그 분은 우리가 마치 오랜 친구인 것처럼 부드러운 미소를 보냈습니다. 나는 너무 어려서 어떻게 내 감정을 표현해야 하는지 몰랐지만 마음으로 그 분이 내 스승님이 되어 주시기를 바라고 있었죠. 그 분은 제 생각을 읽으셨던 것입니다.

'아니다, 내 아들아, 나는 너의 구루가 아니다.'

비베카난다는 내 눈을 깊이 꿰뚫는 듯한 아름다운 눈초리로 제게 말씀하셨습니다.

'네 스승은 후에 와서 네게 와서 은잔을 줄 것이다. 그 분은 지금 네가 얻을 수 있는 것보다 훨씬 더 많은 축복을 네게 부어 주실 것이다.' 라고 말씀하셨습니다."

디킨슨 씨는 계속해서 말했다.

"저는 며칠 후 시카고를 떠났고, 그 뒤로 다시는 위대한 비베카난다를 보지 못했습니다. 그러나 그때 그가 한 말은 모두 나의 내면 의식 속에 지울 수 없이 기록되었습니다. 세월은 계속 흘렀으나 스승님은 나타나지 않았습니다. 어느 날 밤 저는 절실하게 주께서 제게 구루를 보내 주시기를 기도했습니다. 몇 시간 후 저는 부드러운 음악의 선율에 잠을 깨었습니다. 눈앞에는 여러 악기들을 들고 있는 천상의 악단이 보였습니다. 그들의 음악은 온 세상을 밝게 만들었습니다.

다음날 아침, 저는 처음으로 이곳 로스앤젤리스에서 당신의 강연에 참석했고 또한 저는 제 기도가 신께 받아들여졌음을 실로 알게 되었습니다."

우리는 침묵 속에서 서로를 바라보며 미소 지었다.

다킨슨 씨는 계속해서 이렇게 말했다.

"지금까지 11년 동안 저는 〈크리야 요가〉의 제자였지요. 항상 저는 은잔의 의미가 궁금했습니다. 그러나 크리스마스날 밤, 당신께서 작은 상자를 건네주셨을 때 저는 비로소 제 생애에서 세 번째로 눈부신 섬광을 보았습니다."

크리야 요가

"크리야 요가는 육체의 훈련과 정신의 통제,
그리고 옴 명상으로 이루어져 있다."

지금부터 이 책의 여러 장마다 자주 언급한 크리야 요가를 설명하고자 한다.

크리야 요가는 요가난다의 스승인 유크테스와르의 구루 라히리 마하사 야에 의하여 현대 인도에 널리 알려지게 되었다. 크리야의 산스크리트어 어원은 'Kri'로서 '행하는' 또는 '행위하고 반응하는'이란 뜻이다. 동일 한 어원은 '카르마|Karma|'에서도 발견된다. 여기서 카르마란 원인과 결 과의 자연스러운 원리를 말한다. 따라서 크리야 요가란, '일정한 행동 내 지 의식|kriya, 儀式|을 통한 무한 존재(신)와의 합일|Yoga|'을 뜻한다.

이 테크닉을 성실히 수행하는 요기는 점진적으로 카르마로부터, 즉 원 인과 결과의 평형 법칙의 연쇄관계로부터 벗어나서 자유를 얻게 된다.

사실 이 책에서는 크리야 요가에 대한 상세한 설명이 불가능하여 개괄 적인 언급만 했다. 그러나 충분할 것으로 생각된다. 실제적인 테크닉은 SRF의 정통 수행법을 통하여 전수받도록 되어있다.

크리야 요가는 매우 단순한 정신 생리학적 방법이다. 이 기법에 의하여 인간의 혈액은 이산화탄소가 제거되고 산소로 재충전 된다. 여분의 산소 원자들은 뇌와 척추의 중심 부위들에 활기를 불어넣는다. 이러한 과정을 통하여 혈관의 노폐물의 축적을 중단시킨다.

고도로 진보된 요기들은 자신의 세포들을 에너지로 변환시킬 수 있다.

엘리야, 예수, 까비르 등의 예언자들은, 크리야나 혹은 이와 비슷한 테크닉을 제대로 사용할 수 있는 경지에 이른 분들이었다. 그들은 이같은 기법을 통하여 자신의 육체를 임의로 실체화하기도 했다.

크리야는 오래된 수행 체계이다. 라히리 마하사야는 그 체계를 자신의 위대한 구루인 바바지로부터 전수받았다. 암흑시대를 지나면서 자취를 감춘 이 크리야 체계를 재발견하여 간명한 체계로 다시 정리한 분이 바로 바바지였다. 그는 이 체계를 다시 명명하여 간단히 〈크리야 요가〉라고 불렀다.

그는 라히리 마하사야에게 다음과 같이 말했다.

"내가 지금 19세기에 너를 통하여 세상에 전수하고 있는 이 크리야 요가는 크리슈나가 수천 년 전에 아르주나에게 전해 주었던 것과 똑같은 지혜이다. 그리고 그 후에 이것은 파탄잘리와 예수, 그리고 요한과 바울 등의 제자들에게 전수되었다."

〈바가바드 기타〉에서 크리야 요가는 인도의 가장 위대한 예언자인 주主 크리슈나에 의하여 두 번 언급된다. 그 가운데 한 스탄자|Stanza|, 시

의 연|聯|이다.

"들숨을 날숨 속으로, 그리고 날숨을 들숨 속으로 각각 집어넣음으로써, 이들을 중화시킨다. 그리하여 그는 심장으로부터 프라나를 해방시켜서 생명력을 자신의 완전한 통제하에 두게 된다."

이를 현대적 의미로 해석하면 다음과 같다.

"요기는 폐와 심장의 활동을 멈춤으로써 프라나|prana, 생명력|의 공급을 추가 확보하며, 따라서 육체 속에서 일어나는 부패 현상을 중단하게 된다. 그는 또한 아파나|Spana, 노폐물 제거를 위한 순환 작용|의 통제를 통하여 육체에서 일어나는 생장의 변화들도 억제할 수 있다. 따라서 생장과 소멸의 중화에 의하여 요기는 생명력을 조절할 수 있는 방법을 얻게 된다."

또 다른 스탄자는 다음과 같다.

"명상의 전문가|무니, muni|는 지상|至上|의 목표를 추구하는 자로서 영원히 자유롭다. 그는 자신의 시선을 두 눈썹의 중간 지점인 미간에 고정하고, 비공|鼻孔|과 폐의 내부를 흐르고 있는 프라나와 아파나의 일정한 흐름을 중화시킴으로써 외부적인 마음과 지성도 통제할 수 있게 된다. 따라서 그는 모든 욕망과 공포와 걱정을 마음 밖으로 멀리 몰아낸다."

크리슈나도 역시 다음과 같이 말했다.

"고대의 계몽가인 비바스바트|Vivasvat|에게 불멸의 요가를 전수해 준 것은 바로 전생의 나였으며, 그는 이것을 위대한 입법가 마누|Manu|에게 전했다. 그는 다시 이를 인도 태양전사|太陽戰士|왕조의 창시자인 이크슈

와쿠|IKshwaku| 에게 전수했다."

  이렇듯 여러 사람들을 거쳐 오면서 이 훌륭한 요가는 유물론의 시대가 전개되기 이전까지 리쉬들에 의하여 수호되었다. 그런데 성직자들의 배타적 태도와 일반인들의 무관심 때문에 이 신성한 전승은 점차 접근하기 어려운 것이 되고 말았다.

  크리야 요가는 고대의 현인인 파탄잘리에 의하여 두 번 언급된다. 그는 요가의 최고 권위자로서 다음과 같이 기술한다.

  "크리야 요가는 육체의 훈련과 정신의 통제, 그리고 옴 명상으로 이루어져 있다."

  그는 신을 명상 속에서 들리는 실제적인 우주의 음성 옴이라고 말하고 있다. 옴은 창조적인 '말씀'이며, 진동을 발생시키는 소리인 동시에 신의 존재에 대한 증거이기도 하다. 요가의 초보자들도 시작한 지 얼마 되지 않아서 이 신비한 음성인 옴을 듣게 된다. 이같은 희열을 통하여, 그는 자신이 천상의 영역과 영적인 교섭을 갖고 있다는 사실을 확신하게 된다.

  파탄잘리는 두 번째로 크리야의 테크닉|생명력의 통제|에 대하여 다음과 같이 언급했다.

  "해방은 프라나야마에 의하여 획득될 수 있으며 또 프라나야마는 들숨과 날숨의 과정을 해체함으로써 이루어진다."

  성 바울은 크리야 요가 내지는 이와 유사한 기법을 알고 있었던바, 그는 이 테크닉을 통하여 생명의 흐름과 감각의 상호 변환에 성공했다. 그리하여 그는 다음과 같이 말할 수 있었다.

"그리스도 안에서 구하는 기쁨에 의하여 나는 매일같이 거듭 죽는다고 주장한다."

모든 육체적인 생명력을 내적인 방향으로 집중하는 방법을 통하여 바울은 매일같이 그리스도 의식이 가져다주는 희열과 진정한 요가와의 합일을 경험했던 것이다. 그 미묘한 상태에서 그는 '죽어 있음'을 의식했으며, 감각적 망상이나 마야의 세계로부터 자유로울 수 있었다.

신과의 교류를 이룬 최초의 상태|사비칼파 사마디, Sabikalpa samadhi|의 수행자의 의식은 우주정신 속으로 스며든다. 그의 생명력은 육체로부터 벗어나기 때문에 죽어 있는 상태이거나 동작이 전혀 없는 굳은 모습으로 나타난다.

요기는 자신의 육체적 생각이 중단되어 있는 상태를 분명하게 의식한다. 그가 보다 높은 정신적 상태|니르비칼파 사마디, nirbikalpa samadhi|진보함에 따라서, 그는 육체의 제한을 넘어서 신과의 영적 교섭을 이룩한다. 그리고 그것은 일상적인 의식의 각성 상태에서도 가능한 것이며, 심지어는 세속의 의무를 수행하는 가운데서조차도 가능하다."

스리 유크테스와르는 제자들에게 이같이 설명했다.

"크리야 요가는 인간의 진화를 가속화시킬 수 있는 도구이다. 고대의 요기들은 우주의식의 비밀이 호흡의 지배와 밀접한 관련을 맺고 있음을 간파해 냈다. 이것은 세계의 지성계에 대한 인도만의 독특하고도 불멸의 공헌인 것이다. 끊임없는 호흡의 요구를 진정시킬 수 있는 방법을 통하여, 심장활동의 유지를 위한 생명력이 자유로워져야만 보다 높은 단계의 활동이 비로소 가능해진다."

크리야 요가는 정신적으로 자신의 생체 에너지를 척추의 여섯 중심|골수, 경부, 등, 허리, 선골, 미골|의 주변에서 상하로 회전시킨다. 그 여섯 개의 중심은 각각 황도대|黃道帶|의 우주 인간을 상징하는 열두 별자리에 대응하고 있다. 인간의 민감한 척추 주위에서 에너지 회전이 30초 동안 이루어지면, 인간의 진화에 있어서 미묘한 진전이 달성된다. 크리야 요가의 이 30초간은 자연적인 정신의 진전에 있어서 1년에 해당한다.

전지전능한 정신적 눈인 태양의 둘레를 회전하는 여섯 개의 내적인 성좌|양극 모두 12개|를 지닌, 인간의 성상|星狀| 체계는 물리적인 태양 및 12개의 황도궁과 내적으로 관련되어 있다. 따라서 모든 인간들은 온 우주에 의하여 영향을 받고 있다.

고대의 리쉬들은 12년 주기의 연속 안에서 존재하는 인간의 지성적, 천상적 환경이 그로 하여금 자신의 자연스러운 길을 가도록 해 준다는 사실을 발견했다. 인간이 자신의 인간적 두뇌를 완성시키고 우주의식을 획득하기 위해서는 정상적이고 질병이 없는 상태로 지속되는 백만 년간의 진화가 요구된다고 경전들은 말한다.

여덟 시간 반 동안의 수행을 통하여 얻어진 크리야들은 하루 동안의 요기에게 천 년의 자연스러운 진화와 동등한 정도의 가치를 부여해 준다. 결국 1년간의 크리야 요가 수행은 365,000년에 해당하는 진화를 가져다주는 셈이다. 크리야 요기는 따라서 3년 이내에 지적인 자기 노력을 통하여, 백만 년간의 자연 진화와 동일한 효력을 얻게 되는 것이다. 크리야 요가의 지름길은 물론 심오한 경지에 들어선 요기들만 갈 수 있다. 구루의 지도를 받는 요기들은 강력한 수행에 의하여 생성되는 힘에 견딜 수 있는 육체와 두뇌를 준비할 수 있다.

크리야의 초보자는 요가 기법을 단지 열네 번 내지 스물네 번씩 하루에 2회만 사용한다. 많은 요기들은 6년, 혹은 12년, 24년, 48년 이내에 해탈을 얻는다. 완전한 깨달음을 얻기 전에 죽은 요기는 과거에 크리야를 수행한 좋은 업을 지니고 간다. 그러므로 새로운 생에 있어서는 무한한 목적을 향하여 지극히 자연스럽게 나아가게 되는 것이다.

평균적인 인간의 육체는 50와트의 램프와 같다. 따라서 그것은 크리야를 과도하게 실행할 때 발생하는 10억 와트의 힘에 적응할 수 없다. 크리야의 단순하고 손쉬운 방법을 차츰 규칙적으로 증가시켜 나감으로써, 인간의 육체는 날마다 성좌상의 변형을 실현시킨다. 그리하여 마침내는 우주 에너지의 무한한 가능성을 표현하기에 적합하게 되며, 그것이야말로 우주정신의 능동적인 표현이 물리적인 형태로 이루어지는 최초의 단계라고 말할 수 있다.

크리야 요가는 비과학적인 호흡 연습과는 아무런 상관이 없다. 허파 안에서 호흡을 억제하려는 시도들은 매우 부자연스러운 것이며 따라서 불쾌하다. 이에 반해서 크리야의 실행은 최초의 순간부터 척추에서 발생되는 재생 효과가 가져오는 위무감과 평화감이 수반된다.

고대의 요가 기법은 호흡을 정신 질료[Mind-stuff]로 변화시킨다. 정신적인 진보에 의하여, 수행자는 자신의 호흡을 정신적인 개념 내지 행위로 인식할 수 있다. 다시 말해서 환상적인 호흡으로 인식한다는 것이다.

인간의 호흡률과 의식 상태의 변이 사이에 존재하는 수학적 관련성에 대해서는 많은 실례들이 제공될 수 있다. 완벽한 주의력의 집중을 이룩한 사람, 예컨대 매우 정교한 지적 논쟁에 몰두해 있거나 혹은 매우 힘이 드는 육체적 묘기를 연출하는 경우는 자동적으로 호흡이 매우 느려진다. 정신 집중은 느린 호흡에 의존하고 있다.

빠르거나 고르지 못한 호흡은 반드시 해로운 정서 상태, 이를테면 공포감이나 분노를 수반하게 된다. 휴식을 취하지 않은 원숭이는 1분에 32회의 호흡을 진행하지만, 인간의 평균횟수는 18회에 불과하다. 일반적으로 장수의 상징인 코끼리나 거북이, 뱀 등은 인간의 호흡률보다 낮은 호흡률을 가지고 있다. 예를 들면 300살이 된 거대한 거북이는 1분에 단 4회 호흡만을 할 뿐이다.

수면에 의한 원기 회복 효과는 인간이 잠을 잘 동안에는 일시적으로 자신의 육체와 호흡을 자각하지 못한다는 사실에 근거한다. 잠을 자고 있는 사람은 자는 동안은 요기가 되는 셈이다. 그리하여 그는 매일 밤 비록 무의식적이긴 하지만, 자신을 육체와 동일시했던 단계에서 벗어나서, 자신의 생명력을 두뇌의 주요부와 척추 중심부의 여섯 하위 발전기를 흐르는 치료의 전류와 통합시키는 요가의 기법을 수행하고 있는 셈이다. 따라서 수면 중에 있는 사람은 자기도 모르는 사이에 모든 생명을 지속시켜 주는 우주 에너지를 재충전 받게 되는 것이다.

수면에 빠진 사람이 무의식적으로 요가를 수행하는 것과 같다면, 의식적으로 단순하면서도 자연스러운 과정을 수행해 나가는 것은 곧 자발적인 요기라고 할 수 있다. 크리야 요기는 과학적인 관점에서 볼 때 호흡운동이 불필요하며, 요가를 실행하는 동안에도 수면이나 무의식 또는 죽음 등과 같은 부정적인 상태에 들어가지 않는 것이다.

마야 내지 자연 법칙의 지배를 받고 있는 인간들에게 있어서, 생명 에너지의 흐름은 외부 세계를 지향하고 있다. 그러므로 그 흐름은 모두 온갖 감각들로 탕진되고 만다. 크리야의 실행은 이같은 흐름을 역전시킨다. 따라서 생명력은 정신적인 작용을 통해서 내적인 조화 상태로 인도되며, 미묘한 척추 에너지와도 재결합 된다. 그 같은 생명력의 강화작용에 의하여 요기의 육체와 두뇌 세포들은 정신적인 불로초를 제공받아서 다시 새롭게 태어나는 것이다.

자연과 그의 신성한 계획을 따라간 사람들은, 적절한 음식과 태양빛, 그리고 조화로운 사고를 통하여 백만 년 이내에 자아실현을 성취할 수 있다. 두뇌 조직에 있어서의 아무리 경미한 향상일지라도, 그것을 달성하는 데는 12년간의 정상적인 건강한 삶이 요구된다. 우주의식의 실현에 충분한 정도로 두뇌 조직을 정화시키려면 백만 태양년이 반드시 필요한 것이다. 그러나 정신과학적 방법을 이용하는 크리야 요기는 오랜 기간에 걸친 조심스런 준수를 요하는 자연법의 필연성으로부터 자유로울 수 있다.

영혼을 육체에 구속하는 호흡계를 끊음으로써 크리야는 생명의 연장에 기여하고 무한의식의 확대를 가져온다. 요가 기법은 정신과 복잡하게 얽힌 감각 사이에 존재하는 격렬한 갈등을 해소시키며, 따라서 수행자로 하여금 자유로이 영원의 왕국을 다시 상속받을 수 있게 해 준다. 그때가 되면 그는 자신의 참된 존재란 그 어떠한 것에도 구속되어 있지 않다는 사실을 깨닫게 된다. 신체적인 형틀도, 호흡도 결코 그를 제약할 수 없는 것이다. 육체와 정신을 정복한 크리야 요기는 마침내 '최후의 적'인 죽음에 대한 승리를 획득하게 된다.

요가난다의 마지막 평화의 미소 (1952. 3. 7)

크리야 요가의 거장 요가난다

초판 발행일 | 2006년 3월 15일
지은이 | 이민숙
발행인 | 배기순

발행처 | 하남출판사
등록일 | 1988년 5월 1일
등록번호 | 제10-221호
주소 | 서울시 종로구 관훈동 198-16 남도BD 302
전화 | (02)720-3211   팩스 | (02)720-0312
홈페이지 | www.hnp.co.kr
e-mail hanamp@chol.com

ISBN 89-7534-315-4(03840)